황제 3권

황제 3

초판1쇄 인쇄 | 2021년 11월 5일
초판1쇄 발행 | 2021년 11월 10일

지은이 | 이원호
펴낸이 | 박연
펴낸곳 | 한결미디어

등록 | 2006년 7월 24일(제313-2006-000152호)
주소 | 서울시 마포구 모래내로 83 한올빌딩 6층
전화 | 02-704-3331
팩스 | 02-704-3360
이메일 | okpk@hanmail.net

ISBN 979-11-5916-156-8 979-11-5916-153-7(set) 04810ⓒ한결미디어

ⓒ한결미디어

황제 3권
한민족 대이동

이원호 지음

한결미디어
HANGYEOL
MEDIA

차례

1장 해적 소탕 | 7

2장 소말리아 정복 | 59

3장 리스타 연방 | 122

4장 알제리 해방 | 175

5장 모로코 합병 | 228

6장 한민족 대이동 | 279

1장 해적 소탕

소말리아는 평화유지군인 다국적군이 철수한 이후 무정부 상태다.

수도인 모가디슈에도 4대 부족의 병사가 모두 진입해서 제각기 구역을 차지하고 있다.

이런 상황이어서 각 파벌은 해적선을 구성, 아라비아해(海) 입구에서 화물선을 납치, 경쟁적으로 몸값을 뜯어내는 중이다.

모가디슈 남서쪽 항구에 위치한 3층 건물 안.

우디시가 앞에 앉은 조이든에게 말했다.

"그럼 아덴만으로 나오는 즉시 나포하도록 해."

"알겠습니다. 배가 좀 크지만 나포해서 에일로 끌고 오지요."

"이번에 성공하면 3천만 불을 받아내도록 하지."

"예. 카이프는 지금까지 네 번이나 작전을 성공시켰습니다. 노련한 전사니까 성공할 것입니다."

우디시가 고개를 끄덕였다.

지금 해적선 이야기를 하고 있는 것이다.

우디시는 5척의 해적선을 운용하고 있는데 모두 대전차포와 M2 중기관총을 장착한 쾌속선이다.

그때 조이든이 말했다.

"각하, 케냐에 이어서 우간다, 탄자니아까지 리스타에 흡수되었습니다. 동부 아프리카 분위기가 심상치 않습니다."

우디시가 눈만 껌뻑였다.

우디시는 55세. 하위야족 족장으로 모가디슈에 모인 4대 부족의 대표 역할을 하고 있다.

"리스타는 테러단보다 더 위협적인 조직입니다. 전 세계에 거대한 경제 네트워크를 갖춘 데다 CIA나 FSB와 버금가는 정보 조직, 거기에다 용병단을 운용하고 있지 않습니까?"

조이든은 미국에서 정치학 박사 학위를 받은 우디시의 보좌관이다.

우디시가 4대 부족의 리더로 부상한 것은 조이든의 정치력 덕분이다. 협상과 술수에 뛰어난 조이든이 우디시의 오른팔 역할을 했고 우디시 또한 육군 대령 출신으로 정치력을 갖췄기 때문이다.

그때 우디시가 두꺼운 입술을 펴고 웃었다.

"우리가 리스타를 이용할 수도 있지. 그렇지 않겠나?"

"그렇습니다."

조이든도 따라 웃었다.

"리스타와 연합하면 부족 통일도 가능하겠지요."

"리스타 배후에 CIA가 있는 것이 문제긴 한데, 그건 적절하게 이용하면 될 것이고."

"당연하지요. 리스타가 CIA에 이용만 당하지는 안 할 테니까요."

"서로 돕겠지."

"리스타도 앞잡이 노릇을 하면서 제 실속을 다 차릴 테니까요."

고개를 끄덕인 우디시가 조이든을 보았다.

"다른 부족도 같은 생각일 거야, 조이든."

모가디슈 오른쪽의 오비아는 작은 도시지만 이곳도 4개 부족이 주도권을 잡고 요지를 점령한 상태다. 거기에다 나머지 10개 부족의 병력도 들어와 있는 것이다.

　모가디슈에 입성하지 못한 나머지 부족들도 오비아에는 진을 치고 있다.

　그러니 오비아는 무법천지다. 경찰도 없고 공무원도 없다. 그러나 세금도 없는 세상이니 시민들은 오히려 늘어났다. 제각기의 구역에서 그 구역의 실권자인 부족과 결탁하고 살아가는 것이다.

　오후 4시 반.

　이곳은 가이산족의 영역인 동남쪽 시장 거리에 세 사내가 나타났다.

　모두 허름한 군복 차림에 얼굴은 덥수룩한 수염으로 덮였고 어깨에 AK-47을 메었다.

　두 명은 아랍인 얼굴이고 한 명은 흑인이다. 소말리아에는 아랍계, 흑인계가 반반이다.

　시장 안으로 들어선 셋은 식품 가게에 들어가 빵과 미제 통조림을 샀다.

　물건값은 달러로 지불했는데 이곳에서는 달러는 공용화폐다.

　시장 안은 사람들로 버글거리고 있다.

　"무기가 넘쳐나는군. 무기를 가져오지 않아도 될 뻔했어."

　이동욱이 시장을 둘러보면서 말했다.

　"서로 섞여 있어서 우리는 타부족 행세를 하면 됩니다."

　그렇게 말한 사내는 라돈이다.

　고개를 끄덕인 이동욱이 말을 이었다.

　"무법천지지만 구역별로 주인이 있구나."

　오비아에 침투한 대원은 모두 13명. 간부 김석호와 라돈이 각각 5명을 이끌고 있다.

아덴만으로 들어선 한국 국적의 유조선 신라호가 해적에게 나포된 것은 다음 날 오전 5시 무렵이다.

신라호는 8만 톤급 유조선으로 무방비 상태로 항해하다가 해적선에 나포된 후에 항로를 소말리아로 돌렸다.

오전 7시.

신라호 나포 사건은 전 세계로 보도되었다.

피랍된 선원은 36명, 한국인은 21명이다.

오전 10시.

이동욱이 오비아에서 연락을 받는다.

다르에스살람에 있는 카라조프가 연락을 한 것이다.

"작전 지시가 왔어."

카라조프가 말을 이었다.

"오늘 아침에 한국 국적의 유조선이 나포되어서 소말리아 에일로 가는 중이야."

이곳에서도 뉴스가 보도되기 때문에 이동욱도 알고 있었다.

"신라호야. 신라호를 재탈취하는 데 협조하라는 지시야."

본부의 지시다.

이동욱은 숨을 들이켰다.

회장이 직접 지시했을지도 모른다.

그때 카라조프의 말이 이어졌다.

"밖에서도 작전을 할 테니까, 안에서도 협조하도록."

아덴만 서북쪽 200해리(360킬로) 지점의 '왕건함'은 4,400톤급 구축함으로 함장은 이경훈 대령이다.

아덴만에 파견된 지 4개월째. 이번 사건이 일어났을 때 왕건함은 아라비아해(海) 쪽 해상을 순시 중이었다.

현장에서 가장 가까운 연합군 측 순시선은 이탈리아 구축함 '나폴리'호였다.

그러나 엔진 이상으로 추적할 수가 없었기 때문에 왕건함이 전속력으로 현장에 접근해온 것이다.

그러나 신라호는 이미 소말리아의 에일에서 100해리(160킬로) 지점까지 다가간 상태.

신라호와의 거리는 300해리(480킬로)가 되어 있다.

"연락이 왔습니다."

부함장 한칠성 소령이 무전기를 건네주었을 때는 오전 10시 반.

신라호와의 거리가 300해리가 되었을 때다.

"예, 이경훈입니다."

이경훈이 한국어로 응답했을 때 바로 사내의 목소리가 울렸다.

"채널 127로 맞추시면 저쪽과 교신할 수 있을 겁니다."

"알겠습니다."

"에일에서 곧 연락이 올 겁니다."

사내가 말을 이었다.

"지금 그쪽도 에일로 가는 중이니까요."

통화가 끝났을 때 이경훈이 한칠성에게 말했다.

"놈들은 상상도 하지 못할 거다."

"성공이다."

함교에 선 카이프가 어깨를 늘어뜨리며 말했다.

에일과의 거리가 조타실 스크린에 70해리(112킬로)로 나타나 있다.

이 속도로 가면 3시간이면 도착한다.

신라호의 조타실 안이다.

옆에는 신라호 함장과 항해사, 기관장이 나란히 서 있다.

조타실에 들어와 있는 부하는 모두 6명. 나머지 14명은 배 안에 흩어져 있다. 신라호의 나머지 선원들은 모두 묶여서 선실에 갇혔는데 그중 3명이 총상을 입었다. 납치 중에 반항하거나 도망쳤기 때문이다.

카이프가 타고 온 1백 톤급 순시선은 앞쪽에서 인도하고 있다. 본래 소말리아 해경의 순시선을 우디시가 강탈한 것이다.

카이프가 선장에게로 고개를 돌렸다.

"에일에 도착하면 쉬게 될 거야."

선장 고철수는 앞쪽을 응시한 채 대답하지 않았다.

고철수는 58세, 선장 경력 14년째. 배를 탄 지 30년이다.

홍해와 아덴만을 경비하는 다국적 함대인 CTF-151은 20개국 해군으로 구성되어 있었는데 미국 해군 중부 사령부의 통제를 받는다. 그러나 CTF-151은 자체적으로 지휘부를 구성, 6개월에 한 번씩 교대로 지휘관과 참모부를 이끌도록 되어 있다.

현재의 CTF-151 지휘관은 영국 해군제독 제임스 캔싱턴, 기함인 구축함 '다이애나'호에서 보고를 받는다.

"왕건호가 전속력으로 접근했지만 거리는 200해리(360킬로) 정도입니다."

항해장의 상황판에서 깜빡이는 점을 레이저로 가리켰다.

왕건호의 위치다.

그 앞쪽에 신라호의 점이 보인다. 이미 소말리아의 에일항에 접근해 있다.

"영해까지 접근했을 때는 이미 신라호는 항구에 도착했을 것입니다."

이제 신라호가 한 시간이면 도착할 거리다.

고개를 끄덕인 제임스가 입을 열었다.

"이제 긴 흥정이 되겠구나."

"배가 크니까 몇천만 불을 부를 겁니다."

부함장이 거들었다.

넉 달 전.

대만 컨테이너선이 납치되었을 때 대만의 선박회사는 5백만 불을 내고 배를 돌려받았다. 1만 톤급 선박이었다.

지금 다이애나호는 홍해를 빠져나가는 중이다.

신라호와는 1,500킬로 거리다.

제임스가 상황판을 보면서 투덜거렸다.

"신라호 옆쪽에 미국 컨테이너선 '타이론호'가 떠 있었는데 이놈들은 선고가 더 높은 신라호로 옮겨갔어."

"미국 배를 건드리면 골치 아프거든요."

부함장이 말을 이었다.

"이놈들은 만만한 국가의 배를 건드립니다. 우리 영국 쪽 배도 건드리지 않아요. 미리 정보를 받고 있으니까요."

"우디시가 배 납치로 작년에 5백만 불 이상을 벌었다는군."

제임스가 의자에 등을 붙였다.

"다행히 우리 영국선은 한 척도 없었지만 말야."

미국 국적의 배도 납치되지 않았다.

멕시코, 태국, 필리핀, 인도네시아, 그리고 대만이다. 한국 화물선도 한 척 나포되었다가 4백만 불을 주고 풀려나왔다.

그때 제임스가 투덜거렸다.

"아예 항구 안에까지 들어가서 찾아와야 하는데 그것도 국가라고……."

무정부 상태지만 소말리아도 국가인 것이다.

그래서 영해 안으로는 진입할 수가 없는 것이다.

오히려 무정부 상태라 더 해적질을 하기가 좋다.

더욱이 다국적군이 소말리아에서 철수한 상태라 더욱 조건이 좋다.

"저기 옵니다."

김석호가 말했지만 이동욱은 먼저 보았다.

수평선에 찍혔던 점이 점점 커지면서 신라호의 선체가 드러났다.

에일항에 수백 척의 배가 정박되어 있지만 점점 커지는 모습이 압도적이다.

"와앗!"

항구에 모인 인파가 환호성을 질렀다.

"탕탕탕탕탕."

이곳저곳에서 하늘에 대고 총질을 해댄다.

축포다. 모두 총을 소지하고 있는 터라 걸핏하면 쏘는 것이다.

이동욱도 어깨에 멘 AK-47을 들어 하늘에 대고 발사했다.

"타탕탕!"

옆에 서 있던 김석호와 라돈이 함성을 지른다.

모두 인파 속에 섞여 있기 때문이다.

이윽고 신라호는 부두에서 1킬로쯤 떨어진 바다 위에 멈춰 섰다. 배가 커서 접안할 부두가 없었기 때문이다.

그때 이쪽에서 수십 척의 배가 신라호를 향해 달려갔다. 배 안의 귀중품을 실어오려는 것이다.

그때 이동욱이 발을 떼어 바닷가의 창고로 다가갔다.

무너진 폐창고다.

옆에는 김석호가 따라 붙는다.

김석호가 멘 가방에는 무전기가 들어 있다.

오전 11시 반이다.

무전기가 울렸을 때 통신장 강준수 대위가 서둘러 버튼을 눌렀다.

채널 127로 고정시켜 놓고 기다리던 참이다.

조타실의 모든 시선이 모였고 함장 이경훈도 이쪽으로 몸을 돌렸다.

"여보세요."

한국말이 수화구에서 울린 순간, 강준수가 소리치듯 대답했다.

"예, 여기 왕건함입니다!"

"난 지금 에일항에 있습니다."

또렷한 목소리가 이어졌다.

"지금 신라호는 부두에서 1킬로 지점에 정박하는 중이고 수십 척의 배가 신라호로 달려가고 있습니다. 아마 귀중품을 실어오려는 것 같습니다."

"아, 그렇습니까? 잠깐만 기다리세요. 함장님 바꿔드리겠습니다."

강준수가 마이크를 이경훈에게 넘겼다.

이동욱이 창고의 부서진 판자 사이로 바다를 보면서 말했다.

상대는 이제 이경훈으로 바뀌어 있다.

"배에서 짐들을 내리고 있습니다."

이동욱이 망원경을 눈에 붙이더니 말을 이었다.

"아, 이제는 선원들이 내려오고 있습니다. 선원들을 육지에 옮겨 놓으려고 하는군요."

그때 다시 요란한 총성이 울렸기 때문에 이동욱이 몸을 일으키며 말했다.

"다시 연락드리지요."

"선원들은 시내 프린스호텔에 넣으라고 했습니다."

조이든이 말하자 우디시가 고개를 끄덕였다.

프린스호텔은 납치한 선원들을 억류시키는 숙박 시설 중 하나다.

조이든이 말을 이었다.

"프린스호텔에 프랑스 선원 7명이 있지만 함께 수용해도 지장이 없습니다."

프랑스 선원은 1년 전에 격침한 프랑스 국적의 화물선 '앙드레말로'호의 선원들이다.

납치 도중에 '앙드레말로'호는 미국 구축함의 포격을 받아 격침되었고 납치범들은 선원들을 방패로 삼아서 소말리아로 돌아온 것이다.

우디시는 선원 7명을 가둬놓고 프랑스 정부와 협상했지만 돈을 받아내지 못했다.

가격을 1백만 불까지 내렸어도 프랑스 정부가 응하지 않은 것이다.

우디시는 조이든과 함께 에일에 와 있다. 해적 지휘관 카이프의 전공(戰功)도 칭찬해주려는 것이다.

그때 밖에서 떠들썩한 소음이 울리더니 방문이 열렸다.

부관의 안내로 카이프가 들어서고 있다.

"각하, 다녀왔습니다."

카이프가 군대식으로 경례를 하자 우디시는 일어나 두 팔을 벌렸다.

"오, 카이프. 너는 영웅이다."

다가간 우디시는 카이프를 안고 볼에 입을 맞췄다.

"너는 소말리아의 해군 준장이다."

넉 달 전에 대만 선박을 탈취했을 때 카이프는 대령이 되었다.

"한국 선박 신라호와 선원 36명의 석방 대가로 우리는 3천만 불을 요구한다."

TV 화면에 나온 소말리아 연방의 대변인이 말했다.

"신라호가 소속된 대영선박 측은 즉각 협상에 응하기를 바란다."

그러고는 화면이 바뀌고 사우디 방송국의 아나운서가 나타났다.

그때 TV를 끈 부함장 한칠성이 함장 이경훈에게 말했다.

"한 시간 전에 납치범들이 사우디 방송국에 보낸 화면입니다. 사우디 방송국에서 전 세계로 송출했습니다."

"이 빌어먹을 놈들이 납치 이유도 대지 않는군."

이경훈이 쓴웃음을 짓고 말했다.

"3천만 불이라니? 개 같은 놈들."

"신라호 옆에 미국 컨테이너선이 있었는데 그놈들은 건드리지 않았습니다."

한칠성이 말을 이었다.

"만만한 한국 배를 나포한 거죠. 그놈들은 항해하는 선박 자료를 다 갖고 있습니다."

이경훈이 입을 다물었다.

지난번 한국 화물선이 납치되었을 때 4백만 불을 주고 풀려난 것이다.

'왕건함'이 파견되기 전, '최영함'이 나와 있을 때였다.

6천 톤급 화물선이었는데 두 달 동안 밀고 당기다가 가난한 선박 회사는 4백만 불을 내고 오직 선원들만 돌려받았다. 그래서 회사는 부도가 났다는 것이다.

그때 통신장이 말했다.

"함장님, 연합 함대 사령관입니다."

다이애나호의 캔싱턴 제독이다.

이경훈이 서둘러 통신장이 건네준 송신기를 건네받는다.

캔싱턴의 목소리는 조타실의 스피커로 울리게 된다.

"예, 이 대령입니다, 제독."

"대령, 지금 위치는 어디요?"

캔싱턴의 목소리가 울렸다.

"좌표 622,412 지점입니다. 에일항에서 20킬로 지점에 있습니다."

캔싱턴도 레이더를 보고 있으면서 확인차 물어본 것이다.

그때 캔싱턴이 물었다.

"그놈들 대변인 방송은 들었지요?"

"예, 제독님."

"함대 사령부에서는 이 사건을 왕건함에 맡기기로 결정했습니다. 따라서 왕건함은 현장에서 대기하시오."

"알겠습니다."

"유사시에는 사령부에 즉시 보고한다는 규칙을 잊지 마시고."

"알고 있습니다, 제독."

"한국 정부에서 왕건함에 연락하지 않았습니까?"

"아직 없습니다."

"왕건함은 한국 해군이지만 현재는 다국적 함대의 지휘를 받고 있다는 것을 상기시켜 드리는 겁니다."

"이해하고 있습니다, 제독."

"수시로 보고해 주시오, 대령."

"알겠습니다, 제독."

"통신 끝냅니다. 오버."

"통신 끝. 오버."

송신기를 건네준 이경훈이 조타실에 둘러선 장교들을 보았다.

"어떻게 생각하나? 의견을 듣자."

조타실 안에는 지휘관이 다 모여 있다.

오전 10시 반.

왕건함은 이제 만 하루 동안 에일항 밖 20킬로 지점에서 선회하고 있는 중이다.

아직까지 이경훈은 CTF-151 함대 지휘부는 물론 한국 해군 측에도 리스타와의 통신을 보고하지 않았다. 리스타 측의 요청이 있었기 때문이다.

지금 이경훈은 부하 장교들에게 이것을 계속 비밀로 유지할 것인지를 물은 것이다.

그때 부함장 한칠성이 말했다.

"아직 어떻게 될지 알 수 없는 상황이고, 우리가 할 일은 극히 제한되어 있지 않습니까? 에일항에 접근해서 포격으로 신라호를 격침시킬 수는 있겠지요. 그러니까 리스타 측 요구대로 입 다물고 있는 것이 나을 것 같습니다."

그러자 항해장 박기출 소령이 말했다.

"해군이나 이쪽 함대 사령부 측에 보고하면 당장에 정보가 샐 겁니다. 선원 목숨이 걸린 작전을 축구 경기처럼 보도시키면 안 됩니다."

그때 통신장 강준수 대위가 말을 이었다.

"밖에서 공이나 가로채려고 야단법석일걸요? 언론사는 취재 경쟁을 하면서 다 보도하고요. 거기에다 정치인들까지 끼면 우리 배는 사우디 사막으로 갑니다."

'배가 산으로 간다'는 말을 그렇게 표현했을 때 이경훈도 마침내 쓴웃음을 지었다.

"알겠다. 당분간 비밀로 하고 추진하자. 그리고 이 결정에 따른 책임은 내가 질 테니까 너희들은 모르는 일로 해라."

프린스호텔은 5층 건물로 회색 시멘트벽이 어지럽게 총탄 흔적으로 뒤덮여 있었지만 온전하게 사용되고 있다. 엘리베이터가 없었기 때문에 계단으로 올라가야 한다.

신라호 선원들은 3층에서 5층까지 방 18개를 사용하고 있다.

프린스호텔은 방이 60개짜리로 우디시 소유지만, 호텔 간판만 걸어놓았을 뿐 납치 선원과 부하들의 숙소로 사용되고 있다.

오후 2시. 프린스호텔 건너편의 시장 안.

사람으로 버글거리는 시장의 옷가게 옆에서 라돈이 이동욱에게 말했다.

"호텔 1층 상가와 식당이 영업을 하고 있어서 출입 통제는 안 합니다. 하지만 2층 입구는 경비병들이 지키고 있습니다."

시장이 시끄러워서 라돈이 소리치듯 말을 잇는다.

"안에 우디시 부하들이 30명가량 있습니다."

그리고 밖에도 수십 명이다.

이곳이 우디시 영역이라 모두 우디시 부하라고 봐도 될 것이다.

그때 옆으로 김석호가 다가와서 말했다.

"특별한 경비는 없습니다."

그렇다. 그러나 사건이 일어났을 때 이곳에 득시글거리는 모든 사내들이 적으로 돌변할 것이었다.

고개를 끄덕인 이동욱이 입을 열었다.

"이놈들은 모두 적이야. 시민은 없다고 봐야 돼."

발을 뗀 이동욱이 말을 이었다.

뒤를 김석호와 라돈이 따른다.

"오히려 잘된 거다."

오후 3시.

우디시가 머물고 있는 시내의 저택은 2층 건물이다.

정원이 있고 지대가 높아서 2층 응접실에서 시내가 보인다.

응접실에 앉은 우디시가 조이든의 보고를 받는다.

"각하, 한국 선사에서 연락이 왔습니다. 3천만 불은 너무 비싸다는 것입니다."

한국의 대영선박 측 대리인이 우디시가 지명한 영국 런던의 '모던에이전시'에 연락한 것이다.

조이든이 말을 이었다.

"가격을 깎아달라고 합니다."

"안 된다고 해."

우디시가 말했지만 얼굴에는 웃음이 떠올라 있다.

"시간이 지나면 가격을 더 높인다고 해."

"알겠습니다. 지금 연락을 하지요."

"한국은 돈이 많은 나라야. 기간을 5일 준다고 해."

"앞으로 5일입니까?"

"그렇다. 그리고 5일이 지나면 하루에 1백만 불씩 추가된다고 전해."

"그러지요."

조이든이 방을 나갔을 때 우디시가 소파에 등을 붙였다.

납치범 협상을 수십 번 해온 터라 연락이 왔다는 것은 급하다는 의미인 것이다.

그것은 칼자루를 이쪽에서 쥐었다는 말이다.

프린스호텔에서 1년 동안 억류되어 있는 프랑스 선원들은 그 반대의 경우가 되겠다.

프랑스가 협상을 거부하는 바람에 가격이 7명에 1백만 불까지 내렸지만 아직도 팔리지 않는다.

에일 북방의 하르칸 마을은 이샥 부족의 근거지다.

이곳에도 납치된 선박 2척이 바다에 떠 있고 태국, 싱가포르 선원 15명이 억류되어 있다.

오후 3시 반.

이샥 부족의 간부 이슬람이 전화를 받는다.

보사소에 있는 족장 아부핫산이다.

"이슬람, 지금 우디시가 협상 중이냐?"

"예, 진행 중입니다."

이슬람이 말을 이었다.

"선사 측에서 영국 대리인한테 연락했다는 겁니다."

"한국 구축함은 떠 있지?"

"예, 20킬로 지점에 있습니다."

"3천만 불이지?"

"예, 5일이 지나면 매일 1백만 불이 늘어난다고 통보했답니다."

"일단 약점이 잡혔으니 끌려다니겠군."

"예, 납치 대금을 받아낼 것 같습니다. 그래서 하위야 부족들은 축제 분위기입니다."

"그놈 우디시는 욕심 때문에 망할 거다."

아부핫산의 목소리가 굵어졌다.

아부핫산은 48세, 소말리아의 제2 대(大)부족인 이샥족 족장으로 휘하 병력은

1만 2천이다.

제1부족인 하위야족이 병력 2만 2천으로 부족 연합의 대표자 역할을 하고 있지만, 아부핫산의 자존심은 우디시에게 눌리지 않는다.

아부핫산이 말을 이었다.

"기다려, 이슬람. 우디시는 제명에 못 살 테니까."

맨날 하는 말이었기 때문에 이슬람은 듣기만 했다.

오후 4시 10분.

에일에서 15킬로 지점으로 접근한 왕건함에서 이경훈이 연락을 받는다.

이번 연락은 왕건함이 소속된 한국의 제2함대 사령관 강영국 소장.

강영국이 어제에 이어서 두 번째 연락을 하는 셈이다.

강영국이 물었다.

"함장, 선사 측에서 해적하고 협상을 시작했어. 뉴스로 들었지?"

"예, 사령관님."

"별일 없나?"

"예, 저희들은 대기 상황입니다."

"CTF에서 다른 명령 없나?"

"이곳은 왕건함에 맡기고 상황 보고만 받습니다."

"국민 여론도 슬슬 내려가고 있어. 선사 측이 협상을 시작하게 되면서 말야."

"아, 그렇습니까?"

"해적 놈들을 가만두면 안 된다는 여론이 솟았다가 만일 작전 중에 인질이 된 선원들이 죽거나 다치면 누가 책임을 질 거냐구? 그래서 협상한다니까 쑥 들어갔어."

"……"

"여론을 당할 사람이 없어. 알겠나?"

"예, 알겠습니다."

"신중하게 대처해야 돼. 알겠나?"

"예, 사령관님."

"통신 끝낸다."

"예, 사령관님."

통신 끝에 '충성'이란 구호를 붙여야 했지만 이경훈은 생략했다, 일부러.

오후 5시 25분.

저녁노을이 서쪽 수평선에 걸리고 있다.

프린스호텔의 3층 사무실에서 카이프가 앞에 선 부하들에게 지시했다.

"저녁 식사는 스테이크로 해줘. 고기를 사 오란 말이다."

카이프가 주머니에서 100불짜리 지폐 3장을 꺼내 탁자 위에 던졌다.

"시장에서 쇠고기를 사와!"

"예, 장군님."

이번에 준장으로 진급한 카이프는 어깨에 주먹만 한 별을 붙이고 있다.

그때 돈을 집어 든 부하가 카이프를 보았다.

"장군님, 프랑스 놈들도 쇠고기를 줄까요?"

"그놈들은 놔둬!"

카이프가 버럭 소리쳤다.

"그놈들은 물고기나 줘!"

프랑스 선원 7명을 말한다.

6시 15분.

저택 문 앞에 서 있던 유르스가 옆으로 다가오는 하타를 보았다.

하타가 세 걸음쯤 앞으로 다가섰을 때 유르스가 이맛살을 찌푸렸다.

하타가 아니다.

그 순간이다.

"퍽."

둔탁한 발사음이 소음기를 낀 총에서 나오는 것이라고는 알았지만, 다음 순간 유르스는 넘어지기도 전에 의식이 끊겼다. 총탄에 머리가 부서졌기 때문이다.

그 순간 유르스가 지키던 쪽문을 밀고 사내들이 쏟아져 들어갔다.

모두 7명.

선두에 선 사내는 이동욱이다.

2층 응접실에 앉아 있던 우디시는 아래층에서 뭔가 부서지는 소리를 듣고 고개를 들었다.

"무슨 소리야?"

저녁 식사 전이어서 아래층 주방에서 고기 냄새가 풍겨 오고 있다.

그때 다시 이번에는 그릇 깨지는 소리가 났다.

"이 자식들이 싸우나?"

우디시가 이맛살을 찌푸렸을 때 조이든이 자리에서 일어섰다.

그때다.

"타타탕."

총성이 울렸기 때문에 조이든이 서둘러 달려 나갔다.

"탕탕."

다시 총성이 울렸고 심상치 않은 느낌을 받은 우디시가 안쪽 서랍에 든 권총을 꺼내려고 몸을 일으켰을 때다.

25

방문이 열리면서 사내 둘이 뛰어 들어왔다.

"퍽!"

둔탁한 발사음이 방을 울렸고 어깨를 관통당한 우디시가 빙글 돌고 서랍에 몸을 부딪치며 넘어졌다.

그때 권총을 겨눈 사내가 표정 없는 얼굴로 물었다.

"네가 우디시지?"

"꽝!"

폭음과 함께 천장의 형광등이 떨어지면서 방 안이 어두워졌다.

그러나 화약 냄새가 나고, 불길이 방에서 보인다.

"습격이다!"

방 안의 부하가 소리치면서 뛰어나갔고, 곧 요란한 총성이 울렸다.

"타타타타타타타."

"꽝!"

또다시 폭음.

이번에는 유리창이 부서지면서 창틀과 함께 벽이 무너져 내렸다.

"이런 개 같은."

벽에 세워 놓은 총이 보이지 않았기 때문에 이슬람이 화를 냈다.

순간적으로 엎드렸다가 벽으로 기어갔던 것이다.

"습격이다!"

밖에서 부하들의 외침이 들렸다.

"꽝!"

"타타타타타타."

총성과 폭발음.

이제는 7, 8정의 총 소리.

놈들이 수류탄을 던지고 있다는 것까지 구분된다.

7, 8명이 습격했다.

그때 총을 못 찾은 이슬람이 밖으로 뛰쳐나가면서 소리쳤다.

"모두 흩어져!"

이곳은 이슬람이 근거지로 삼고 있는 3층 건물 안.

이샥족의 본부다.

습격자는 틀림없이 하위야족이다.

지난번, 길거리의 총격전에 대한 보복이다.

"카이프."

우디시의 목소리가 수화구에서 울렸다.

오후 7시.

카이프는 방금 외곽에서 일어난 이샥 부족의 건물 폭파에 대한 보고를 듣고
난 참이다.

"예, 각하."

카이프가 전화기를 고쳐 쥐었다.

그때 우디시가 말했다.

"지금 즉시 호텔에 있는 한국 선원, 프랑스 선원을 버스에 싣고 제4도크로 오
도록."

"제4도크로 말씀입니까?"

"그렇다. 제4도크에 3호선이 있다. 알고 있지?"

"예, 압니다."

해적선 3호선이다.

2백 톤급으로 우디시 소유 해적선 5척 중 가장 성능이 좋은 배다.

그때 우디시가 말을 이었다.

"지금 즉시 출발해서 3호선에 태워라."

"예, 각하. 그런데……."

"나도 곧 3호선으로 갈 거야!"

우디시가 소리치듯 말했다.

"서둘러!"

그러고는 통화가 끝났기 때문에 카이프가 벌떡 일어섰다.

궁금했지만 비밀리에 한국 측과 합의가 된 것 같다는 생각이 떠올랐다.

이유를 따질 처지는 아니다.

해적선 3호선 역시 소말리아 해경 소속의 순시선이었다가 우디시가 가로챈 배였는데 속력이 시속 30노트(55킬로)까지 나간다.

선장은 하라쉬, 해경이었다가 우디시의 해적선 선장이 되었는데 본래 3호선의 선장이었다. 그래서 배의 볼트 하나까지 다 머릿속에 입력되어 있다.

오늘도 하라쉬는 배에 머물고 있다가 우디시의 전화를 받는다.

7시 10분.

"하라쉬, 곧 카이프가 선원들을 데려온다. 배에 있는 애들을 다 내보내라."

"예, 각하."

엉겁결에 대답한 하라쉬가 물었다.

"다 태웁니까?"

"그래. 나도 곧 간다."

"알겠습니다."

전화기를 내려놓은 하라쉬가 소리쳤다.

"각하께서 오신다. 다 나가!"

7시 25분.

호텔 앞에 세워둔 버스에 선원들을 태우고 있을 때 부하 하나가 달려와 카이프에게 보고했다.

"장군, 이샥족이 본부가 습격을 당한 분풀이로 우리 가게 두 곳에 수류탄을 던지고 총질을 했습니다."

"이런 개새끼들이."

눈을 치켜떴던 카이프가 곧 선원들을 옮기는 것이 바로 이것 때문이라는 생각이 들었다.

"서둘러!"

버스에 타는 선원들에게 소리친 카이프에게 부하가 말을 이었다.

"각하 저택에서 총성이 울리더니 차량들이 떠났다는 겁니다. 각하 저택의 문은 굳게 잠겨 있다는데요."

"알았어!"

당연한 일이었다, 각하가 3호선으로 오는 중이니까.

비상사태다.

카이프가 지프에 오르면서 부하에게 소리쳐 물었다.

"프랑스 놈들도 다 태웠어?"

"예, 총원 43명 맞습니다."

한국호 선원 36명. 프랑스 선원 7명이다.

"가자!"

카이프가 지시했다.

4도크에 차 4대가 멈춰 섰을 때는 오후 7시 50분.

차에서 쏟아지듯 내린 사내들이 곧장 3호선을 향해 다가갔다.

부두에는 하위야족 수비대가 10여 명 경비 중이다.

사내들은 우디시를 둘러싸고 있었는데 우디시는 부상을 당한 듯 어깨에 붕대를 감고 팔을 목에 걸었다.

우디시의 뒤를 조이든이 따르고 있다.

사내들은 부두를 휩쓸 듯이 걸어가 3호선 안으로 들어갔다.

그동안 수비대는 우디시에게 입 한번 벙긋하지 못했다.

배 안으로 들어선 우디시에게 하라쉬가 경례를 했다.

"각하, 잘 오셨습니다."

우디시가 눈만 껌벅였기 때문에 하라쉬는 숨을 들이켰다.

예감이 이상했기 때문이다.

그때 옆에 서 있던 사내가 하라쉬에게 말했다.

"곧 카이프가 선원들을 데리고 올 거야."

영어였기 때문에 하라쉬가 눈만 크게 떴다.

그때 사내가 빙그레 웃었다.

"선원들을 다 태우면 바다로 나가도록, 하라쉬. 알겠나?"

"당신은 누굽니까?"

"우디시를 포로로 잡은 사람이지."

하라쉬의 시선을 받은 이동욱이 빙그레 웃었다.

"하라쉬, 당신은 소말리아 해경 출신이지? 난 리스타에서 왔다."

"아!"

놀란 하라쉬가 둘러선 사내들을 보았다.

조타실 안이다.

안에는 우디시와 조이든, 그리고 사내 셋이 더 있다.

그때 우디시가 고개를 돌려 이동욱을 보았다.

"나 좀 앉아도 되겠나?"

이동욱이 고개만 끄덕이자 우디시는 구석 쪽 의자에 앉았다.

하라쉬는 입만 벌리고 있다.

카이프가 인솔한 선원 43명이 제4도크 앞에 도착했을 때는 그로부터 25분 후다.

버스에서 내린 선원들이 카이프의 부하들에게 이끌려 제3호선으로 다가온다.

도크에서 제3호까지는 2미터 폭의 널빤지가 깔려 있다.

일렬로 선 선원들이 경비병의 감시를 받으면서 하나씩 제3호선에 탑승하고 있다.

카이프가 먼저 제3호선의 계단을 오르면서 경비병에게 물었다.

"각하께서 조타실에 계신가?"

"예, 장군."

어둠 속에서 경비원이 대답했다.

그때 경비병을 지나면서 카이프가 물었다.

"자넨 처음 보는 얼굴인데, 언제 왔나?"

"얼마 안 됩니다."

"그래?"

사내를 지난 카이프가 걸음을 멈췄다.

배에 타면서 우디시의 경호원들을 만나지 못한 것 같다.

그러나 누구한테 물을 수도 없었기 때문에 다시 계단을 올라 조타실 앞으로 다가갔다.

그때 조타실 앞에 서 있던 사내 둘이 한 발짝씩 앞으로 다가왔다.

둘 다 낯선 사내다.

둘 다 손에 AK-47을 쥐고 있었는데 그중 하나가 카이프에게 말했다.

"장군, 안으로 들어가시지요. 각하께서 안에 계십니다."

선원들이 모두 배에 탑승했을 때 라돈이 지시했다.

"로프를 풀어라."

준비하고 있던 부하들이 도크에서 재빠르게 로프를 풀었고 엔진이 걸려 있던 배가 슬슬 도크에서 멀어졌다.

오후 8시 25분이다.

배에 탄 카이프의 부하는 모두 12명.

선원들을 호송해올 때는 40여 명이 따라왔지만, 배에는 12명이 따라 들어온 것이다.

선원 43명은 모두 아래층 식당에 한꺼번에 수용되었는데 비좁아서 절반이 서 있다.

배가 바로 출발했기 때문에 선원들이 서로의 얼굴을 보았다.

"어디로 가는 걸까요?"

선장 고철수 옆에 붙어 선 항해사 윤석이 물었다.

납치된 지 이틀째 밤이다.

석방은 꿈도 꾸지 못할 형편이라는 것을 알기 때문에 윤석의 표정이 어둡다.

그때 고철수가 말했다.

"글쎄, 무슨 일이 일어난 것 같은데."

32

"우리를 다른 곳으로 옮기는 것일까요?"

"그런데 배로 운반하다니 좀 이상하다."

"영해 내에서만 움직이면 군함들은 못 들어오지 않습니까?"

그때다.

식당 앞뒷문에 둘씩 카이프의 경비병들이 지키고 서 있었는데 고철수는 앞문을 지키던 두 명 옆으로 사내 둘이 다가가는 것을 보았다.

우연히 본 것이다.

두 사내가 갑자기 가슴에서 권총을 꺼내더니 둘을 쏘았다.

소음기를 낀 총이었지만 발사음도 들렸다.

"앗!"

가까운 곳에 있던 선원 서너 명이 놀란 외침을 뱉었을 때 고철수는 고개를 돌려 뒤쪽을 보았다.

그 순간, 고철수가 숨을 들이켰다.

뒤쪽의 둘도 총에 맞아 쓰러지고 있었기 때문이다.

"탕탕탕."

제3호 갑판 위에서 총성이 울렸다.

배가 도크에서 30미터쯤 떨어진 상황이다.

밤바다에 총성이 요란하게 울렸다.

그때는 조타실로 들어간 카이프가 구석 자리에 앉아 있는 우디시 앞으로 다가서 있었다.

총성에 놀란 카이프가 물었다.

"각하, 다치셨습니까? 무슨 일입니까?"

그 순간 옆으로 사내 하나가 다가서더니 카이프가 털썩 쓰러졌다.

김석호가 권총 손잡이로 뒤통수를 찍었기 때문이다.

제3호 해적선의 바깥 청소는 라돈이 지휘하는 부하 10명이 맡았다.

카이프가 승선하기 전에 3호선에 타고 있던 경비병을 제거하고 선원들만 남겨 놓은 상태다.

배가 도크에서 떠나간 순간 일제히 부하들을 제거한 것이다.

8시 45분.

왕건함의 이경훈 함장은 127번 채널로 이동욱의 연락을 받는다.

"지금 그쪽으로 가는 중입니다."

이동욱의 목소리가 스피커에서 울리자 조타실의 모든 장교가 움직임을 멈췄다.

"어디로 말입니까?"

이경훈이 물었다.

"지금 에일항을 떠났습니다."

이동욱이 말을 이었다.

"신라호 선원 36명, 프랑스 앙드레말로호 선원 7명, 모두 43명을 싣고 갑니다."

"아니, 어, 어떻게……."

"우리가 구출했지요. 거기에다 해적선 선장 카이프와 소말리아 부족 연맹 대표인 하위야족 족장 우디시와 보좌관 조이든까지 생포했습니다."

"……."

"하지만 그놈들은 왕건함에 넘겨주면 부담이 될 것 같아서 우리가 도로 싣고 갈 겁니다."

그때 부함장이 통신 중인데도 소리쳤다.

"여기, 에일항에서 이쪽으로 배가 다가오고 있습니다!"

이샤족의 본부인 3층 건물을 습격하고 나서 다시 우디시의 하위야족 가게에 수류탄을 던지고 무차별 사격을 한 것은 핸더슨이 이끄는 팀이다.

핸더슨은 분위기 조성 역할을 맡았고 이동욱은 김석호와 라돈팀 20명을 이끌고 직접 우디시의 저택을 기습하고 나서 해적선 제3호까지 탈취했고 선원들을 되찾았다.

우디시가 바다 쪽만 신경을 쓰고 방심한 덕분이다.

이번 작전에서 우디시의 부하 수십 명을 살상했지만 이쪽 피해는 경상자 셋뿐이다.

우디시 저택을 기습할 때 다친 것이다.

30분 후, 해적선 제3호는 왕건함과 해상에서 만났다.

9시 18분이다.

"만세!"

신라호 선원 36명 중 한국인이 21명이었다.

15명은 필리핀, 베트남, 방글라데시, 몽골인이었다. 조선족도 2명 포함되었다.

지금 만세는 순수 한국인 21명이 부르고 있다.

왕건함 측면에 해적선 제3호가 선체를 딱 붙였을 때다.

21명이 한 사람도 **빼놓지** 않고 만세를 부른다.

선장 고철수도 예외가 아니다.

"만세! 만세! 대한민국 만세!"

조리장 염동철은 만세를 오랜만에 부르다 보니까 다른 사람 따라서 정신없이 이렇게 외치고 있다.

"만세! 만세! 대한독립 만세!"

감동해서 뭐가 틀렸는지 구분할 정신도 없다.

선원들이 왕건함으로 올라가고 있을 때 함장 이경훈이 장교들과 함께 해적선으로 내려왔다.

경례를 한 이경훈이 이동욱에게 말했다.

"리스타는 대한민국의 자랑입니다."

이경훈이 손을 내밀면서 물었다.

"악수를 청해도 되겠습니까?"

이동욱이 쓴웃음을 짓고는 이경훈과 악수를 했다.

"일단은 선원들부터 돌려받으시지요. 배는 곧 보내도록 하겠습니다."

"그럼 다시 소말리아로 돌아가십니까?"

"그래야지요."

그때 이동욱이 이경훈 뒤에 선 장교들을 보더니 목례를 했다.

장교들이 악수를 하고 싶어서 죽겠다는 표정을 짓고 있었기 때문에 이동욱은 그들과도 악수를 했다.

이경훈이 이동욱에게 물었다.

"사실대로 보고해도 되겠습니까?"

"그러셔야지요."

이동욱이 고개를 끄덕였다.

"입장이 난처하게 되시면 안 되니까요."

"신라호는 어떻게 하실 겁니까?"

"저놈을 시켜야죠."

이동욱이 조타실 구석에 나란히 앉아 있는 우디시, 조이든, 카이프를 눈으로 가리켰다.

"왼쪽에 앉은 놈이 소말리아의 지도자 격인 하위야족 족장 우디시입니다. 이번 납치 사건의 배후이고, 부족회의 대표지요. 그 옆이 보좌관 조이든이란 놈이고 오른쪽 놈이 해적 선장이었던 카이프입니다. 이번 신라호 납치 성공으로 소말리아 해적군 준장으로 진급되었다는군요."

"해적군입니까?"

이경훈이 웃었고 뒤쪽 장교들도 웃었다.

그때 이동욱이 말을 이었다.

"데리고 가서도 골치만 아프실 겁니다. 국제법이네 뭐네 하고 시간만 끌 겁니다."

이동욱이 턱으로 우디시를 가리켰다.

"저녁때 저놈 어깨에 한 방 쐈지요. 선장 놈은 권총 자루로 뒤통수를 쳐서 기절시켰고, 데리고 가서 그렇게 다룰 겁니다."

"……"

"말 안 들으면 현장에서 쏴 죽일 겁니다."

모두 숙연해졌고 이동욱의 말이 이어졌다.

"저런 놈들은 저렇게 다뤄야지요."

밖이 조용해진 것이 이제 다 옮겨간 것 같다.

돌아오는 배 안에서 이동욱이 선장 하라쉬에게 말했다.

"모가디슈로 가자."

"예?"

놀란 듯 하라쉬가 고개를 돌려 이동욱을 보았다.

배는 에일로 가고 있었기 때문이다.

조타실 안에는 하라쉬와 항해사, 그리고 이동욱과 라돈, 병사 1명까지 5명이 남아 있다.

우디시 등은 옆쪽 선실에 따로 감금되어 있다.

이동욱이 말을 이었다.

"선장, 앞으로 나하고 같이 일하지 않을 테냐?"

하라쉬는 숨만 쉬었고 이동욱의 얼굴에 웃음이 떠올랐다.

"우디시는 곧 없어질 테니까 말야."

"한국 해군 왕건함과 리스타의 공동 작전으로 이뤄낸 쾌거입니다."

한국 방송의 아나운서 목소리가 울렸을 때 이경훈이 와락 이맛살을 찌푸렸다. 얼굴까지 붉히고 있다.

"애들, 왜 이러는 거야?"

이경훈이 버럭 소리치자 조타실 안이 조용해졌다.

다음 날 오전 4시 반.

왕건함은 홍해를 올라가는 중이다.

목적지는 사우디 제다. CTF 사령관의 허가를 받고 선원들을 제다에 하선시키려는 것이다.

이미 제다에는 한국 대사관 직원들과 프랑스 대사관 직원, 그리고 세계 각국의 언론사 기자들이 기다리고 있을 것이다.

이경훈이 주위를 둘러보았다.

"아니, 난 그대로 말했는데 이 자식, 왜 이래? 뭐? 왕건함과 공동 작전이라고? 왜 마음대로 지어내서 말하는 거야?"

그렇다. 이경훈은 한국의 제2함대 사령관에게는 물론 CTF 사령부에도 그대로 말해 주었던 것이다. 이동욱이 한 이야기에서 한 자(字)도 덧붙이지 않았다.

한국 사령부 쪽에는 '우리는 한 일이 없다. 그저 선원들을 받기만 했다.'라고 까지 했다.

방송을 껐기 때문에 구축함의 엔진음만 울렸다.

어깨를 부풀렸다가 내린 이경훈이 뱉듯이 말했다.

"제다에 도착했을 때 말할 기회가 있다면 내 입으로 싹 털어놓겠어."

모두 말이 없다.

그 시간에 해적선 3호는 모가디슈를 향해 남진(南進)하고 있다.

모가디슈는 이제 30분이면 도착한다.

"기다리고 있습니다."

김석호가 다가와 보고했다.

조타실에 선 김석호가 말을 이었다.

아직 창밖은 어둡다. 3호선은 전속력으로 달려가는 중이어서 엔진음만 요란했다.

"승용차 3대, 7인승 승합차 2대입니다."

고개를 끄덕인 이동욱이 하라쉬를 보았다.

"하라쉬, 우리를 내려주고 곧장 카마요 근처의 섬에 숨어 있도록 해. 내가 다시 연락할 테니까."

"예, 기다리고 있겠습니다."

하라쉬가 고개를 끄덕였다.

하라쉬는 선원 6명과 함께 이동욱에게 투항한 것이다.

배에 납치된 선원을 싣고 왕건함에 넘겼을 뿐만 아니라 우디시를 납치한 상황이다.

이제 우디시에게 돌아갈 수는 없다.

잠시 후에 배는 모가디슈 북쪽의 어항에 소리 없이 접근했다.

멀리서부터 주 엔진을 끄고 다가간 3호선은 어항의 부두에 멈춰 섰고 곧 사내들이 내렸다.

그 속에 우디시와 조이든이 섞여 있다.

해적의 대장이었던 카이프는 선원들과 함께 왕건함에 타고 있다.

이샤족 지도자 아부핫산이 에일에 도착했을 때는 오전 6시가 되었을 무렵이다.

이슬람의 마중을 받은 아부핫산이 말했다.

"우디시가 지금 잡혀 있는 상태야! 서둘러!"

응접실로 들어선 아부핫산이 앉지도 않고 소리쳤다.

"하위야족의 가게는 다 습격해라! 우디시가 리스타 요원들에게 체포되었어! 그 소문을 내!"

놀란 이슬람이 눈만 껌벅였을 때 아부핫산의 말이 이어졌다.

"이제 우디시는 끝났어! 우선 에일부터 접수하고 오비아, 모가디슈로 나간다!"

이슬람이 밖으로 뛰어나갔을 때 아부핫산이 어깨를 부풀렸다가 내렸다.

아직 날도 밝지 않았다.

아부핫산이 그때서야 자리에 앉았다.

"족장 각하, 리스타 연락입니다."

보좌관 유리크가 무전기를 들고 다가갔다.

이곳은 에일 시내의 사무실 안이다.

안에는 호위병 셋과 보좌관 유리크까지 넷이 아부핫산 주위에 서 있다.

무전기를 받아 든 아부핫산이 응답했다.

"아부핫산이오."

"나, 이동욱이오."

이동욱의 목소리가 울렸고 아부핫산은 무전기를 고쳐 쥐었다.

"예, 말씀하시오."

이동욱이 아부핫산에게 연락을 한 것이다.

그것이 아부핫산이 서둘러 에일로 달려온 이유다.

이동욱이 말을 이었다.

"내가 지금 우디시를 데리고 있는 것을 하위야족이 알아야 되지 않겠습니까?"

"그래서 지시했습니다."

아부핫산의 얼굴에 웃음이 떠올랐다.

"당장 내분이 일어날 겁니다."

주위를 둘러선 부하들을 보면서 아부핫산이 목소리를 높였다.

"조이든, 카이프까지 없어졌으니 남아 있는 말리크, 하무라비, 고타르가 부하들을 모아서 갈라질 테니까요."

"예상하고 있습니다."

"한 번 만났으면 좋겠는데요."

아부핫산의 표정이 진지해졌다.

"앞으로 소말리아의 미래에 대해서 리스타와 함께 할 일들이 많습니다. 리스타가 케냐, 우간다, 탄자니아를 운영하는 것처럼 말입니다."

"알겠습니다. 도와드리지요."

"케냐나 탄자니아보다 더 좋은 조건으로 리스타와 협상하겠습니다."

아부핫산의 목소리가 절실했다.

"소말리아를 도와주십시오."

스피커로 아부핫산의 말을 들었기 때문에 통화를 마쳤을 때 라돈이 말했다.

"아부핫산이 당장 모가디슈로 진입하지는 않을 겁니다. 우디시 세력의 내분이 끝나기를 기다렸다가 행동하겠지요. 그리고 다로드족, 라한웨인족도 살펴야 하거든요."

이동욱이 고개를 끄덕였다.

미국과 다국적군이 실패한 이유가 바로 이 다부족의 상관관계 때문이다.

소말리아의 4대 부족과 그 비율은 우디시가 족장이었던 하위야족이 25퍼센트, 아부핫산의 이샤족이 22퍼센트, 투르산의 다로드족이 20퍼센트, 라한웨인족도 1만 명 가까운 병사를 이끌고 있는 것이다.

이곳은 모가디슈 교외의 저택 안.

우디시와 조이든까지 데리고 이곳에 온 것이다.

고개를 든 이동욱이 입을 열었다.

"지금부터 시작이야. 앞으로는 우리도 여기서 공식 세력으로 활동하게 될 거다."

"오늘 밤에 1개 중대 병력이 도착합니다."

김석호가 말했다.

리스타도 소말리아에 '자체 병력'을 보유하려는 것이다.

리스타 병력은 모가디슈의 한쪽 구역에서부터 기반을 굳힐 계획이다.

이동욱이 고개를 끄덕였다.

모가디슈는 케냐, 우간다와 다르다. 온갖 문제가 다 포함된 지역이다.

"하무라비가?"

놀란 말리크가 버럭 소리쳤다.

하무라비의 부하들이 웨스턴호텔을 점거했다는 것이다.

웨스턴호텔은 우디시 소유로 모가디슈에서 몇 개 안 되는 온전한 호텔 중의 하나다.

그때 참모 오마르가 말했다.

"만수드 시장을 점거하지요."

순간, 방 안이 조용해졌다.

이곳은 모가디슈 중앙로에 위치한 3층 건물 안.

우디시의 간부 중 하나인 말리크의 본부다.

말리크는 우디시 정규군 1개 연대를 지휘하는 연대장이다.

그때 말리크가 입을 열었다.

"좋아. 1개 대대를 보내 만수드 시장을 점거하도록."

"제2대대를 보내겠습니다."

오마르가 바로 대답했다.

"반항하면 쏴죽이겠습니다."

"투항하면 살려줘라."

말리크가 굳은 표정으로 말했다.

만수드 시장은 모가디슈 최대 시장으로 우디시가 직접 관리해 왔던 것이다. 그래서 시장 경비는 우디시의 직계 경비대 1개 중대가 맡고 있다.

오마르가 서둘러 사무실을 나갔을 때 말리크가 둘러선 부하들에게 말했다.

"하무라비가 서둘고 있구만. 족장 각하가 저렇게 되자마자 나서고 있어. 개같은 놈."

하무라비도 정규군 연대장이다.

그때 부하 하나가 말했다.

"고타르 연대는 바이도아에서 움직이지 않습니다."

말리크가 고개를 끄덕였다.

우디시는 3개 연대의 정규군을 보유하고 있다.

1개 연대 병력은 약 2,500명, 각 연대장은 하무라비, 말리크, 고타르다.

그중 고타르만 모가디슈 북쪽의 바이도아에서 동요하지 않는다는 말이었다.

"이거 복잡하군."

이광이 고개를 저었다.

"복잡한 줄은 알고 있었지만 조직을 다 외우기도 힘들어."

"예, 그렇습니다."

안학태의 얼굴에 쓴웃음이 번졌다.

"그래서 미군이 동맹한 부족에게 무기를 공급해준다는 것이 이름이 비슷한 적군 부족에게 넘겨준 적도 있다는군요."

"설마, 농담이겠지."

"실제로 일어난 일입니다. 부족의 분파가 수십 개로 나뉘어 있으니까요."

"자세히 말해봐."

"예, 회장님."

정색한 안학태가 탁자 위의 도표를 손으로 짚었다.

"지금 이동욱은 오직 순발력과 임기응변으로 적진 한복판에서 활동하고 있는 상황입니다. 우리는 이동욱에게 정보와 소수의 병력을 제공해줄 뿐입니다."

고개를 끄덕인 이광이 도표를 보았다.

소말리아는 주요 부족이 15개다. 그중 4대(大) 부족은 하위야, 이샥, 다로드, 라한웨인이며 최대 부족인 하위야족 부족장, 부족연합 대표였던 우디시는 그 보좌관과 함께 이동욱이 납치한 상태다.

그리고 각 부족 또한 4, 5개의 파벌로 나뉘어 있는 것이다.

이광이 도표를 집어 들면서 말했다.

"영어 단어 외울 때처럼 이걸 들고 다녀야겠다. 나도 헷갈리지 않으려면 다 외워 놓아야겠다."

밤. 모가디슈 외항에 접근한 2척의 쾌속정에서 일단의 사내들이 소리 없이 하산했다.

사내들은 기다리던 차량 10여 대에 분승해서 시내 쪽으로 사라졌다.

서울, 이곳은 오전 9시 반.

조선호텔 로비 라운지의 밀실에 네 사내가 둘러앉아 있다.

청와대 안보실장 유철수, 그리고 국방장관 강기문, 해군참모총장 박공호, 리스타 한국법인장 한상춘이다.

리스타는 본사가 리스타랜드로 이전하는 바람에 한국에는 한국법인이 남아 있다.

오늘 모임은 유철수가 한상춘에게 연락해서 만난 것이다.

유철수는 55세, 여당 3선 의원 출신으로 대통령의 최측근이다. 순발력이 뛰어 나고 대통령 고성만의 눈빛만 봐도 배가 고픈지 아픈지를 짐작한다는 인물.

그때 유철수가 입을 열었다.

"한 사장님, 지금 소말리에 있는 이동욱 씨하고 연락되시지요?"

"안 됩니다."

고개를 든 한상춘이 유철수를 보았다.

한상춘은 47세, 리스타 상사 출신으로 리스타 경력 20년이다.

"왜 그러십니까?"

"이번 아덴만 사건 때문에 그럽니다."

"말씀하시지요."

지금 선원들은 비행기를 타고 날아오는 중이다.

사우디 제다에서 반나절쯤 휴식과 건강 검증을 받은 것이다.

그때 유철수가 입을 열었다.

"부탁드릴 일이 있습니다."

"예, 실장님."

한상춘은 유철수가 초면이다.

물론 국방장관, 해참총장도 난생처음 본다.

그러나 일국의 실력자인 안보실장이 급하게 보자는데 부모상을 당했다고 해도 나가야 하는 것이 도리다. 국민의 도리.

그때 유철수가 말했다.

"국가의 국격을 위해서라고 말씀드리는 것보다 국민들의 사기 진작을 위해서라고 표현하겠습니다."

"……."

"이번 작전을 해군과 공동으로 이뤄낸 성과라고 리스타에서 발표해 주시면 대한민국 국민들이 자긍심을 갖게 될 것 같아서 말씀입니다."

"……."

"물론 리스타의 단독 작전인 건 다 압니다. 하지만 그렇게 말씀해 주신다면 국민들이 얼마나 우리 해군을 자랑스럽게 생각하겠습니까?"

그때 한상춘이 고개를 돌려 국방장관과 해참총장을 보았다. 둘은 외면하고 있다.

"알겠습니다. 제가 독단적으로 결정할 수는 없는 일이고 허락을 받아야 된다는 건 아시지요?"

한상춘이 묻자 유철수가 고개를 끄덕였다.

"압니다. 선원들이 한국에 도착하기 전에 부탁드립니다."

한 시간 후.

안학태의 보고를 받은 이광이 정색하고 물었다.

"어떻게 생각하나?"

"유철수는 간신입니다."

안학태가 대번에 대답했다.

"두 달 후에 총선이 있습니다. 이번 사건을 선전해서 여당이 총선에서 이기려는 작전입니다."

이광이 고개를 끄덕였다.

"대통령께 허락을 받았을까?"

"알고는 계시겠지요. 직접 지시한 것은 아닐 겁니다."

이광이 한동안 안학태를 응시하다가 이윽고 입을 열었다.

"정부나 해군의 신망이 높아질 테니 원하는 대로 해주도록."

"알겠습니다."

"국민들이 해군을 자랑스럽게 생각하는 것도 중요해."

"실제로 왕건함 함장과 승무원들은 임무를 잘 수행했습니다."

"적극적으로 호응해주도록 해."

"좋아할 것입니다."

그러면서 안학태가 일어섰는데 좋아할 '대상'이 누군지는 말하지 않았다.

이동욱 앞에 선 사내는 셋.

호르바, 카일, 압둘라만이다.

리스타자원 소속의 용병대 간부.

셋은 각각 파키스탄, 팔레스타인, 이집트 출신의 전직 군인이다.

이들이 150여 명의 용병을 이끌고 온 것이다.

모두 소말리아 시장에 내놓아도 표시가 나지 않을 정도로 위장이 잘 되었다.

깊은 밤.

이동욱이 입을 열었다.

"너희들은 미군, 다국적군, CIA까지 패배하고 돌아간 이곳에서 새 부족으로 기반을 굳혀야 돼."

방 안에는 라돈, 김석호, 핸더슨까지 기존 지휘부가 다 모여 있다.

모두의 시선을 받은 이동욱이 빙그레 웃었다.

"가장 악조건이야. 여기서 우리가 제국을 세우는 거다."

"이젠 동부 아프리카 지역의 리스타 진출도 한국 정부가 시킨 것으로 선전하겠군."

윌슨이 정색하고 말하자 해밀턴이 쓴웃음을 지었다.

"그래도 상관없어."

"그럼 동부 아프리카에 한국 정부가 들어가도 된단 말인가?"

"한국인이 대거 이민을 갈 수도 있지."

"갓댐."

놀란 윌슨이 어깨를 부풀렸다가 내렸다.

"그럼 어떻게 되는 거야?"

"리스타제국인이 되는 거지."

"갓댐. 그럼 한국은 어떻게 되는데?"

"한국도 마찬가지."

그러자 해밀턴을 응시하던 윌슨이 천천히 고개를 끄덕였다.

"그렇군. 그러다가 한국 정부가 리스타에 빨려 들어가겠군."

"어설픈 장난하다가 급류에 빠져드는 경우가 되겠지."

"리스타는 미국도 건드리지 못할 규모가 되었으니 당연하지."

윌슨이 길게 숨을 뱉었다.

이곳은 리스타랜드의 바닷가 별장 안.

리스타랜드로 날아온 윌슨이 해밀턴과 마주 앉아 있다.

소말리아 작전을 포함한 동부 아프리카 관계를 상의하려고 온 것이다.

방금 둘은 한국 해군의 신라호 선원을 구출하는 데 리스타와 공동 작전을 펼쳤다는 국방부 대변인의 발표를 듣고 나서 이야기를 한 것이다.

그때 윌슨이 입을 열었다.

"이동욱이 소말리아에서 장기 작전으로 들어갔어. 우디시를 사로잡고 있지만, 3대(大) 부족이 남아 있고 우디시의 하위야족도 내란을 시작할 거야."

해밀턴은 고개만 끄덕였고 윌슨의 말이 이어졌다.

"이제 내부에서 대란이 일어나기 시작한 거지. 해적질을 할 여유도 없을 거야."

"이동욱은 지금까지 어떤 국가도 해내지 못할 업적을 단시간에 이루었어."

해밀턴이 말을 받았다.

"이동욱의 작전이 맞은 거야."

"운이 좋았다고 말할 수도 없는 것이……."

고개를 끄덕인 윌슨이 해밀턴을 보았다.

"케냐에 이어서 우간다, 탄자니아, 그리고 소말리아의 작전도 적절했어."

"앞으로 CIA의 도움이 절실해."

지금 동부 아프리카에 리스타 요원들이 쏟아지듯 입국하고 있다.

한국인이 대거 입국해서 한국화된다는 말이 과언이 아니다.

우디시가 고개를 들고 이동욱을 보았다.

검은 얼굴이 일그러졌고 눈의 흰자위가 붉어져 있다.

"날 내보내 주면 당신한테 적극 협력하겠어. 나하고 같이 소말리아를 관리하자는 제의야."

우디시의 목소리에 열기가 띠어졌다.

"나도 리스타를 염두에 두고 있었어. 리스타만 협조해 주면 소말리아는 아프리카 제1의 국가가 될 수 있어. 코리아처럼 말야."

"코리아라니? 어디?"

"당연히 남쪽 코리아지."

"남한이 어때서?"

"남한이 40년 전만 해도 소말리아보다도 더 거지 같은 나라였다는 거 알고 있어."

"소말리아보다 더 거지였다니, 심하네."

이동욱이 이맛살을 찌푸렸다.

우디시는 55세. 40년 전에는 15살인가?

그때 우디시가 정색했다.

"40년 전 코리아는 국민 소득이 100불이었어. 내가 책에서 읽었어."

"……."

"그런데 지금은 3만 불이야. 300배가 되었지. 세계 역사상 이런 예가 없지. 세계 최빈국에서 세계 10위의 경제 대국이 된 거야. 인구 5천만의 국가가 말야."

"……."

"소말리아를 통일하면 그렇게 될 수 있어. 소말리아 국민성도 그럴 능력이 있다구."

"국민성은 그렇다고 해도 지도자가 문제지. 당신 부하들은 벌써 배신을 했어."

이동욱이 말하자 우디시가 숨을 들이켰다.

모가디슈의 안가 안이다, 오전 10시 반.

이곳은 우디시의 하위야 부족 영역이다.

이동욱이 말을 이었다.

"지금 당신 부족이 내분 상태가 되어 있어. 하무라비가 웨스턴호텔을 장악했고, 말리크는 만수드 시장을 확보했어. 당신의 직할 부대는 모두 하무라비, 말리크에게 투항했다구."

"……"

"3개 연대장 중 고타르만 바이도아에서 움직이지 않는군. 어쨌든 당신의 하위야족은 이제 3개 조직으로 갈라졌어."

"……"

"에일의 하위야족 사업장은 모두 이샤족의 아부핫산이 가로챘고."

"……"

"하무라비나 말리크가 다른 지방까지 신경을 쓸 여유가 없겠지."

이동욱의 얼굴에 웃음이 떠올랐다.

"이 상황에서 어떤 협상을 할 텐가? 시간을 조금 줄 테니까 머리를 짜내 봐, 우디시 족장."

아부핫산이 고개를 들고 이슬람을 보았다.

생기 띤 얼굴이다.

"이대로 가면 오비아도 금방 먹을 수 있겠다. 오비아를 먹고 나서 리스타 측과 협상을 해야겠어."

오비아는 에일 오른쪽 도시로 모가디슈와 중간 지점이다.

그러나 오비아는 다로드 부족의 영역으로 부족장 투르산이 도사리고 있다.

"괜찮겠습니까?"

이슬람이 조심스러운 표정으로 물었다.

"다로드군 1개 연대가 주둔하고 있는데요, 족장님."

"먼저 하위야족 영업장을 탈취하고 나서 다로드를 흡수하는 거야."

아부핫산이 말을 이었다.

"시비를 걸어서 도발을 유도하는 거지. 투르산은 지금 암 투병 중이라 전쟁을 할 정신이 없어."

투르산은 68세. 4대(大) 부족장 중 가장 연로한 데다 암 투병 중인 것이다.

아부핫산이 말을 이었다.

"이번에 리스타가 우디시를 납치한 것은 우리한테 절호의 기회야."

"알겠습니다."

고개를 끄덕인 이슬람이 자리에서 일어섰다.

"1개 연대를 오비아로 보내지요."

투르산이 물 잔을 들고 앞에 앉은 모일란을 보았다.

"이번 우디시의 납치로 소말리아 정국이 극도로 혼란에 빠질 거다."

투르산이 말을 이었다.

"가장 신이 난 위인이 이샥족 아부핫산이다. 욕심이 많은 터라 서둘겠지. 에일을 순식간에 집어삼켰으니 이제 이곳으로 옮겨올 거다."

이곳이란 오비아다.

지금 투르산은 오비아 교외의 저택에서 아들 모일란과 마주 보고 앉아 있다.

모일란은 38세, 영국에서 대학을 졸업하고 사업을 하다가 3년 전에 소말리아로 돌아왔다. 투르산이 암에 걸렸기 때문이다.

한 모금 물을 삼킨 투르산이 길게 숨을 뱉었다.

"우리는 우디시 덕을 보았어. 우디시가 이샥족 견제 세력으로 우리를 밀어주었기 때문에 이젠 아부핫산이 적극적으로 나가겠지."

"……."

"모일란, 큰일이다. 넌, 전쟁 때의 지도자가 아냐. 평화 시에 필요한 지도자야."

"아버지."

모일란이 고개를 들고 투르산을 보았다.

"꼭 싸워야 합니까? 아부핫산이 잘해나간다면 맡기지요. 우리 부족이 잘살게 된다면 좋지 않겠습니까?"

"……."

"우리가 욕심을 버리면 됩니다. 권력이 무슨 필요가 있습니까?"

"비겁한 놈."

가라앉은 목소리로 말한 투르산이 이를 드러내고 웃었다.

"내가 널 영국에 두어야 했는데."

"죄송합니다, 아버지."

"아부핫산이 두려우냐?"

"예, 아버지."

"죽는 것이 두려우냐?"

"예, 아버지."

그때 투르산이 고개를 끄덕였다.

"솔직하게 말해줘서 고맙다."

"……."

"네가 내 아들이지만 본색을 알 수가 없었지. 그런데 절박한 때 네 본색이 나오게 되었구나."

투르산이 마른 손을 흔들었다.

"피곤하다. 쉬어야겠다."

모일란이 응접실을 나갔을 때 투르산이 벨을 눌렀다.

그러자 곧 집사 헤리트가 들어섰다.

헤리트는 집사와 보좌역을 겸하고 있었는데 투르산과 동갑인 68세. 투르산의 유모 아들로 어렸을 때부터 같이 자랐다. 젖을 같이 먹고 자란 형제다.

헤리트가 앞에 섰을 때 투르산이 고개를 들었다.

두 눈이 번들거리고 있다.

"헤리트, 아부핫산이 곧 오비아도 먹을 거야. 먼저 하위야족 영업장, 건물을 탈취한 후에 우리 영업장을 삼킬 거야."

"그럴 겁니다."

장신에 건강한 체격의 헤리트가 고개를 끄덕였다.

"우디시가 저렇게 되었으니 기회가 왔다고 생각하겠지요."

"모일란은 안 되겠어."

헤리트의 시선을 받은 투르산이 얼굴을 일그러뜨리며 웃었다.

"아부핫산이 두렵다더군."

"……"

"죽는 것이 겁난다는 거야."

"정직한 성품입니다."

헤리트가 겨우 말했을 때 투르산이 숨을 골랐다.

"헤리트, 내 부족을 살려야겠다."

"예, 족장님."

"내가 죽으면 모일란은 도망칠 거야."

"그럴 리가 있겠습니까?"

"지금도 항복하라는 놈이다."

숨을 들이켠 헤리트에게 투르산이 말을 이었다.

"헤리트, 리스타의 '이 사장'을 찾아라."

"예, 족장. 어떻게 하시렵니까?"

"내가 만나야겠다. 물론 극비로."

투르산의 두 눈이 다시 번들거렸다.

우디시가 거느렸던 3개 정예 연대 중에서 고타르가 이끄는 연대는 소말리아의 중부 도시 바이도아에 주둔하고 있다. 바이도아는 내륙 지역으로 에티오피아에 가깝다.

오후 3시 반, 고타르가 사무실에서 우디시의 전화를 받는다.

"고타르, 나다."

"앗, 족장 각하."

놀란 고타르가 전화기를 고쳐 쥐었다.

주위에 있던 간부들이 모두 긴장했고 곧 우디시의 목소리가 울렸다.

"3연대는 별일 없지?"

"예, 각하. 그런데 지금 어디 계십니까?"

"난 리스타와 함께 있다."

"아, 예."

"난 포로로 잡힌 상태가 아냐, 고타르."

"아, 예."

"곧 너희들 앞에 나타날 거다."

"기다리고 있겠습니다, 각하."

"하무라비와 말리크가 내가 없다고 분탕질을 치는데 그 배신자 놈들은 대가를 받을 것이다."

고타르는 입을 다물었고 우디시의 목소리가 다시 집무실을 울렸다.

"네가 하무라비, 말리크의 부하 대대장, 중대장들에게 내 말을 전해라."

"예, 각하."

"반역자 하무라비, 말리크를 처단하면 특진에 1만 불을 지급할 것이다. 둘이건, 셋이건, 모두 상금을 주겠다고 전해라."

"예, 각하."

"난 리스타와 연합해서 곧 소말리아를 통일, 아프리카 제1의 부국(富國)으로 만들 것이다."

"알겠습니다."

"곧 다시 연락하겠다."

그러고는 통화가 끊겼기 때문에 고타르가 전화기를 내려놓았다.

둘러선 부하들은 모두 말이 없고 고타르도 입을 열지 않았다.

그러나 모두 들었기 때문에 소문은 순식간에 퍼질 것이었다.

4대(大) 부족 중 하나인 라한웨인 부족의 본거지는 케냐와 가까운 키스마요다.

부족장 마우라크는 50세, 수도인 모가디슈에 진출하지 않은 대신 키스마요를 중심으로 기반을 굳힌 상태다.

오후 4시 반, 마우라크는 참모한테서 보고를 받는다.

"조금 전, 우디시가 고타르한테 전화를 했다는 겁니다. 하무라비와 말리크가 배신자라고 펄펄 뛰었다는군요. 두 놈을 죽이는 사람에게 현상금 1만 불과 특진을 시킨다고 했답니다."

마우라크는 눈만 껌벅였고 참모의 말이 이어졌다.

"소문이 전국에 싹 퍼졌습니다. 아마 하무라비와 말리크도 지금쯤 알고 있겠지요."

"그럼 그놈들의 싸움도 그치겠군."

56

"예, 이제부터는 몸조심을 해야 될 테니까요."

참모가 웃음 띤 얼굴로 말을 이었다.

"잠도 못 잘 겁니다. 자다가 머리가 떼어질 수도 있으니까요."

"우디시가 리스타에서 풀려났다는 거냐?"

"아닙니다. 같이 있다고 했습니다."

"같이 있다고?"

"리스타와 연합했다고 들었습니다."

"연합이라고?"

마우라크의 얼굴에 쓴웃음이 번져졌다.

"믿기지 않는군."

마우라크는 신중한 성품이다. 욕심도 과하지 않아서 검소하게 산다.

그러나 마우라크의 라한웨인족은 용맹했고 끈질긴 기질이어서 다른 부족들이 건드리기를 피하고 있다.

마우라크가 말을 이었다.

"리스타가 동부 아프리카에 제국을 세우려는 것 같군."

"족장님, 우디시는 물론이고 이샥족도 리스타와 제휴하려는 것 같습니다."

참모가 마우라크를 보았다.

"아부핫산이 곧 리스타 사장과 만난다는 소문이 났습니다."

"어디 두고 보자."

마우라크가 의자에 등을 붙이며 웃었다.

"그렇다면 리스타가 나한테도 연락이 올 테니까."

이동욱이 투르산의 연락을 받았을 때는 오후 5시 무렵이다.

투르산이 헤리트를 통해 직접 대화를 하겠다는 전갈을 보내 왔다.

이동욱은 모가디슈 북쪽의 안가에서 전화를 받는다.

전화기를 귀에 붙인 이동욱의 앞에 간부들이 둘러서 있다.

"예, 이동욱입니다."

"투르산입니다."

이름만 밝힌 인사를 나눈 투르산이 말을 이었다.

"만나서 우리 부족과 소말리아의 미래에 대해서 상의하고 싶습니다."

"그렇습니까?"

"언제 시간을 내주시겠습니까?"

"상의하고 연락드리지요."

"조속한 시일 내에 만나고 싶습니다."

그러더니 투르산이 덧붙였다.

"요즘 정국이 혼란한데 우리 다로드족은 휩쓸리고 싶지 않습니다."

통화를 마쳤을 때 이동욱을 둘러싼 간부들 중 라돈이 먼저 나섰다.

"4대(大) 부족 중 다로드 부족이 먼저 리스타와 연합할 것 같습니다."

라돈이 말을 이었다.

"투르산은 위암 말기입니다. 그리고 그 후계자인 아들 모일란은 3년 전에 귀국했는데 자질이 부족하다는 소문이 났습니다."

고개를 끄덕인 이동욱이 김석호에게 말했다.

"약속을 정해."

2장 소말리아 정복

하무라비와 말리크는 우디시가 고타르에게 연락했다는 소문을 듣고 나서 즉시 행동을 멈췄다. 둘 사이에 내란도 그친 것이다. 더구나 자신의 목에 현상금까지 걸렸다는 말이 떠돌자 경호대를 대폭 증가시켰다.

오후 5시 반.

하무라비가 모비아의 안가에서 심복 무르진에게 물었다.

"3대대는 지금 어떻게 된 거야?"

"부대원 대부분은 에일에 남아 있습니다."

고개를 든 무르진이 하무라비를 보았다.

"간부들 대부분이 사라졌습니다."

"……."

"소문입니다만 바이도아로 간 것 같습니다."

하무라비가 호흡을 골랐다.

바이도아의 고타르 연대로 갔다는 말이다.

우디시가 고타르에게 전화를 한 후에 이런 사건들이 일어나고 있다.

하무라비 휘하의 제3대대는 에일에 남아 있지만 대대장 이하 간부들이 사라져서 부대가 와해된 상태다.

그런데 간부들이 바이도아에 있는 고타르 연대에 투항했다는 것이다.

어깨를 부풀린 하무라비가 무르진을 보았다.

"말리크한테 연락해."

"말리크 말입니까?"

놀란 무르진이 하무라비를 보았다.

말리크하고는 어제까지만 해도 전쟁을 치르고 있었다.

"그래. 지금 당장!"

하무라비가 버럭 소리쳤기 때문에 무르진이 전화기의 버튼을 눌렀다.

말리크가 사무실에서 전화를 받는다.

이곳은 모가디슈 외곽의 사무실 안.

말리크는 우디시의 직영 매장을 빼앗으려고 부하들을 지휘하다가 어제부터 두문불출하고 있다. 물론 하무라비와 같은 이유다.

둘러선 부하들의 시선을 받으면서 말리크가 전화기를 들었다.

"하무라비, 무슨 일이야?"

"말리크, 들었지?"

불쑥 하무라비가 묻자 말리크는 어금니를 물었다.

무슨 말인지 아는 것이다.

"그래서 어쨌단 말야?"

말리크가 되묻자 하무라비는 짧게 웃고 말했다.

"우디시가 우리한테 현상금을 걸었어. 우리를 죽이겠다는 거야."

"……"

"어때? 이젠 우리가 손을 잡아야겠지?"

"……"

"걔가 병신같이 리스타의 포로가 되고 나서 부족을 망하기 직전까지 만들었어. 그런데 이젠 책임을 누구한테 돌리는 거야?"

"맞다."

말리크가 어깨를 부풀렸다가 내렸다.

"손을 잡자."

"전쟁을 그치고 연합전선을 만들자."

"그러지. 동맹을 맺는 거야."

말리크가 말을 이었다.

"우디시에게 공동 대처하는 거야."

소말리아에서 수십 년간 부대끼고 사는 터라 어제의 적이 오늘의 친구가 되는 것이 비일비재하다.

그리고 나서 친구한테 바로 배신을 당해서 죽기도 한다.

오비아의 안가 안.

이동욱과 라돈이 투르산, 헤리트와 넷이 마주 앉았다.

오후 7시 반, 주위는 조용하다.

그러나 밖에는 다로드 부족과 리스타 요원들이 숨을 죽이고 있다.

투르산이 마른 몸을 세우고는 이동욱을 보았다.

"이 사장, 이야기 많이 들었소."

이동욱은 시선만 주었고 투르산이 말을 이었다.

"이 사장도 나에 대해 이야기를 들었겠지요?"

"들었습니다."

"들으신 것 이상이오."

투르산의 얼굴에 쓴웃음이 번졌다.

"난 두어 달밖에 못 삽니다. 소문은 1, 2년이라고 했지만 사실이 아니오."

"……."

"나는 내 아들 모일란을 곧 영국으로 돌려보낼 작정이오."

이동욱의 시선을 받은 투르산이 고개를 저었다.

"피신시키는 것이 아니요. 그놈이 영국으로 가면 끝이지. 나는 곧 죽을 테니까 말이오. 내 대(代)를 잇지도 않을 것이고 그놈은 더 이상 다로드 부족이 아니오."

"……."

"보내기 전에 절연 선고를 할 테니까."

그때 투르산이 번들거리는 눈으로 이동욱을 보았다.

"이 사장."

"예, 족장님."

"우리 다로드족을 맡아주시오."

"무슨 말씀입니까?"

"내 후계자가 되어 주시란 말입니다."

숨을 들이켠 이동욱을 향해 투르산이 말을 이었다.

"다로드족 간부들을 모아 놓고 내가 족장직을 양위할 것이오."

"……."

"다로드족은 1만 명가량의 정규군을 보유했고 소말리아 인구의 20퍼센트를 차지하는 대(大)부족이오."

투르산의 두 눈이 번들거리고 있다.

"다로드족을 살려주시오."

1시간 후, 해밀턴이 이동욱의 보고를 받는다.

리스타연합의 해밀턴이 이동욱의 직속상관인 것이다.

곧 '아프리카 작전'의 총책이 해밀턴이다.

리스타랜드의 사무실 안.

이동욱의 보고를 들은 해밀턴이 입을 열었다.

"다로드족이 된다고 해도 타 부족을 무시하고 불리하게 대우하지 않으면 돼."

해밀턴이 말을 이었다.

"다로드족 전사 1만을 기반으로 하면 소말리아에서 대번에 기반을 굳히는 거야. 받아들여!"

"알겠습니다."

이동욱이 마침내 대답했다.

지금까지 우디시를 내세워서 임기응변식 작전을 해왔고 그것이 성공적이었다.

그러나 다로드족 족장 후계자가 되리라고는 전혀 상상하지도 못했다.

다음 날 오전.

이샥족 족장 아부핫산에게 보좌관 이슬람이 서둘러 다가왔다.

"족장 각하, 큰일 났습니다."

그 순간, 가슴이 벌렁거린 아부핫산이 숨만 쉬었다.

요즘은 우디시 시절보다 소말리아 정국이 더 요동을 치고 있다.

해적질은 뚝 끊어진 대신 부족 간, 부족 내부 간 전쟁이 터지고 있는 것이다.

언제 어떻게 세상이 뒤집힐지 모른다.

이것이 모두 리스타란 '병균'이 침투해왔기 때문이라고 아부핫산은 믿는다.

그래서 그 병균과 제휴하려고 시도하는 중이지만.

그때 숨을 고른 이슬람이 말을 이었다.

"리스타 사장, 이동욱이 다로드 족장 후계자가 되었습니다."

"……."

"어제 오후에 오비아에서 다로드족 간부들이 참석한 회의에서 족장 투르산이 이동욱에게 족장직을 양도했습니다."

"……."

"투르산의 아들 모일란은 부족에서 퇴출되었고 오늘 영국으로 추방됩니다."

"……."

"이동욱은 족장이 된 첫 작업으로 다로드족의 3개 연대를 1개월 안에 최신 무기로 현대화시키겠다고 공언했습니다."

그때 아부핫산이 고개를 들었다.

"이 사장하고 연락해."

이동욱을 찾는 것이다.

만수드 시장을 장악한 말리크는 득의양양한 상태였다가 리스타에 포로로 잡힌 우디시가 나서는 바람에 식겁을 했다.

자신과 하무라비에게 현상금까지 거는 바람에 위축된 것이다.

그러나 말리크는 하무라비와는 다르게 직선적인 성격이다.

하무라비가 행동을 조심하고 주위 경비를 강화시켰지만 말리크는 공격적인 방어 형태를 갖췄다.

오후 3시 반, 말리크는 만수드 시장 시찰을 나갔다. 경호병 1개 소대 병력을 이끌고 있어서 족장급 이상이다.

만수드 시장은 모가디슈 최대의 시장이다.

가게 숫자가 2,500개가 넘는 데다 한 달에 걷는 세금이 미화로 20만 불이 넘는 것이다.

말리크는 38세, 비대한 체격에 대머리를 감추려고 항상 모자를 썼고 허리에는 손잡이를 상아로 만든 콜트를 찼다.

"저쪽으로 가시죠."

부관이 오른쪽 상가를 가리키면서 앞장을 섰다.

오른쪽은 의류, 총기류를 파는 상가다.

고개를 끄덕인 말리크가 어깨를 펴면서 발을 떼었다.

시장 안은 사람들로 혼잡하다.

말리크가 인사를 하는 가게 주민들을 향해 고개를 끄덕여 답례를 했다.

말리크가 혼란한 상황에서도 시장에 나온 이유가 있다.

우디스가 자신에게 현상금을 내걸었다는 소문이 퍼지면서 가게 주민들이 세금 내기를 미룬다는 것이다. 자신이 건재하다는 것을 증명할 필요가 있다.

총기류 가게를 지나던 말리크가 낯익은 가게 주인의 인사를 받고 고개를 끄덕였다.

그때다.

"타타타타탕."

요란한 총성과 함께 말리크가 두 팔을 휘저으면서 쓰러졌다.

상반신에 방탄조끼를 입고 위에 군복을 걸쳤기 때문에 몸은 멀쩡했다. 대신 총탄이 위쪽에 집중되어서 넘어진 말리크의 머리가 보이지 않았다. 말리크가 방탄조끼를 걸친 것을 아는 것이다.

그때다.

쓰러진 말리크 주변이 텅 비었다.

시장에 온 남녀, 그리고 가게 주인은 물론이고 경호원들까지 싹 흩어졌기 때문이다.

고기떼가 모인 복판에 돌을 던졌을 때와 같았다.

심지어 누가, 어디서 쏘았는지도 찾지 않았다.

머리통이 부서진 수박처럼 깨진 말리크가 누워있을 뿐이다.

아부핫산의 연락이 왔을 때는 오후 7시 되어갈 무렵이다.

전화기를 건네주기 전에 송화구를 손바닥으로 막은 김석호가 이동욱에게 말했다.

"말리크가 당한 것을 알 겁니다."

이동욱이 고개만 끄덕였다.

이샥족 족장인 아부핫산이지만 하위야족 연대장이며 파벌의 두목인 말리크가 시장에서 암살당했다는 것을 모를 리가 없다.

지금 말리크가 이끌었던 하위야족 2연대는 사분오열되어서 흩어졌다. 아예 붕괴된 것이다.

우디시가 현상금을 건 효과가 하루 만에 나타났다.

이동욱이 전화기를 귀에 붙였다.

"예, 이동욱이오."

"이 사장님, 축하드립니다."

아부핫산이 웃음 띤 목소리로 말했다.

"다로드족과 이샥족은 오래전부터 우호 관계였습니다."

"알고 있습니다."

"이샥족은 리스타가 이끄는 소말리아 '연정'에 적극 협력할 준비가 되어 있습니다."

"알겠습니다."

"따라서 이샥족은 현 상황에서 모든 전투 행위를 중지하겠습니다. 물론 우리가 먼저 시작한 것은 아닙니다만."

"……"

"이샥족은 이 시점에서 리스타의 지휘하에 행동하겠습니다. 언제든지 불러주시기 바랍니다."

"알겠습니다. 다시 연락드리지요."

통화를 끝낸 이동욱이 둘러선 간부들을 보았다.

그때 카일과 시선이 마주쳤다.

팔레스타인 출신의 지휘관 카일은 말리크를 사살하고 돌아왔다.

"족장 각하, 간부들이 모였습니다."

헤리트가 말했을 때 이동욱이 자리에서 일어섰다.

오후 9시.

오비아의 안가 앞마당에는 50여 명의 다로드족 간부들이 다 모였다.

어제 투르산으로부터 족장 인계를 받은 후에 다시 모인 것이다.

이동욱이 리스타 간부들을 대동하고 나타나자 모두 조용해졌다. 이동욱이 소집시킨 것이다.

100평쯤 되는 마당 주위에 등을 켜놓아서 모두의 얼굴이 보인다.

그때 앞쪽 연단에 선 이동욱이 말했다.

"소말리아는 우리가 통치한다는 것을 명심하도록. 우리가 주인이다."

이동욱의 목소리가 밤하늘에 울렸다.

"그리고 내가 족장인 이상, 다로드족은 의식주 걱정할 필요가 없다. 이제부터는 모두 잘살게 될 테니까."

이제 이동욱은 주민들을 복속시키는 방법을 안다.

지금까지 지도자의 꿈속 같은 말장난에 번번이 속아온 부족원들이다.

부족장치고 거짓말 안 한 인간이 없었고 무능하지 않은 부족장이 없었다. 다로드 부족만이 아니다.

그때 이동욱이 앞에 선 부족의 간부들을 둘러보았다. 모두 군(軍)의 간부들이기도 하다.

"나는 다로드 부족장이지만 리스타의 사장이기도 하다. 그래서 앞으로 너희들에게 직급에 따라 보수를 줄 것이다."

이동욱의 말이 이어졌다.

"말단 부족원에게까지 매월 임금을 지불할 것이며 성과에 따라 보너스도 지급한다."

그때 마당이 술렁거렸다.

지금까지는 족장이 배급제로 모든 것을 나눠주었기 때문이다.

식구에 따라서 식량을 공급했고 의복, 신발도 마찬가지다.

그런데 임금을 지급하다니.

말리크가 시장에서 암살된 후부터 하무라비는 오비아의 안가에서 꼼짝하지 않았다.

측근도 만나지 않았고 모든 명령은 전화나 무전으로 했다.

하무라비를 만날 수 있는 사람은 심복 무르진과 사촌이며 경호대장인 아한, 그리고 오래전부터 데리고 다니던 호위병 만수르와 조이란뿐이었다.

안가에 파묻힌 지 사흘째.

그동안 말리크의 2연대는 대대장 전원이 다로드 족장이 되어있는 이동욱에게 충성을 맹세하는 이변이 일어났다.

이동욱과 '함께' 있는 우디시가 그렇게 지시했기 때문이다.

우디시는 '함께' 있다고 표현했지만 납치되어 포로 상태가 되어 있다는 것을 세상 사람들은 다 안다. 대대장들은 주저하지 않고 이동욱에게 충성을 맹세했다.

2연대 간부들이 모두 이동욱을 찾아가 맹세를 한 것이다.

그 소식을 들은 하무라비는 소외감을 느꼈다. 낙오된 것 같았을 것이다.

그리고 두문불출을 한 지 나흘째 되는 날 아침.

안가의 응접실에서 하무라비가 안으로 들어서는 무르진과 아한을 보았다.

어젯밤도 잠을 설친 하무라비가 까칠해진 얼굴로 물었다.

"무슨 일이냐?"

그때 무르진이 앞으로 다가와 섰다.

"2대대장이 실종되었습니다."

"뭐야?"

놀란 하무라비가 눈을 치켜떴다.

"실종되다니?"

"행방을 감췄습니다."

하무라비가 어깨를 부풀렸다가 내렸다.

"이 배신자 놈. 그놈을 잡아서 죽여야 돼."

그 순간 하무라비가 이맛살을 찌푸리고 아한을 보았다.

"아한, 너……."

하무라비의 말이 이어지지 않았다.

아한이 허리에 찬 권총을 뽑아 자신을 겨누고 있었기 때문이다.

하무라비의 얼굴이 하얗게 굳어졌다.

그때 아한이 말했다.

"하무라비, 네가 죽기만 하면 일이 잘 풀린다."

"이, 이놈. 배은망덕한 놈."

"탕! 탕!"

그 순간 두 발의 총성이 울렸고 이마와 가슴에 총탄을 맞은 하무라비가 벌떡 넘어졌다.

CTF-151 사령부의 사령관 제임스 캔싱턴 제독이 전화를 받았을 때는 오후 3시 무렵이었다.

제임스는 아덴만에 나와 있는 다이애나호에서 전화를 받는다.

발신자는 소말리아의 내란 주역인 이동욱이다.

긴장한 제임스가 응답했다.

"제임스입니다."

"리스타 사장, 이동욱입니다."

스피커에서 그렇게 목소리가 울렸다.

"반갑습니다, 이 사장님."

제임스가 말을 이었다.

"이번에 선원들을 구출해주셔서 감사 인사를 먼저 드립니다."

"해야 할 일을 했을 뿐입니다."

이동욱이 말을 이었다.

"그런데 오늘 사령관께 드릴 말씀이 있습니다."

"아, 무슨 말씀입니까?"

긴장한 제임스가 상반신을 세웠고 상황실 안의 분위기가 굳어졌다.

상황실에는 10여 명의 간부들이 모여 있는 것이다.

그때 이동욱의 목소리가 다시 울렸다.

"지금 에일항에 나포되어 있는 신라호와 '산타마리아호', 그리고 오비아항에 있는 다른 4척의 배까지 모두 인수해 가시지요."

"지금 말입니까?"

놀란 제임스가 다급하게 물었다.

갑자기 하늘에서 돈다발이 떨어진 것 같은 느낌이 든 것이다.

그때 이동욱이 말을 이었다.

"현재 소말리아에 나포된 선박이 모두 6척 있습니다. 선박사에 연락해서 인수해 가시기 바랍니다."

"알겠습니다. 그럼 절차는……."

"현재 내가 소말리아를 대표하고 있습니다. 리스타로 연락해 주시면 됩니다."

그러고는 통화가 끊겼을 때 상황실의 누군가 소리쳤다.

"브라보!"

그러자 서너 명이 따라서 외쳤다.

"브라보!"

"하무라비가 암살되고 나서 1연대까지 투항했습니다."

김석호가 보고하자 이동욱이 고개를 끄덕였다.

이로써 하위야족의 3개 연대는 바이도아의 3연대만 제외하고 분해된 셈이다.

포로로 잡혀 있던 우디시의 '장막 뒤 지시'로 배신했던 2개 연대장이 암살된 것이다.

모가디슈의 안가 안.

방금 이동욱은 CTF-151 사령관 제임스와 통화를 마친 참이다.

이동욱이 앞에 앉은 간부들을 둘러보았다.

"누가 바이도아의 고타르를 설득시키겠나?"

"제가 하지요."

옆쪽에 앉아 있던 헤리트가 말했기 때문에 모두의 시선이 모여졌다.

헤리트는 이동욱의 부탁으로 자문관이 되었다.

헤리트가 말을 이었다.

"제가 고타르를 좀 압니다. 내 처가 쪽 친척이 됩니다."

이동욱이 고개를 끄덕였다.

"자문관한테 맡기겠소."

이샤족의 아부핫산은 하위야족의 내분을 이용해서 이득을 취하려고 했다가 헛된 꿈이 되었다.

우디시의 밀명으로 연대장 둘이 암살당하자 상대가 이동욱이 되었기 때문이다. 다급해진 아부핫산은 이동욱과 제휴하기를 소망하고 만나기를 고대했다.

이동욱은 리스타 배경이 있는 데다 다로드 족장을 겸한 최대 군벌이다.

더구나 하위야족 족장 우디시를 인질로 잡고 있는 상황인 것이다.

소말리아 정국의 주도권은 이동욱이 쥐고 있다고 봐도 될 것이다.

오후 3시 반.

아부핫산이 이동욱의 전화를 받는다.

"내일 오후에 만날 수 있습니까?"

이동욱이 불쑥 물었다.

"모가디슈의 아메리카호텔에서 7시에."

아메리카호텔은 하위야족 소유다.

아부핫산이 대답했다.

"좋습니다. 7시에 뵙지요."

기다리고 있었기 때문에 목소리가 밝다.

"좋다. 앞으로 이동욱과 공동으로 소말리아를 통치하도록 하지."

전화기를 내려놓은 아부핫산이 이슬람을 보았다.

두 눈이 번들거리고 있다.

"가장 멀쩡한 부족은 우리 이샤족뿐이다."

그렇다. 4대(大) 부족 중 맨 마지막 서열인 라한웨인족을 뺀 3대(大) 부족 중 제대로 부족장이 통솔하는 부족은 이샤족뿐인 것이다.

"내일 아메리카호텔에는 근위대를 데려가기로 하지."

아부핫산이 웃음 띤 얼굴로 이슬람을 보았다.

"만일의 경우에 대비하는 것보다 이샤족의 위력을 보이는 거야."

이슬람이 고개를 끄덕였다.

"알겠습니다. 준비시키지요."

바이도아의 중심가.

이곳은 내륙 지역인 데다 하위야족의 근거지이기도 하다.

헤리트가 3층 건물의 현관으로 들어서자 무장한 사내들이 다가와 섰다.

"헤리트 자문관님이시죠?"

정중한 태도다.

헤리트는 수행원 다섯을 이끌고 있었는데 곧 3층의 방으로 안내되었다.

바이도아의 지배자, 하위야족 제3연대장인 고타르의 집무실이다.

"어서 오십시오."

고타르가 자리에서 일어나 헤리트를 맞는다.

하위야족 족장 우디시의 심복으로 알려진 고타르는 40세, 차분한 성격에 충성심이 강하다는 소문이 났다.

그러나 우디시가 납치된 후에 고타르는 신중하게 처신했다. 역시 차분한 태도로 움직이지 않는 것이다.

인사를 마친 고타르가 헤리트를 보았다.

"다로드족 족장을 새로 모신 것을 축하드립니다."

"모두 소말리아의 평화를 위한 길이지요."

헤리트가 주름진 얼굴을 펴고 웃었다.

"구(舊) 족장께서 현명한 결단을 내리신 겁니다."

"그런데 우리 족장은 어떻게 되는 겁니까?"

고타르가 바로 물었기 때문에 수행원들이 긴장했다.

고타르는 간부 셋을 배석시켰고 헤리트는 수행원 둘이 좌우에 앉았다.

그때 헤리트가 웃음 띤 얼굴로 말했다.

"우디시 족장은 지난 일에 대한 책임을 지고 족장직에서 물러날 것입니다."

"아니, 헤리트 님."

고타르가 정색했다.

"족장은 반역자들을 제거해서 당신들을 도와주지 않았습니까?"

"그래서 물러나게 해드리는 거요."

"그럼 리스타는 다로드족, 이샥족과 함께 소말리아를 통치하겠다는 겁니까?"

"다로드족도, 이샥족도 아니오. 하위야족, 라한웨인족은 더욱 아니고."

"그럼 뭡니까?"

"모두 함께, 평등하게 통치하실 거요."

헤리트가 정색하고 고타르를 보았다.

"그래요. 리스타가 통치하는 겁니다."

"……."

"이동욱 사장이 다로드 족장이 되셨지만 바탕은 리스타 사장이오. 그리고."

헤리트가 말을 이었다.

"이샥족장 아부핫산도 곧 족장직에서 물러날 겁니다."

"아부핫산이?"

"그렇소."

"내가 이곳에 있지만 정보는 다 듣습니다. 오늘 오후에 이 사장과 아부핫산이 만나 동맹을 맺는다고 들었습니다."

74

"그러지는 않을 겁니다."

헤리트가 벽시계를 올려다보았다.

오후 4시 반이다.

다시 헤리트가 말을 이었다.

"고타르, 이제 당신의 결정만 남았소."

"무엇을 결정하라는 겁니까?"

"하무라비, 말리크가 죽었고 우디시는 책임을 지고 물러날 입장이오. 이제 당신이 하위야족을 대표해서 리스타 연합에 참가하는 것이오."

고타르가 헤리트의 시선을 받은 채 심호흡을 했다.

그때 고타르가 대답했다.

"그 말대로 된다면 생각해 보지요."

"준비되었습니다."

이슬람이 말하자 아부핫산이 고개를 끄덕였다.

오후 4시 40분.

이곳에서 아메리카호텔까지는 1시간 거리다.

이미 근위대 절반 병력은 아메리카호텔 주위에 배치되어 있다.

"한 시간쯤 후에 출발하시면 됩니다."

"알았어. 마호메드를 불러라."

"예, 족장님."

몸을 돌린 이슬람이 방을 나갔다.

잠시 후에 근위대장 마호메드가 들어섰다.

마호메드는 40세. 아부핫산의 배다른 동생이다.

"부르셨습니까?"

"믿을 놈은 너밖에 없다."

목소리를 낮춘 아부핫산이 마호메드를 보았다.

"하무라비도 사촌 동생 놈한테 당했어. 심복 무르진과 함께 사촌 동생 아한이 배신한 거야."

"알고 있습니다."

"너는 사촌도 아니고 내 동생이다. 내 후계자다. 알고 있지?"

"압니다, 족장님."

"형이야. 형이라고 불러라."

"예, 형님."

"이슬람 뒤에 감시를 붙였어?"

"예. 24시간 미행을 붙였습니다. 그래서 6명이 둘씩 3교대를 합니다."

"별일 없었지?"

"예, 형님."

"오늘 이동욱을 만나면 소말리아를 공동 통치하게 될 거다. 하위야족은 사분오열되어서 우리하고 이동욱이 나눠먹을 것이고 라한웨인족은 우리가 밀어붙이면 분해된다. 그러고 나서 내가 조금씩 이동욱을 밀어붙이는 거다."

"……."

"시간이 지나면 기반이 있는 우리가 소말리아를 먹는 거야."

"……."

"시간은 우리 편이란 말이다."

그때 마호메드가 아부핫산을 보았다.

"형님, 이슬람을 시켜서 저를 감시하셨더군요."

아부핫산이 숨을 들이켰고 마호메드가 허리에 찬 브라우닝을 꺼내 쥐었다.

총구를 아부핫산의 가슴에 겨눈 마호메드가 가라앉은 목소리로 말했다.

"난 이럴 생각까지는 없었는데 형님이 이슬람을 시켜 나를 감시했다는 말을 듣고 결심한 겁니다."

"마호메드, 오해한 거다."

"오늘 처음으로 형이라고 불러보는군요."

"마호메드."

"네가 우리 어머니를 얼마나 모욕했는지 알아? 지금도 몸이 떨린다, 아부핫산."

"마호메드, 오해다."

"비열한 놈."

"탕, 탕, 탕."

요란한 총성이 방을 울렸고 3초도 되지 않았을 때 방문이 열리더니 이슬람이 들어섰다.

다가선 이슬람이 뒤로 반듯이 넘어진 아부핫산을 보았다.

아부핫산은 이마와 심장에 세 발이 다 적중해서 이미 숨이 끊어진 상태다.

"시간이 지나길래 무슨 일이 있는가 하고 걱정했어."

이슬람이 말하자 마호메드가 쓴웃음을 지었다.

"옛날이야기 좀 했지요."

라돈한테서 보고를 들은 이동욱이 고개만 끄덕였다.

아부핫산이 사살당한 보고를 들은 것이다.

라돈이 말을 이었다.

"아부핫산 대신 이슬람과 마호메드가 올 겁니다."

"그럼 이샥족도 정리가 되었군."

"예, 이 소식이 바이도아의 고타르한테도 전해지겠지요."

이동욱의 얼굴에 쓴웃음이 떠올랐다.

지금 바이도아에는 헤리트가 기다리고 있다.

"대부분이 제 심복의 배신으로 망하는구나. 모두 자업자득이야."

이동욱이 말을 이었다.

"이제 4대(大) 부족 중 라한웨인족이 남았어."

그러나 아직 첩첩산중, 산 넘어 산이다.

다 헝클어져서 수습이 더 어려울 수도 있다.

"케냐에 이민이 쏟아지듯 들어오고 있습니다. 한국인 이민 말씀입니다."

윌슨이 부시에게 보고했다.

"두 달 사이에 15만이 배와 비행기 편으로 케냐에 입국했습니다."

"그것 참."

언론에서도 연일 보도를 하는 터라 부시도 정색하고 고개를 끄덕였다.

"한국이란 나라가 대단해."

"리스타가 한국을 믿고 성장하는 겁니다."

"미국은 저렇게 안 되나? 국민이 말야."

"그것은……."

윌슨이 한숨을 쉬고 나서 말을 이었다.

"미국에서 다른 나라로 이주한 예는 드뭅니다. 특히 대규모 이민은 한 번도 없었지요."

"그렇지. 그건 말도 안 되는 일이지."

부시의 얼굴에 쓴웃음이 번졌다.

"나는 저렇게 뒤를 받쳐주는 한국인들의 적극성이 부럽단 말야. 미국은

CIA가 아무리 리스타처럼 기반을 잡아 놓아도 국민들이 저렇게 호응해 주지 않잖아?"

"그건 그렇습니다만."

윌슨이 부시의 '단순함', '단세포적' 사고를 다시 한번 확인한 셈이었지만 이번은 정확한 표현이 되었다.

그때 부시가 눈을 가늘게 뜨고 윌슨을 보았다.

"이봐, 윌슨."

"예, 각하."

"리스타와 미국은 어떤 관계지?"

"우호적인 관계지요."

"하지만 리스타는 국가가 아니잖아? 리스타랜드가 있지만 그건 인도네시아에서 임차한 땅 아닌가?"

"아닙니다. 리스타랜드는 홍콩처럼 리스타가 99년간 임차 계약을 했기 때문에 리스타 땅입니다."

"리스타는 홍콩 같은 경우란 말인가?"

"그보다 낫지요. 99년 후에 다시 리스타 측이 요구하면 99년을 더 임차하도록 되어 있으니까요."

"갓댐. 2백년이군."

백악관의 오벌룸 안.

오늘도 윌슨이 동부 아프리카 상황을 보고하고 있다.

배석자는 안보보좌관 매클레인, 국무장관 베이컨이다.

윌슨이 말을 이었다.

"한국 정부도 적극 협력하고 있으니까요. 다음 달부터는 15만 톤급 유람선 3척을 '이민선'으로 개조해서 한 달에 10만 명씩 케냐를 중심으로 탄자니아, 우간다 이민을 보낸다고 합니다."

"갓댐. 도대체 몇 명이나 보낸다는 거야? 아니, 한국인 인구는 얼마나 돼?"

"남북한 합쳐서 8천만 정도인데 남한이 5천5백, 북한이 2천5백, 그리고 해외 거주인이 7, 8백만 가깝게 됩니다."

"많군."

"리스타 계획으로는 아프리카에 1천만쯤 쏟아부을 것 같습니다."

"갓댐."

"소말리아에서 이동욱이 다로드 부족 족장이 되었지만 곧 '한국족'도 생기겠지요."

"족장이 이동욱인가?"

"케냐, 우간다, 탄자니아에서도 '한국족'이 지배 부족이 될 겁니다."

"미국족도 만들 수 없나?"

그렇게 물었다가 반응이 차가웠기 때문에 부시가 입맛을 다셨다.

"어쨌든 소말리아가 '한국족'에 평정된다는 건, 전 세계의 평화에 기여하는 셈이야. 그것에 우리 미국도 배후 지원을 해준 셈이니까 말야."

윌슨이 고개를 끄덕였다.

맞는 말이지만, 과장되었다.

그러나 그쯤 놔두는 게 낫다.

하위야족 족장 우디시는 소말리아 부족 대표를 지내면서 선박 납치를 12번이나 했다. 납치 중에 살상당한 선원의 숫자만 해도 17명이다.

6년 동안 선박회사로부터 받아낸 대금이 공식적으로 1억 불이 넘었고 비공식으로는 그 두 배 이상이라는 소문이다. 그래서 국제 사회에서는 우디시를 진범으로 현상 수배를 해놓은 상태다.

이동욱은 CTF-151 사령관 제임스 캔싱턴을 에일항으로 불러들여 우디시를 넘겼다. 우디시와 보좌관 조이든까지 넘긴 것이다.

지난번 선원들과 함께 해적선 선장 카이프를 넘겼으니 해적의 총 두목까지 인계한 셈이다.

우디시를 넘긴 다음 날 오전.

소말리아 1,500만 인구 중 17퍼센트를 차지하는 라한웨인족 부족장 마우라크가 이동욱에게 전화를 했다.

라한웨인족은 키스마요에 근거지를 두고 어업과 건너편 예멘, 아라비아 반도와 무역업으로 살아온 부족이다.

"라한웨인족도 소말리아 연정에 참가하겠습니다."

마우라크가 유창한 영어로 말했다.

"이제야 소말리아가 제대로 된 국가로 인정받게 되는 것 같습니다."

마우라크는 52세, 지금까지 우디시가 이끄는 부족 연합에 가담하지 않았다.

부족의 영역이 홍해 안쪽에 위치해 있어서 해적질할 여건도 없는 데다 무역으로 경제가 풍족했기 때문이다. 부족의 군사력은 최신 장비로 무장한 3개 연대 병력. 그중 1개 연대는 기갑군이다.

"내가 내일 모가디슈로 가겠습니다."

마우라크가 말을 이었다.

"조건 없이 연정에 참여하겠습니다."

"고맙습니다."

이동욱이 어깨를 늘어뜨렸다.

이렇게 4대 부족이 다 정리되었다.

4대 부족은 소말리아 1,500만 인구 중 84퍼센트를 차지하고 있는 것이다.

이제 한국 이민이 쏟아져 들어와 5대 부족이 될 테니 정국은 더 안정될 것이었다.

오후 6시 반.

모가디슈의 인터컨티넨탈호텔 2층 식당 안.

겉은 불에 타고 총탄에 맞은 흔적이 생생하지만 안은 멀쩡했다.

오늘은 이동욱이 간부들과 함께 저녁 식사 예약이 되어있었기 때문에 양식당은 외부인의 출입이 금지되어 있다.

식당은 이미 간부들이 모여들기 시작했고 활기 띤 분위기다.

저녁 식사는 7시에 시작될 것이었다.

"3대 부족의 간부 36명. 그리고 리스타 측 15명까지 참석자는 51명입니다."

김석호에게 웨이븐이 보고했다.

웨이븐은 리스타 법인의 부장이다.

소말리아도 리스타 측 행정 요원들이 자리 잡고 있다.

김석호가 고개를 끄덕였다.

"호텔 안팎 경비는 되었는데 식당 종업원 조사는 시간이 없어서 못 했어."

"제가 했는데 이상 없습니다."

"식사 약속이 빨리 잡혔어."

입맛을 다신 김석호가 식당을 둘러보았다.

자리는 절반쯤 찼다.

6시 45분.

이동욱이 인터컨티넨탈호텔로 가는 차 안에서 전화를 받는다.

"나야."

카라조프다, 마리아 보리스 카라조프.

전화기를 고쳐 쥔 이동욱이 물었다.

"무슨 일이야?"

카라조프는 지금 탄자니아에 가 있다.

리스타 본부가 나이로비에 있지만 탄자니아로 출장을 간 것이다.

그때 카라조프가 물었다.

"인터컨티넨탈호텔에 약속이 있는 거야?"

"그래. 그런데 왜?"

긴장한 이동욱이 물었다.

승용차 앞 좌석에 앉았던 라돈도 몸을 돌려 이동욱을 보았다. 카라조프의 말이 들렸기 때문이다.

그때 카라조프가 말했다.

"인터컨티넨탈에 있는 요원에게 작전 지시가 나갔는데 내용은 밝혀지지 않았어."

"……."

"내 정보원한테서 방금 받은 거야."

"……."

"5급 작전이야. 알겠어?"

"그래."

이동욱의 시선이 라돈과 마주쳤다.

FSB의 5급 작전이면 테러다. 무차별 살상을 말한다. 최고급 수준의 공격이다.

카라조프가 말을 이었다.

"FSB가 더 이상 리스타를 좌시하지 않겠다는 증거지."

"……."

"5급 작전을 펼쳐도 거기선 적이 많으니까 은폐하기도 쉬울 테니까."

"알았어. 고마워."

이동욱이 손목시계를 내려다보면서 말했다.

6시 50분이다.

"모두 호텔 밖으로!"

김석호가 소리쳤다.

"대피!"

그 순간 식당은 난리가 났다.

거의 다 모였던 부족 간부들이 서둘러 식당을 빠져나가는 바람에 의자가 넘어졌고 출입구 근처에서는 테이블까지 뒤집혔다.

그러나 모두 전투에 익숙한 간부급들이어서 1분도 안 되었을 때 식당은 텅비워졌다.

1시간 후에 이동욱이 리스타 본부 건물에서 김석호의 보고를 받는다.

"식당 안에서 2개의 폭발물을 찾아냈습니다. 플라스틱 폭탄으로 식당 전체를 날려버릴 수 있는 양이었습니다."

"설치자는?"

"지금 수색 중입니다."

"찾아내."

"오늘 밤 안에 찾아냅니다."

김석호가 쩔쩔매면서 말을 이었다.

"지금 호텔 직원 전원을 잡아두고 있습니다."

김석호가 이번 행사의 책임자인 것이다.

이번 테러 미수 사건은 바로 리스타랜드에 보고되었다.

해밀턴을 통해 사건의 전말이 이광에게 보도된 것이다.

보고를 들은 이광이 안학태에게 물었다.

"지금 이민이 쏟아지고 있는데 시민들의 피해가 발생하지 않을까?"

"예, 그럴 가능성도 있습니다."

"이번에 실패했으니까 시민들에게 무차별 테러를 일으킬 수도 있지."

"그렇습니다."

안학태가 고개를 끄덕였다.

이주해온 한국인들을 대상으로 테러를 일으키면 엄청난 후유증이 올 것이었다.

그때 이광이 말했다.

"결국 러시아가 딴지를 거는군."

KGB의 후신 FSB의 공작이다.

리스타 본부 건물은 모가디슈 중심부의 시청 청사를 사용하고 있다.

1991년. 지금부터 20년 전, 내전이 시작되기 전까지 마흐디 대통령 시절에 사용하던 시청사 건물이다.

그것이 온전하게 남아서 우디시의 부족 연합체 본부로 사용되다가 지금은 '리스타 소말리아' 건물이 된 것이다.

다음 날 오후 7시.

키스마요에서 낡은 보잉707 전용기로 날아온 라한웨인 족장 마우라크가 이동욱과 청사에서 만났다.

마우라크는 장신에 마른 체격이다.

이동욱과 마주 보고 앉았을 때 마우라크가 웃음 띤 얼굴로 말했다.

"우디시와 아부핫산이 그렇게 허무하게 사라지게 될 줄 누가 예상이나 했겠습니까."

이것도 예상 밖의 말이어서 이동욱이 풀썩 웃어버렸다.

이동욱의 좌우에 앉은 헤리트와 라돈의 얼굴에도 쓴웃음이 떠올랐다.

그러나 마우라크와 양쪽의 수행원은 정색하고 있다.

이동욱이 고개를 끄덕였다.

"세상일은 예측하기 어렵지요. 계획을 잘 짜도 운이 따라야 되는 것 같습니다."

"그렇습니다. 운도 대단히 중요합니다."

마우라크가 말을 이었다.

"하지만 기세라는 것이 있습니다. 우리 부족은 아라비아반도에서 건너온 베드윈족 일파인데 이런 속담이 있지요. '바람이 불 때 움직여라.'라는 말입니다."

"무슨 뜻입니까?"

"모래바람이 불면 모두 집안에 들어가 웅크리고 있지요. 그때를 이용해서 적을 치고 여자를 빼앗고 금품을 차지하는 것입니다."

"아하!"

"지금까지 이 사장께선 바람을 타고 잘하신 셈입니다."

"아, 그렇습니까?"

"그 바람이 이제는 서풍(西風)으로 옮겨가야 됩니다."

"서풍이라니요?"

"아주 시기가 적절합니다."

이동욱이 지그시 마우라크를 보았다.

마우라크에 대해서 CIA, 리스타연합에서 각각 신상명세와 경력, 성품까지 자세하게 분석한 자료를 보내왔다. 카라조프도 FSB에서 확보한 자료를 보내왔으니 이 세상에서 이동욱만큼 마우라크에 대한 자료를 확보하는 인간도 드물 것이다.

그런데 이런 대화를 나누게 될 줄은 예상 못 했다.

그때 마우라크가 말을 이었다.

"에티오피아와 소말리아는 예로부터 사이가 좋지 않습니다."

"압니다."

"에티오피아는 인구가 1억 가깝게 되지요. 대국(大國)입니다."

이동욱이 이제는 고개만 끄덕였다.

그렇다. 소말리아는 인구가 1,500만 정도, 케냐는 5천만, 탄자니아도 5천만, 우간다는 4천만 정도다.

에티오피아는 거국(巨國)이다.

이자는 지금 무슨 이야기를 하려는가?

"지금 에티오피아가 잔뜩 긴장하고 있다는 거 아시지요?"

"압니다."

"제2군사령관 칼바산디가 기회를 노리고 있다는 것은 모르시지요?"

"무슨 말씀이신지."

끌려가는 기분이 든 이동욱이 의자에 등을 붙였다.

아직 에티오피아에 대해서는 자료를 모으지 않았기 때문이다.

그때 마우라크의 말이 이어졌다.

"칼바산디는 공금을 횡령한 것이 감찰부에 적발되었지만, 지금 동쪽이 리스타 영향으로 극심한 혼란 상태이기 때문에 대통령 우뭄바가 인사 조치를 보류시킨 상태입니다."

"아하!"

"칼바산디가 동쪽 국경을 담당하는 2군사령관인 데다 대신해줄 지휘관이 없거든요."

"……."

"지리에 훤한 데다 그동안 수십 번 공수 연습을 해온 터라 휘하의 5개 사단을 운용할 수 있는 사령관은 칼바산디뿐입니다."

"……."

"그래서 만일 서풍(西風)이 불면 칼바산디는 휘하의 5개 사단을 이끌고 동쪽의 우리를 막는 것이 아니라 서진(西進)할 겁니다."

"그럴까요?"

"칼바산디의 부관이 우리 라한웨인 부족이지요."

숨을 들이켠 이동욱이 마우라크를 보았다.

조금 전에 마우라크가 그랬다.

기세를 타라고 그랬던가? 바람을 타고 도둑질을 하는 것이 라한웨인 부족의 속담이라고?

길게 숨을 뱉은 이동욱이 옆에 앉은 라돈과 헤리트를 번갈아 보았다.

그렇구나. 기세를 탄 것 같다.

에티오피아로 모래바람이 분다.

"이게 무슨……."

그로부터 나흘 후.

리스타랜드의 리스타빌딩 회의실 안.

해밀턴한테서 보고를 들은 이광의 첫 말이 그랬다.

놀라서 그렇게 말이 나와 버린 것이다.

이광이 심호흡을 하고 나서 해밀턴을 보았다.

"그럼 에티오피아도 합병하란 말인가?"

"기다리고 있다는 것입니다."

해밀턴이 생기 띤 얼굴로 말을 잇는다.

"칼바산디에게 사람을 보내 확인했습니다, 회장님."

"아니, 이 사람이."

"이동욱이 보낸 것으로 했습니다, 회장님."

"이동욱 뒤에 누가 있는지 세상 사람들이 다 알고 있지 않나?"

"예, 회장님."

이광의 질책에도 해밀턴은 물러나지 않는다. 오히려 눈이 더 번들거린다.

"이동욱이 라한웨인 족장 마우라크를 보내 칼바산디를 만나게 했습니다."

"……"

"그랬더니 칼바산디가 리스타와의 합병에 적극 협력하겠다고 약속했다는 것입니다. 물론 공금을 횡령했기 때문에 제 신상이 위험한 상황이기 때문이지요."

"이런."

입맛을 다신 이광이 옆에 앉은 안학태와 정남희를 보았다.

"윌슨하고 상의하는 것이 낫지 않을까?"

그때 정남희가 고개를 저었다.

"지금 그럴 필요는 없을 것 같은데요."

안학태가 말을 이었다.

"윌슨은 부시 대통령에게 보고를 해야 될 것입니다. 그럼 미국 정부는 다 알게 되는 셈이지요."

"그렇습니다."

해밀턴이 동의했다.

"이동욱 팀을 증강시켜서 일을 추진하게 하고 나중에 말해 주는 것이 낫습니다. 잘못하면 한국 속담처럼 '재주는 곰이 부리고 돈은 중국 놈이 먹는' 경우가 발생할 수도 있으니까요."

"당신도 한국 사람 다 되었군."

이광의 말에 모두 웃었다.

웃음이 그쳤을 때 해밀턴이 말했다.

"이동욱이 아직 젊지만, 운이 따르는 인물입니다. 그리고 첫째로 지금까지 맡겨진 업무를 모두 달성했습니다. 이동욱을 '리스타아프리카'의 사장으로 임명했으면 좋겠는데요."

"행동하는 사장이군요."

정남희가 말을 받더니 고개를 들고 이광을 보았다.

"저도 동의합니다. 회장님 생각은 어떠세요?"

소말리아의 4대(大) 부족장 중 연립 정부에 참가한 족장은 라한웨인족의 마우라크뿐이다.

물론 하위야족의 고타르, 이샥족의 이슬람 등도 정부의 요직에 임명되었다.

이동욱이 다로드 족장을 겸하고 있기 때문에 다로드족은 말할 것도 없다.

케냐의 나이로비 중심부에 위치한 리스타빌딩 안.

22층짜리 이 빌딩은 본래 호텔이었는데 한 달 전에 리스타에서 매입, '동부 아프리카' 리스타 본부 건물로 사용하고 있다.

오후 3시 반.

모가디슈에서 날아온 이동욱이 20층 사장실로 들어섰다.

이동욱의 뒤로 비서실장 박준병, 케냐 법인 사장 김상국이 따르고 있다.

리스타는 이제 케냐, 우간다, 탄자니아, 소말리아 4개국에 '리스타 현지 법인'을 설립했고 법인 사장이 주재하고 있다.

이곳 '동부 아프리카 본부'는 그 4개 현지 법인을 관리하는 곳이다.

탁자를 중심으로 둘러앉았을 때 박준병이 먼저 보고했다.

"현재 한국 이민이 50만 가깝게 되었습니다. 그래서 당분간은 인원 조정을 해야 될 것 같습니다."

이동욱이 고개를 끄덕였다.

박준병은 리스타 그룹 비서실 상무 출신이다. 42세. 그 경력이면 계열사 사장급이 되고도 남는 박준병이 '동부본부' 비서실장으로 온 것이다.

그때 김상국이 말했다.

"현재 몸바사와 나이로비에 이민자 적응 훈련소가 설치되어 있는데 시설이 부족합니다. 시설 확충 공사를 계속해야 합니다."

"그래야죠."

이동욱의 얼굴에 웃음이 떠올랐다.

쏟아져 들어오는 한국 이민들은 먼저 케냐의 몸바사와 나이로비에서 이민 희망지에 대한 교육을 받는 것이다.

그래서 몸바사와 나이로비에서 50만 가까운 한국인들이 들끓고 있다.

'한국인 세상'이 되었다고 케냐 국영방송이 보도할 정도다.

박준병이 입을 열었다.

"몸바사는 탄자니아와 소말리아로 이주할 사람들의 적응 훈련장으로 이용하고 나이로비는 케냐와 우간다 훈련장으로 이용할 예정입니다."

이동욱이 고개를 끄덕였다.

내치(內治)는 박준병에게 일임하는 것이 낫다. 그러도록 박준병이 배치된 것이다.

박준병은 현재 케냐, 우간다, 탄자니아, 소말리아에 설립된 '리스타 법인'을 관리하고 있다.

박준병과 김상국이 방을 나간 후에 곧 카라조프가 들어섰다.

카라조프의 직책은 '동부본부' 사장의 보좌관이다. 백악관의 안보보좌관쯤 되는 역할이다.

방에 둘이 앉았을 때 카라조프가 입을 열었다.

"칼바산디의 쿠데타는 성공 가능성이 커. 95퍼센트야."

이동욱의 시선을 받은 카라조프가 쓴웃음을 지었다.

"FSB가 잔뜩 긴장하고 있어."

"칼바산디가 우리하고 접촉하고 있는 것을 아는 거야?"

놀란 이동욱이 묻자 카라조프가 고개를 저었다.

"그건 모르고 있어. 하지만 소말리아를 평정했으니 다음 순서는 자연히 에티오피아지."

카라조프가 말을 이었다.

"에티오피아가 넘어가면 수단, 남수단이 넘어갈 가능성이 많거든. 그럼 그 옆의 차드가 불안해지고."

"……."

"차드가 리비아하고 전쟁을 했던 거 알고 있지? 카다피가 침공했다가 차드, 프랑스 연합군에게 밀려났지만 말야."

카라조프의 두 눈이 반짝였다.

"미국은 차드를 리스타가 먹는 걸 반길걸? 리비아가 침공했을 때하고는 전혀 다른 분위기겠지."

그렇다. 지금 차드는 반미 정권이 기승을 부리고 있다.

테러 조직이 차드에서 훈련장을 개설하고 있다.

"그렇군."

고개를 끄덕인 이동욱이 쓴웃음을 지었다.

"도미노 판처럼 한 곳이 넘어지니까 연달아서 넘어지는구나."

"아프리카 동부에서 서쪽으로 휩쓸고 가는 거지."

카라조프가 생기 띤 눈으로 이동욱을 보았다.

"그러다가 남풍(南風)이 부는 거야."

리스타자원은 용병 관리회사다. 사장은 회장 이광의 심복 조백진.

리비아 트리폴리에 본부를 둔 리스타자원은 세계 각국에서 자원한 용병군단을 보유하고 있다.

오후 12시 반, 조백진이 사무실에서 김두용과 마주 앉아 있다.

김두용은 한국군 소장 출신으로 리스타자원의 기획실장이다.

현역이었을 때는 '육본작전참모부장'이었고 '공수특전사단장'을 지냈다. 작전통인 것이다.

조백진이 입을 열었다.

"동부 아프리카의 리스타 본부는 이제 내부 조직을 갖췄지만, 가장 중요한 행동 조직의 관리자가 필요해. 그걸 당신이 맡아야겠어."

조백진이 말을 이었다.

"내부의 경제, 관리 부분은 비서실장 박준병이 맡고 외부 활동은 당신이 맡아서 이 사장을 도와줘야겠어."

"알겠습니다."

금방 이해를 한 김두용이 조백진을 보았다.

"제가 이 사장님의 참모장이 되라는 말씀이군요."

"이동욱을 대신해서 전력(戰力)을 정비하는 역할이지. 당신은 동부 아프리카 리스타 본부의 기획실장이 되는 거야."

"알겠습니다."

"동부 아프리카 리스타 법인의 구조는 이동욱 사장 밑에 내부 행정을 맡은 비서실장 박준병, 외부 사업을 맡은 기획실장 김두용 체제지."

조백진이 다짐하듯 말했다.

말이 외부 사업이지 군대다. 이제 리스타는 용병단을 대거 투입해서 각국의 군사 조직을 운용하고 있는 것이다.

그리고 앞으로 더 필요하다.

그래서 김두용이 특별히 임용되었다.

지난번 인터컨티넨탈호텔의 폭파 미수 사건은 호텔 종업원 두 명의 소행이었다.

카라조프의 정보를 받은 이동욱이 라돈을 시켜 둘을 잡아 처형했다.

그러나 그것은 빙산의 일각이다.

FSB가 그것으로 작전을 그칠 리는 없는 것이다.

이곳은 아디스아바바의 센트럴호텔 근처에 위치한 FSB의 안가다.

5층 건물의 1층은 슈퍼마켓이고 2, 3, 4, 5층이 FSB의 안가인 것이다.

그 5층의 사무실에서 체르넨코가 앞에 앉은 두 사내에게 말했다.

"카라조프가 이동욱의 보좌관으로 붙어서 우리 조직을 다 파헤치고 있어."

체르넨코는 방금 인터컨티넨탈호텔 폭파 미수범이 체포된 이야기를 하고 있다.

"이동욱도 없애야지만 카라조프 제거도 시급해."

"지금 둘이 다 나이로비에 와 있습니다."

오른쪽의 금발 머리가 말했다.

"이대로 가만두면 아프리카 전체가 리스타 지배하에 들어갑니다."

금발 머리는 안토노프, 에티오피아 FSB 지부장이다.

체르넨코는 케냐에도 도망쳐 나온 상황이지만 경력을 인정받아 '동부 아프리카' FSB의 책임자가 되어 있다.

안토노프가 말을 이었다.

"지금 소말리아와의 국경을 맡고 있는 2군 사령관 칼바산디가 우뭄바 대통령의 불신을 받고 있거든요. 소문으로는 공금 횡령을 한 것이 감찰에 적발되었다는데 소말리아를 평정한 리스타가 어깨라도 '툭' 쳐도 뒤로 자빠질 분위기입니다."

"설마 그럴라고."

"만일 소말리아군이 국경을 침범이라도 하면 칼바산디가 주도권을 쥐게 되니까요. 칼바산디가 칼끝을 우뭄바한테 겨눌 수도 있지요."

"리스타에 점점 유리하게 전개되는군."

"그래서."

안토노프 옆에 앉은 사내가 입을 열었다.

"본부에서는 더 이상 동부 아프리카가 리스타에 흡수되는 것을 용납하지 않겠다고 했습니다."

사내가 말을 이었다.

"본부에서 적극 협조해 드릴 겁니다."

사내는 FSB 국장 루트킨이 보낸 특사 밀로비치다.

체르넨코가 길게 숨을 뱉었다.

"리스타와 러시아의 전쟁인가?"

부사장 해리 워터만이 피살된 후에 리스타 본부에는 경비가 증강되었지만 한국인 이민자가 쏟아지면서 충격이 가시는 것처럼 보였다.

나이로비 시내는 한국인으로 덮여서 한국 도시처럼 보이기도 했다.

이민의 주관처는 리스타다. 리스타가 자금을 투자하는 투자이민을 권장했기 때문에 이민이 몰린 것이다.

한국에서 중소기업을 운영했던 기업가는 물론이고 무경험자도 아프리카에서 새 사업을 하겠다는 기업가 지망자가 이민 대열에 끼어든 것이다. 그리고 현지에 와서 공부를 시작하고 있다.

이만성. 38세, 대학을 졸업하고 지금까지 6번 사업을 했지만 다 말아먹고 가족과 함께 이민을 온 경우다.

이만성과 같은 부류가 이민자의 60퍼센트를 차지하고 있다.

물론 이만성의 가족까지 포함해서 그렇게 통계가 나온다.

이만성은 유산이 좀 있었기 때문에 처음에 식당부터 시작해서 커피숍, 의류 대리점, 스포츠용 자전거 사업, 과일 도매상, 마지막으로 세차장을 했다가 거지가 된 후에 리스타에서 광고한 '아프리카 이민' 프로그램을 보고 대번에 지원한 것이다.

가족은 착한 처와 8살, 6살, 4살짜리 딸과 아들 5인 가족이다.

이만성은 우간다 이민을 신청했기 때문에 '나이로비 학습장'에 배정되었다.

이만성이 우간다에서 일으킬 사업은 여행자 숙소, 빅토리아 호숫가에 숙박 시설과 식당을 짓고 사업을 할 계획이다.

물론 리스타가 광고한 프로그램에 들어있는 사업으로 사업자금까지 리스타가 빌려주는 경우다.

빌려 주는 정도가 아니라 3층짜리 숙박 시설과 식당을 세우고 관리까지 리스타가 도와주는 것이니 개나 소나 다 몰려들 수밖에.

"엄청난 돈을 쏟아붓는군."

일본 총리 아베가 어깨를 늘어뜨리면서 말했다.

"도대체 리스타의 재산은 얼마나 돼?"

"글쎄요."

관방장관 호소다가 고개를 기울였다.

도쿄의 총리 관저 안.

아베와 호소다는 각료회의를 마치고 리스타의 아프리카 진출에 대해서 논의 중이다.

호소다가 입을 열었다.

"리스타 이광 회장이 카다피, 후세인, 그리고 쿠웨이트 왕가(王家)의 비자금까지 관리하면서 수십 년간 수천억 달러를 모았다 하지 않습니까?"

"아소 부총리는 몇조 달러라던데. 아프리카 대륙의 모든 국가 예산은 1백 년간 낼 수 있다는 거야."

"그렇게까지는 안 되겠지만 엄청나긴 합니다. 현금 재산이 세계 1위인 건 분명하고요."

"그래서 돈으로 아프리카를 사려고 지랄인가?"

아베가 아프리카로 쏟아지는 한국인 이민을 말하는 것이다.

탁자 위의 신문을 집어 든 아베가 눈을 치켜떴다.

"아프리카에 공장 지어주고, 호텔 지어주고, 가게 세워준다고 하면 누가 안 가겠어? 나도 가겠다."

"……."

"거지 같은 놈들이 가서 사장해먹다가 금방 망하겠지."

아베의 입가에 게거품이 일어났다.

"돈 벌어놓은 거 아프리카에 다 쏟아붓는군, 병신 같은 놈."

"총리 각하, 리스타에서 대마도 땅을 매입하고 있다는 소문이 났습니다."

"그게 무슨 말야?"

깜짝 놀란 아베가 신문을 내던졌다.

"아니, 왜? 아프리카에서나 놀지 대마도는 왜?"

대마도에서 한바탕 소란이 일어난 것도 10년쯤 전이었던가?

케냐, 우간다, 탄자니아는 정권이 바뀌고 나서 곧 민간 정부가 수립되었는데 지난 정권의 지도자들은 다 물러났다.

그러고 나서 리스타의 지원을 받은 자유당 정부가 들어섰다. 한 달 만에 3개 국가에서 자유당 정부가 들어선 것이다.

이제 3개국은 일사불란한 행동, 협조 체제로 경제 발전을 추진하는 중이다.

리스타는 이제 정부다. 각국의 지도자는 리스타 요원이나 마찬가지인 것이다.

이제 소말리아까지 평정된 상황이다. 동아프리카 4개국은 리스타 연방이 된 것이나 같다.

오전 11시, 소말리아의 모가디슈에서 이동욱이 김두용과 마주 앉아 있다.

김두용이 입을 열었다.

"소말리아군을 편성하고 있습니다. 아마 일주일이면 마무리가 될 겁니다."

이동욱이 고개만 끄덕였고 김두용이 말을 이었다.

"4대 부족의 군을 통합시킴으로써 부족의 대통합부터 이뤄지는 셈이지요."

"그러네요."

이동욱의 얼굴에 웃음이 떠올랐다.

"잘하신 겁니다."

"4개 사단이 조직될 것 같습니다. 그중 1개 사단은 기갑사단이 됩니다."

김두용이 말을 이었다.

"우리들이 신무기를 대폭 지원하면 에티오피아군을 무력화할 만합니다."

"전쟁은 곤란해요."

"알고 있습니다, 사장님."

"작전은 김 실장한테 맡기겠습니다."

"제가 잘 아는 사단장 출신 군 후배가 있습니다. 그 사람을 이번 소말리아군 참모장에 임명해서 군을 지휘하게 할 예정입니다."

"알겠습니다."

"군 사령관은 라한웨인 족장 마우라크를 내세우는 것이 적당하겠습니다."

"그래야겠네요."

고개를 끄덕인 이동욱이 말을 이었다.

이제 '에티오피아 병합' 작전이 시작된 것이다.

이만성이 앞에 앉은 주영수를 보았다.

주영수는 리스타의 경제 담당관, 케냐를 본부에 둔 '리스타 이민국' 소속이다.

"주 과장님, 그럼 공사는 언제 시작합니까?"

"한 달 후에 현지에 들어가시는 대로 공사가 시작될 것입니다."

주영수가 말을 이었다.

"공사는 리스타 건설이 실시합니다. 여기 일정이 있습니다."

탁자 위에 일정표를 내려놓은 주영수가 이만성을 보았다.

"호텔은 3층 건물로 1층은 식당, 객실 60개 규모이고 고용 인원은 약 30명이 될 것 같습니다."

일정표 옆에는 호텔 조감도가 놓여 있다.

빅토리아 호숫가에 세워진 호텔의 그림에 시선을 빼앗긴 이만성이 한숨을 쉬었다.

꿈도 꿔보지 못했던 사업이다.

그때 주영수가 웃음 띤 얼굴로 말했다.

"물론 호텔의 소유권은 리스타에 속해 있지만, 이 사장님이 열심히 사업하셔서 대출금을 상환하시면 이 사장님 소유가 되시지요."

공짜로 세워 주는 것은 아니다.

리스타에서 유망한 사업을 적성에 맞는 사업가에게 넘겨주는 사업 계획 중 하나다.

이런 국가가 어디 있는가?

한국인이니까 이런 혜택을 받는 것이다.

"그럼요. 죽기 살기로 해 봐야죠."

말은 비장하게 했지만 이만성의 얼굴에 웃음이 떠올랐다.

우간다에서는 야반도주하지 않아도 될 것 같았다.

이곳은 트리폴리, 대통령궁 안이다.

무하마드 카다피가 웃음 띤 얼굴로 이광과 마주 앉아 있다.

카다피는 2002년 현재 60세, 1942년생이다. 1969년 27살의 육군 중위 때 군사 쿠데타를 일으켜 정권을 잡았으니 그야말로 호랑이가 담배 피우던 시절에 무협지 수준의 무용담이다. 그만큼 당시에 리비아 권부 체제가 허술했기 때문이기도 할 것이다.

그러나 시간이 지날수록 카다피의 위상이 높아졌고 권부의 위치도 단단해졌다. 지금은 10개 사단이 공격해도 카다피 정권은 무너지지 않는다.

카다피는 옆에 국방장관, 정보국장을 배석시켰고 이광은 해밀턴과 안학태를 동석시켰다.

카다피가 입을 열었다.

"그렇군. 리스타는 '경제'를 배경에 깔고 안으로 들어와 공작을 했어. 새로운

전략이야."

웃음 띤 얼굴로 카다피가 말을 잇는다.

"내가 차드와 10년 전쟁을 치르다가 물러났어. 프랑스 놈들이 차드를 지원하는 바람에 말야."

"알고 있습니다."

이광이 따라 웃었다.

1970년, 28살의 나이에 국가원수가 된 카다피는 1978년에 차드 내전에 개입했다가 1987년에 철수했다. 그사이에 1980년, 시리아와 합병을 시도했다가 이란 이라크 전쟁 때문에 무산되기도 했다.

카다피의 야망은 후세인보다 크면 컸지 못하지 않는다.

그때 이광이 입을 열었다.

"각하, 리비아를 리스타 연방에 가입시키는 것이 어떻겠습니까?"

"리비아를?"

그렇게 되물었지만 카다피의 얼굴에는 웃음기가 지워지지 않는다.

카다피가 이광을 보았다.

"이 회장이 그런 제의를 할 것 같다는 예상은 했는데, 내가 얻을 건 뭐요?"

"각하의 안전입니다."

이광도 예상하고 있었기 때문에 바로 대답했다.

정색한 이광이 말을 이었다.

"각하께서 이대로 가신다면 곧 미국의 공격을 받게 되실 것입니다."

"대비하고 있어."

"리스타가 에티오피아에 이어서 수단과 남수단까지 병합하면 리비아는 고립됩니다. 그렇지 않습니까?"

"에티오피아는 예상했지만, 수단도 계획하고 있나?"

"수단은 에티오피아와 거의 동시에 넘어갈 것 같습니다."

"그렇군. 내전 중이라 국민들이 반기겠지."

"리비아가 리스타에 연합하면 차드는 그냥 넘어오지 않겠습니까?"

"연합한다고 말했는가?"

"그렇습니다. 제가 각하를 '아프리카 연방'의 의장으로 모시지요."

그 순간 카다피가 숨을 들이켜더니 정색하고 이광을 보았다.

좌우에 앉은 둘은 아까부터 몸을 굳힌 채 숨도 쉬지 않는 것 같다.

그때 이광이 말을 이었다.

"각하께선 리비아 대통령에 아프리카 연방의 의장이 되시는 것입니다. 각하의 꿈이 몇 배로 커져서 이뤄지는 것 아닙니까?"

"리스타의 꼭두각시로 말인가?"

불쑥 되물었던 카다피가 다시 입을 다물더니 이광을 응시했다.

이제는 이광도 의자에 등을 붙이더니 입을 다물었다.

좌우에 앉은 해밀턴과 안학태도 입을 열지 않는다.

리비아는 강군(强軍)을 보유하고 있다. 그리고 내부 관리가 잘되어 있다.

다만, 철저한 반미 노선을 견지하고 있기 때문에 미국 입장에서 보면 언제든지 제거해야 할 테러 위험국이다.

이윽고 카다피의 입술이 떼어졌다.

"차드를 리비아가 병합하고 나서 아프리카 연방에 가입하지. 내 생각이 어떻소?"

"저런 미친놈 같으니."

그 말을 전해 들은 미국 대통령 부시가 욕을 했지만 화를 낸 것 같지는 않다, 그리고 나서 바로 웃어버렸으니까.

"참, 내. 기가 막히는군."

백악관 오벌룸 안에는 윌슨과 국무장관 베이컨까지 셋이 앉아 있다.

그때 윌슨이 말했다.

"아프리카 연방의 의장은 명예직입니다. 카다피는 그것을 알고 있습니다."

"차드를 리비아가 흡수한 상태에서 연방에 가입하겠다는 것 아닌가?"

"예, 각하."

"끝까지 욕심을 버리지 않는군, 미친놈."

"차드가 내전이 끊이지 않아서 리비아는 금방 점령할 수 있을 겁니다."

"이봐, 윌슨, 무슨 소리를 하는 거야?"

부시가 정색했다.

"리비아가 차드를 먹게 놔두라는 거야?"

"이대로 두면 러시아 지원을 받는 오갈이 차드의 지배자가 됩니다, 각하."

"카다피가 그걸 알고 카드를 내놓은 것 같군."

쓴웃음을 지은 부시가 베이컨을 보았다.

"장관, 어떻게 생각하나?"

그때 베이컨이 대답했다.

"미국 국익을 위해서 판단하시지요."

우뭄바가 전화기를 귀에 붙이고 물었다.

"사령관, 국경은 별일 없겠지?"

"예, 각하."

칼바산디의 목소리가 울렸다.

"걱정하시지 마십시오. 소말리아군은 한 발짝도 내딛지 못할 것입니다."

"사령관만 믿겠네."

"예, 각하."

오후 7시 반, 칼바산디가 사령관실에서 대통령의 전화를 받고 있다.

"놈들이 도발을 해오는 즉시 몰살시키겠습니다."

에티오피아는 동부 아프리카의 대국(大國)이다.

인구가 1억으로 인류 문명의 발상지이나 세계 최빈국 중의 하나다.

지하자원도 없고 땅이 메말라서 커피가 주요 수출품 중 하나다.

인구의 3분의 1이 암하라족, 3분의 1이 오로모족이며 북부, 중부 지역에 분포된 암하라족이 지배해왔다.

1974년 하일레 셀라시에 황제가 폐위되기 전까지는 번영을 이루었지만 그 후에 공산정권이 들어서면서 1991년까지 내전이 계속되어 국가 전체가 피폐해졌다. 1993년에는 소말리아와 국경 분쟁이 일어난 후부터 양국 관계는 악화되었다.

전화기를 내려놓은 우뭄바가 옆에 선 비서실장 얀센을 보았다.

"저놈을 믿을 수 있을까?"

저놈이란 칼바산디를 말한다.

얀센은 시선을 내린 채 대답하지 않았다.

"난 군의 작전에는 문외한이야. 참모장의 지시를 받도록."

마우라크가 지휘관들에게 말했다.

오전 10시 반, 벨레드웨이네의 지휘부 상황실 안.

이곳은 에티오피와의 국경도시다.

도시 주변에는 이번에 조성된 4개 사단이 주둔하고 있다. 급조한 사단이었지만 활기 띤 분위기다.

그때 참모장 박일관이 입을 열었다.

"우리가 밀고 들어가면 칼바산디의 군단은 후퇴할 겁니다. 아디스아바바를 향해 후퇴할 것이고 우리는 그 뒤를 따르는 형국이 될 거요."

박일관이 정색하고 지휘관을 보았다.

둘러앉은 지휘관은 사단장과 사단참모장들이다.

참모들도 부르지 않고 고급 지휘관들만 모았다.

"그러나 이건 여러분들만 알고 있도록. 이 사실이 에티오피아군에 누출되면 칼바산디의 군 내부에서 반발이 일어날 수 있으니까."

"알겠습니다."

기갑사단장이 대답했다.

군단 참모장 박일관은 한국군 소장 출신으로 기획실장 김두용의 후배다.

박일관이 실질적으로 소말리아 군단을 지휘하고 있다.

제일 먼저 국경을 돌파할 기갑사단장이 박일관에게 물었다.

"우리가 일제 사격을 하겠지만, 칼바산디군의 급소를 타격하지 않는 것이 낫지 않겠습니까?"

"그래야겠지. 내가 칼바산디 측에서 우리가 포격할 좌표를 받아 주겠어."

이런 전쟁도 있는 것이다.

그 시간에 우뭄바 대통령은 관저에서 체르넨코와 만나는 중이다.

배석자는 비서실장 얀센과 국방장관 사이트.

체르넨코가 입을 열었다.

"칼바산디를 해임하십시오. 그러고 나서 칼바산디 대신으로 2군 사령관을 보내셔야 합니다."

우뭄바가 이맛살을 찌푸렸고 체르넨코가 말을 이었다.

"칼바산디는 소말리아군이 침공하면 바로 후퇴하는 것처럼 군을 돌려 아디스아바바로 진격해올 겁니다. 그럼 에티오피아군은 내전 상태가 됩니다."

"2군 사단장들이 칼바산디를 따르지는 않을 거요."

사이트가 말하자 체르넨코가 혀를 찼다.

"정보원의 보고를 받았는데 칼바산디는 사단장들 주위에 감시를 붙여 놓았습니다. 거기에다 회유를 해놓아서 배신할 상황이 아닙니다."

"지금은 늦었어."

우뭄바가 혼잣소리처럼 말했다.

"새 사령관을 보낸다고 해도 칼바산디가 없애버리면 끝이야."

"암살자를 보내지요."

체르넨코가 우뭄바를 보았다.

"내가 해드리겠습니다."

"그렇게만 해주신다면……."

우뭄바가 심호흡을 했다.

"그럼 내가 새 사령관을 준비해놓을 테니 칼바산디를 먼저 제거해주시오."

이광은 백악관이 처음이다. 물론 부시도 처음 만난다.

조지 워커 부시는 43대 대통령으로 41대 대통령인 조지 허버트 부시의 아들이다.

아버지 부시는 단임으로 4년 임기만 마치고 42대 빌 클린턴에게 선거에서 패했지만 8년 후에 아들 부시가 대통령이 된 것이다.

그러나 아들 부시는 대통령이 되던 해에 9·11 테러를 당해 세계는 긴장 상태가 되었다.

세계2차대전 때 일본의 진주만 기습 사건보다 더 큰 충격인 것이다.

이제 미국의 적은 테러 단체며 반미주의 국가인 것이다.

"어서 오시오."

백악관 현관 앞에 서 있던 부시가 차에서 내리는 이광을 맞는다.

부시는 비서실장, 국무장관, 안보수석 등 거물들을 거느리고 있다.

"반갑습니다, 각하."

이광이 부시가 내민 손을 잡고 인사를 했다.

오전 10시 반.

인사를 마친 이광은 부시의 안내로 백악관 회의실로 들어선다.

이광은 부시의 초청을 받아 백악관에 온 것이다.

회의실에 자리 잡고 앉았을 때 부시가 먼저 입을 열었다.

"이 회장님, 이번 아프리카의 '리스타 열풍'에 대해서 우리는 엄청난 관심을 갖고 있습니다."

부시는 웃음 띤 얼굴로 '리스타 열풍'이라고 표현했다. 호의적인 표현이다.

그때 이광이 대답했다.

"감사합니다. 저는 세계 평화를 위해서 할 일을 할 뿐입니다. 다른 욕심은 없습니다, 각하."

"하지만 벌써 동부 아프리카 4개국을 리스타 연방으로 만들었고 곧 에티오피아를 병합할 계획 아닙니까?"

부시가 떠들썩한 목소리로 말했기 때문에 국무장관 베이컨과 안보보좌관 매클레인이 난처한 표정을 지었다.

그때 이광이 웃음 띤 얼굴로 말했다.

"각하, 리스타는 미국의 국익과 부합하는 사업을 하고 있습니다."

맞는 말이다.

미국이 대놓고, 공공연하게 아프리카 국가를 병합할 수는 없는 것이다.

마음에 안 든다면서, 또 테러 조직을 양성하고 보호한다고 침략할 수도 없다.

지금 리스타는 미국의 손이 안 닿는 등을 긁어주는 셈이다. 효자손 같다.

부시가 천천히 고개를 끄덕였다.

"리스타가 세계 평화에 이바지하고 있는 건 압니다."

"저는 그것뿐입니다."

정색한 이광이 말을 이었다.

"리스타라는 기업 이름으로 이 세계에 봉사하려는 것입니다."

"좋습니다."

고개를 끄덕인 부시가 말을 이었다.

"우리가 협조해드리지요. 오시기 전에 의회 지도부와 국무위원들의 합의를 거쳤습니다. 리스타가 아프리카에 '자유민주주의' 연방을 설립하는 것에 동의합니다. 우리가 적극 협조하겠습니다."

"감사합니다."

이광의 얼굴에 웃음이 떠올랐다.

"저는 전 재산을 투자하여 아프리카를 새로운 세상으로 만들겠습니다."

"아예 아프리카를 다 먹어 버리세요, 이 회장이."

부시가 또 '오버'했다. 베이컨과 매클레인이 동시에 어깨를 늘어뜨렸지만 부시가 내친김에 말을 잇는다.

"미국은 직접 손을 대기가 힘드니까요. 테러국인지 알면서도 국제법 때문에 집행할 수가 없지 않습니까? 나라 같지도 않은 나라가 국제법의 보호를 받으면서 밖으로는 테러를 일으키고, 안으로는 국민을 굶겨 죽이고 학살하는 실정이란 말입니다. 리스타는 최상의 조건을 갖췄어요."

부시가 숨도 쉬지 않고 열변을 쏟아 내었다.

"아프리카를 리스타가 지배하는 세상으로 만들어 버려요. 다만, 우리하고 동맹국 관계만은 지켜 나갑시다."

이광이 고개를 끄덕였다.

리스타는 국가도 아니다. 그러니 미국이 조종하는 민간 조직으로 앞잡이 역할을 시키려는 의도겠지.

"감사합니다."

이광이 사례했다.

"열심히 하겠습니다."

어쨌든 미국 대통령의 적극적인 지원을 약속 받았다.

그러니 앞잡이 노릇만은 안 하면 된다.

그 시간에 칼바산디는 저녁을 먹으려고 식당 안으로 들어서는 참이었다.

이곳은 군단 사령부가 위치한 라콘데시 중심가.

칼바산디가 좋아하는 미국식 스테이크 식당이다. 예약을 했기 때문에 칼바산디는 안쪽 VIP 좌석으로 안내되었다.

라콘데시는 인구 5만 정도의 작은 도시여서 이런 고급식당 손님은 고위 관리나 군의 지휘관급 장교뿐이다.

다가온 지배인에게 스테이크 두께까지 자세하게 주문한 칼바산디가 동행한 참모장에게 말했다.

"아디스아바바에 텍사스라는 식당이 있어. 그곳 스테이크가 여기보다 나아."

"그렇습니까?"

참모장 우가탄 소장이 두꺼운 입술을 벌리고 웃었다.

우가탄은 칼바산디의 심복으로 동향이기도 하다.

칼바산디가 고개를 끄덕였다.

"소스 맛이 훌륭해."

칼바산디가 입맛을 다셨다.

"고기보다 소스 맛이야."

그때 우가탄이 자리에서 일어섰다.

"화장실에 다녀오겠습니다."

칼바산디가 고개만 끄덕였고 우가탄은 뒤쪽으로 사라졌다.

식당은 비었다. 칼바산디가 예약을 했기 때문에 외부 손님은 받지 않은 것이다.

그때 옆으로 종업원이 다가와 빈 접시를 내려놓았다.

고개를 든 칼바산디의 시선이 종업원에게 옮겨졌다.

다음 순간 칼바산디가 숨을 들이켰다.

종업원의 손에 권총이 쥐어져 있다.

"탕! 탕! 탕!"

요란한 총성이 식당을 울렸고 칼바산디는 의자와 함께 뒤로 넘어졌다.

"칼바산디가 살해되었습니다."

김두용이 말하자 이동욱이 고개를 들었다.

모가디슈의 리스타 법인 빌딩 안이다.

오후 6시 반.

김두용이 말을 이었다.

"20분 전에 라콘데시 식당에서 종업원으로 가장한 암살자한테 당했습니다."

"……."

"참모장하고 같이 있었는데 참모장은 그 순간에 화장실에 갔다는군요."

고개를 든 김두용이 이동욱을 보았다.

"참모장 우가탄이 암살자하고 공모한 것입니다. 우가탄이 배신을 한 것입니다."

김두용의 얼굴에 쓴웃음이 떠올랐다.

"칼바산디가 없더라도 작전은 진행할 계획입니다."

"암살자는 FSB가 보냈겠군요."

"예, 그렇습니다. 우가탄이 FSB에 매수되었겠지요."

김두용이 말을 이었다.

"현재 제2군단은 우가탄이 사령관 대행을 맡고 있습니다."

이동욱이 고개를 끄덕였다.

FSB가 또 나타났다. 형체를 드러내지 않았지만 암살자로 방해를 한다.

대통령 우뭄바가 앞에 선 가타르에게 말했다.

"지금 즉시 출발하도록."

"예, 각하."

가타르가 어깨를 펴고 우뭄바를 보았다.

어깨의 견장에 별 3개가 붙어 있다.

가타르는 30분 전에 암살당한 칼바산디의 후임이다.

우뭄바가 미리 준비해 놓은 것이다.

"헬기로 가면 1시간이면 도착하겠지. 참모장 우가탄이 그동안 군을 수습해 놓고 있을 거야."

우뭄바의 검은 얼굴에 웃음이 떠올랐다.

"칼바산디의 꿈은 깨졌다."

"오늘 밤 안에 신임 사령관이 온다."

참모장 우가탄이 앞에 선 작전참모 바로사 대령에게 말했다.

바로사는 우가탄의 심복이다.

"별일 없지?"

"예, 각하."

바로사가 정색했다.

"3사단장이 오겠다고 해서 대기하라고 했습니다."

"잘했어. 3사단장 그놈도 이번에 교체해야 돼."

3사단장 압둘은 죽은 칼바산디와 공모를 한 놈이다.

이번에 신임 사령관 가타르가 오면 4개 사단장 중 3개 사단장은 체포해야 된다.

고개를 든 우가탄이 바로사를 보았다.

"헌병 중대 병력은 대기시켜 놓았지?"

"예, 각하. 사령부 주위에 배치되어 있습니다."

"좋아. 한 시간 정도만 기다리면 된다. 새 사령관과 함께 역적들을 처단하는 거야."

"예, 각하."

고개를 끄덕인 바로사가 허리에 찬 권총을 꺼내 우가탄을 겨누었다.

순간 숨을 들이켠 우가탄이 총구를 노려보았는데 금세 눈동자가 흐려졌다. 입은 벌렸지만 밖으로 말이 뱉어지지는 않는다.

그때 바로사가 쓴웃음을 짓고 말했다.

"배신자가 배신을 당하는 거야, 병신아."

다음 순간, 총성이 울렸다.

"탕. 탕. 탕."

헬리콥터가 도착했을 때는 그로부터 1시간 후다.

헬기장에는 2군의 고위 장교가 나와 있었는데 주위를 헌병들이 삼엄하게 경계하고 있다.

"어, 나왔나?"

3사단장 압둘의 인사를 건성으로 받은 가타르가 주위를 둘러보는 시늉을 했다.

밤 10시 반, 주위는 짙은 어둠에 덮여 있다.

헬기장 밖으로 나온 가타르가 마침내 압둘에게 물었다.

"참모장은?"

"예, 기다리고 있습니다."

"어디서?"

"상황실에 있습니다."

기다리고 있던 차에 가타르가 올랐고 옆자리에 압둘이 탔다.

그때 운전사 옆자리로 오르려던 가타르의 부관 에물 대위를 뒤에서 누가 잡아당겼다.

"잠깐. 거긴 내가 타야겠는데."

몸을 돌린 에물이 앞에 서 있는 바로사 대령을 보았다.

"내가 보고할 것이 있어."

에물은 한 걸음 물러섰다.

"예, 타십시오."

30분 후에 선임 사령관 가타르 중장이 탄 승용차는 사령부 본관 옆쪽의 창고 앞에 멈춰 섰다.

어둠에 덮인 창고 앞에서 기다리던 병사 서너 명이 차로 다가갔다.

곧 차 문이 열리면서 먼저 바로사 대령과 압둘 소장이 내렸다. 운전병도 서둘러 내려 뒤쪽으로 다가갔다.

곧 바로사가 뒷좌석에서 사내 하나의 다리를 끌어 내리면서 병사들에게 소리쳤다.

"이거, 창고에다 넣어라."

병사들이 달려들어 뒷자리에서 신임 사령관 가타르의 시신을 끌어내렸다.

병사들이 시신의 팔다리를 나눠 들고 창고로 다가갔을 때 압둘이 말했다.

"우린 걷지. 차에서 피비린내가 나서."

오전 6시 반.

에티오피아 대통령 우뭄바가 비서실장 얀센의 전화를 받았다.

이른 아침의 전화여서 우뭄바는 어수선한 감정 상태로 전화기를 귀에 붙였다.

불길한 예감이 든 것이다.

그때 얀센이 말했다.

"각하, 소말리아군이 국경을 넘어 제2군 지역으로 침공했습니다."

우뭄바는 숨만 들이켰고 얀센의 말이 이어졌다.

"아군은 후퇴하고 있습니다."

"가타르는?"

"3사단장 압둘이 군을 지휘하고 있습니다. 가타르는 전사했다고 합니다."

"……."

"부관, 전속부관, 경호대하고 같이 있다가 포격을 받아서 폭사했다는 겁니다."

"설마."

마침내 우뭄바가 비명처럼 외쳤다.

"한꺼번에 다?"

"예, 각하. 그래서……."

"어디까지 후퇴한 거야?"

"지금도 계속 서쪽으로 후퇴하는 중이라고 합니다."

"이런."

우뭄바가 소리쳤다.

"그놈, 칼바산디의 계획처럼 되는 거 아냐!"

"칼바산디 외에 4개 사단장을 모두 포섭해놓았기 때문입니다."

김두용이 이동욱에게 말했다.

"참모장 휘하의 참모 바로사와 또 다른 참모 2명까지 포섭해놓았기 때문에 칼바산디의 암살과 상관없이 작전을 진행시킬 수 있었습니다."

이동욱이 머리를 끄덕였다.

군사작전은 김두용의 소관이다.

김두용의 지휘하에 소말리아 군단 참모장 박일관과 각 부서의 팀이 만든 작전이다.

케냐 나이로비의 리스타 본부 상황실 안, 오전 9시 반.

지금 에티오피아 제2군은 압둘의 지휘하에 4개 사단이 아디스아바바를 향해 진군하고 있다.

그 뒤를 소말리아 군단이 따르고 있었는데 추격하는 모양새지만, 천만의 말씀.

에티오피아 기갑사단의 연료가 부족하면 소말리아 군단에서 연료를 실은 트럭 대열이 달려가 공급해 준다.

식량이 턱없이 부족한 에티오피아군을 위해 소말리아군에서는 수십 대의 트럭에 식량을 싣고 대기 중이다.

"이번에 칼바산디를 암살한 FSB가 허를 찔린 셈이 되겠지만, 그것으로 포기할 놈들이 아닙니다."

고개를 든 김두용이 이동욱을 보았다.

"그래서 사장님 주변과 각 법인의 주요 간부, 사업장까지 경호를 강화시켰습니다."

"그 근본을 없애야 될 거요."

"그렇습니다."

"카라조프 보좌관하고 상의를 해보시도록."

"알겠습니다."

김두용이 고개를 끄덕였다.

"바로 상의하겠습니다."

카라조프는 사장 보좌관이다. 김두용의 지휘는 안 받는다.

"갓댐. 드러매틱하군."

부시가 오벌룸에서 소리치듯 말했다.

주위에는 합참의장, 국무장관, 안보보좌관, 에티오피아 주재 대사까지 모여 있었는데 CIA 부장 윌슨은 해외작전국장 크린트 메크럼까지 대동하고 와 있다. 그래서 오벌룸 안에 고위층이 꽉 찼다.

부시는 방금 크린트로부터 칼바산디의 암살에 이어서 새 사령관 가타르의 피살, 소말리아군의 진격에 이르는 과정까지를 보고받은 것이다.

부시가 열기 띤 얼굴로 에티오피아 대사 피터슨을 보았다.

"이봐, 로니, 당신 아디스아바바로 돌아가면 우붐바를 만날 수 없겠군."

"예, 각하."

"그 빌어먹을 놈. 러시아 믿고 까불더니 잘되었어. 지금이 어떤 세상이라고."

부시의 시선이 이제는 합참의장 오말리에게로 옮겨졌다.

"이봐요, 오말리, 우리가 리스타 덕분에 에티오피아에 공군 기지를 갖게 되었어. 그렇지 않소?"

"그렇습니다."

116

"리스타에 훈장이라도 주고 싶군."

"각하."

참다못한 윌슨이 나섰다.

"아직 에티오피아 사태가 끝나지 않았습니다. 그런 말씀 하시기는 아직 이른 것 같습니다."

"아. 여기서 기밀이 새 나갈 리가 있나?"

눈을 치켜떴던 부시가 소파에 등을 붙였다.

에티오피아에 미군 공군 기지를 만든다는 계획은 아직 리스타 측과 협의도 하지 않은 사항인 것이다.

그때 국무장관 베이컨이 입을 열었다.

"세계가 주목하고 있을 테니까 국무부에서는 양국의 휴전을 바란다는 성명을 내도록 하겠습니다."

'리스타아프리카'의 주역은 이동욱이다.

현재 이동욱은 리스타의 대표로 입지를 굳혀가고 있다.

그것은 리스타의 조직력, 재력이 뒤를 받쳐주고 있기 때문에 이동욱의 대표 역할이 가능했던 것이다.

오전 10시 반.

카라조프가 나이로비의 '리스타아프리카' 본부 사장실로 들어섰다.

카라조프는 소말리아에서 돌아온 것이다.

자리에 앉은 카라조프가 입을 열었다.

"오늘 오후에는 압둘이 이끄는 2군이 아디스아바바에서 1백 킬로 지점까지 접근할 거야."

카라조프가 말을 이었다.

"소말리아 군단은 압둘의 뒤쪽 20킬로 지점을 따르고 있어."

이동욱이 고개를 끄덕였다.

카라조프는 이동욱의 보좌관으로 현장을 둘러보고 온 것이다.

"김 실장이 리비아에서 용병 1개 연대를 데려왔어."

리스타군(軍)이다.

리스타자원은 리비아에 용병대 1만여 명을 보유하고 있다.

카라조프가 고개를 들고 이동욱을 보았다.

"이제 리스타가 아프리카에 전력 투구하는 상황이야. 이 회장님이 리비아에서 카다피를 만났다는 뉴스 속보가 터졌어."

이동욱이 쓴웃음을 지었다.

"이젠 언론에 노출될 만하지."

"뉴스에 나와도 이젠 괜찮다는 말이군."

"카다피하고 회장님이 합의를 했어. 그것을 부시가 동의를 했고."

"어떻게 말야?"

"카다피가 차드를 병합한 상태에서 '리스타 연방'에 합류하고 연방의 의장이 되는 거야."

카라조프의 얼굴에 웃음이 떠올랐다.

"그렇구나. 미국한테 사면을 받은 셈인가? 카다피가 말야."

"리스타 연방을 적극 지원해주는 조건으로 사면을 받은 셈이지."

"그럼 카다피의 리비아군(軍)도 활용할 수가 있겠다."

카라조프가 바로 요점을 찍었다.

"더구나 요즘은 때맞춰서 아프리카에 민주화 바람이 불고 있어."

아프리카 대륙은 넓다.

에티오피아 서쪽은 수단이다. 수단의 서쪽이 차드이고. 아직 멀었다.

카라조프의 말대로 리스타는 이제 아프리카에 집중하는 상황이다.

이광 회장이 트리폴리로 날아가 카다피와 리스타 연방에 대한 합의까지 한 것이다.

케냐와 우간다의 정권을 교체한 이동욱이었지만 지금은 홍수에 떠내려가는 느낌이 들고 있다.

그래서 고개를 들고 카라조프에게 말했다.

"난 내 한계를 알아. 그것이 내가 지금까지 살아남은 이유야. 난 내 능력 밖의 일은 욕심내지 않을 거야."

"당신은 지금까지 후계자로 여러 명을 키웠는데 지금도 고르는 중인가요? 아니면 누구 정해둔 사람 있어요?"

정남희가 이광 앞에 커피 잔을 내려놓으면서 말했다.

"모두 젊고 뛰어난 인재들이었죠. 제각기 각 사업장의 보스가 되었는데 지금도 후계자 수련 중인가요?"

리스타랜드의 바닷가 별장 테라스다.

정남희는 그룹 부회장으로 이광과 동거하고 있다. 그래서 둘이 있을 때는 호칭이 자연스럽다.

이광 옆자리에 앉은 정남희가 물었다.

"이번 아프리카 사업에서 이동욱의 역할이 커요. 그래서 이동욱이 '리스타아프리카'의 사장으로 갑자기 언론의 조명을 받고 있어요."

"당연하지."

이광이 고개를 끄덕였다.

"이동욱이 아프리카에 투입된 것은 운이 따랐기 때문이야. 이동욱보다 나은 자질을 갖춘 사람도 많아."

"그럼 운이 좋은 이동욱을 회장님 곁에 두실 건가요?"

"그곳도 두고 봐야지."

이광의 얼굴에 웃음이 떠올랐다.

"내 후계자 중 하나로 남아 있을지도 모르지."

"그러다간 회사가 여러 조각으로 갈라지게 되겠죠."

"상관없어. 업적은 남게 될 테니까."

정색한 이광이 정남희를 보았다.

"리스타는 이미 여러 명의 영웅을 배출해냈어. 그리고 사업장은 그대로 운영이 될 테니까."

"리스타의 아프리카 연방이 회장님의 마지막 사업이군요."

불쑥 정남희가 말하자 이광이 이를 드러내고 웃었다.

"역시 정남희는 나를 잘 아는군."

"안 실장도, 해밀턴 사장까지 알고 있습니다. 저만 짐작하고 있는 게 아녜요."

"그렇군."

고개를 끄덕인 이광이 말을 이었다.

"누구는 내가 아프리카에서 리스타제국을 만들 예정이라고 하는데, 난 이동욱을 내세우고 이곳에 머물 거야."

"연방 의장은 카다피에게 맡기고 말이죠?"

"카다피는 연방을 잘 관리할 거야, 첫째로 재물 욕심이나 사욕이 없는 지도자니까."

"여색은 밝히는 것 같던데요. 경호원이 모두 여자 아녜요?"

"남자 경호원은 믿을 수 없다고 하더군."

"권력욕이 강해서 괜찮을까요?"

"아프리카 연방이면 더 욕심을 부리지 않을 거야. 결점 없는 사람은 없어."

120

이광이 웃음 띤 얼굴로 정남희를 보았다.

"내 결점이 뭐라고 알려졌지?"

"10년 전만 해도 여자를 밝히셨죠."

"그런 소문이 날 만했지."

"지금은 배후에서 국가를 조종한다는 소문이 났습니다. 권력욕이 강하다는 것입니다."

"그럴 만해."

커피 잔을 든 이광이 밤바다를 보았다.

밤 9시 반이 되어가고 있다.

중국은 이제 체제가 변했고 아프리카는 태풍에 휩쓸리듯이 '리스타 연방'으로 흡수되는 중이다.

그때 정남희가 지그시 이광의 옆얼굴을 보았다.

"우리 벌써 30년 가깝게 되었죠?"

이광의 얼굴에 웃음이 떠올랐다.

정남희가 이광의 시선 끝을 보다가 숨을 들이켰다.

먼 앞쪽 바다에 수장된 이광의 가족이 떠올랐기 때문이다.

3장 리스타 연방

카라조프가 나이로비의 힐튼호텔 로비 라운지에서 나왔을 때는 오후 5시 반이다.

리스타자원의 간부하고 상의할 것이 있었기 때문이다.

카라조프는 리스타의 정보팀을 이끌고 있었는데 리스타의 정보부 역할이다.

"내일이면 아디스아바바가 함락되겠군."

카라조프가 말하자 옆을 따르던 마르셀이 대답했다.

"우몸바가 바히르다르로 피신했다고 합니다."

"곧 휴전 협상을 제의해오겠지."

엘리베이터 앞에 선 카라조프가 말을 이었다.

"우몸바가 3군단을 모으고 있지만 그건 꿈이야."

마르셀이 웃음 띤 얼굴로 고개를 끄덕였다.

우몸바는 서쪽 방면에 배치된 3군단을 소집했지만 5개 사단 중에서 겨우 1개 사단만 움직였을 뿐이다.

군단장이 자취를 감췄고 나머지 사단은 해체되는 중이다. 고위 장교들이 반란을 일으켰기 때문이다.

엘리베이터가 멈추자 카라조프 일행은 안으로 들어섰다.

경호원 셋까지 다섯 명이 탄 것이다.

이동욱이 들어서자 카다피는 웃음 띤 얼굴로 두 팔을 벌렸다.

"어서 오게."

"각하, 뵙게 되어서 반갑습니다."

인사를 한 이동욱의 상반신을 안은 카다피가 양쪽 볼에 입을 맞췄다.

"잘 왔어."

카다피는 집무실에 국방장관, 정보국장을 불러놓고 있었기 때문에 이동욱 측 수행원인 김두용과 서로 인사를 나누었다.

오후 6시.

자리 잡고 앉았을 때 카다피가 먼저 입을 열었다.

"며칠 전에 이 회장이 다녀갔어. 그러고 나서 내가 큰 선물을 받았다네."

이동욱의 시선을 받은 카다피가 빙그레 웃었다.

"뭔지 아는가?"

"압니다, 각하."

"말해보게, 젊은 미스터 리."

"차드 아닙니까?"

"옳지."

카다피가 고개를 끄덕였다.

"부시의 허락을 받았다는 전화가 왔어. 물론 러시아가 도청할까 봐 '식사를 하시지요'라는 암호로 말했지만 말이네."

"……."

"차드가 내 식사였지. 그 빌어먹을 무르샤크 놈을 이제야 먹을 수가 있겠어."

"각하, 그 일 때문에 왔습니다."

이동욱이 입을 열었다.

"각하께서 '리스타 연방'의 의장 역할을 미리 해주셨으면 합니다만……."

"내가 말인가?"

"예, 각하."

"무슨 일인데?"

"이집트 문제입니다, 각하."

"이집트?"

"예, 이집트가 지금 민주화 시위로 뒤덮여 있지 않습니까?"

"그런데, 왜?"

카다피의 이맛살이 좁혀졌다.

이집트는 지금 민주화 시위가 일어나고 있다.

카이로가 무바라크 대통령 퇴임을 요구하는 시위대로 뒤덮여 있는 것이다.

그때 이동욱이 말했다.

"민주화 시위대가 '리스타 연방'을 주장하기 시작할 것입니다."

순간 놀란 카다피가 숨을 들이켰다.

민주화 시위는 알제리에서 시작하여 이집트로 번져간 것이다.

통신수단, 언론 매체의 발달로 마른 들판에 번진 불길처럼 민주화 시위가 번져 나가고 있지만, 리비아는 아직 잠잠한 상황이다.

"이집트 시위는 곧 가라앉을 것 같은데. 무바라크가 군을 동원해서 막으려고 하지 않나?"

카다피가 묻자 이동욱이 고개를 저었다.

"아닙니다, 각하. 저희들이 분석한 결과도 그렇고 CIA, FSB까지 모두 이 시위는 더 커질 것으로 예상하고 있습니다."

이동욱이 말을 이었다.

"알제리, 모로코, 이집트가 가장 격화될 것이고 이어서 수단으로 확산될 겁니다."

"으음!"

CIA와 FSB까지 예상하고 있다는 말이 카다피에게 충격을 준 것 같다.

시위가 시작된 지 일주일도 되지 않았다.

소말리아와 에티오피아 간 전쟁이 시작되면서 세계의 이목이 그쪽으로 몰렸기 때문이기도 했을 것이다.

이윽고 카다피가 고개를 들고 이동욱을 보았다.

"그래서? 리스타의 계획은 뭔가?"

카다피가 다시 묻는다.

"민주화 시위대가 '리스타 연방'을 주장하다니? 그게 사실인가?"

엘리베이터가 지하 1층 주차장에 멈췄을 때 카라조프가 손을 뻗어 닫힘 버튼을 눌렀다.

엘리베이터 문이 열리려다가 다시 닫히더니 카라조프가 지상 1층을 누르자 올라가기 시작했다.

옆에 선 마르셀의 시선을 받은 카라조프가 쓴웃음을 지었다.

"FSB는 지하 주차장에서 암살하기를 좋아해."

"그렇습니까?"

카라조프의 부관인 마르셀이 정색했다.

1층에서 내린 마르셀이 핸드폰을 들더니 귀에 붙였다.

차를 부르려는 것이다.

이동욱에게 배정된 숙소는 국가 원수에게 제공하는 영빈관이다.

오후 10시경.

카다피와 저녁 식사를 마친 이동욱이 방으로 들어섰을 때다.

경호실장 김석호가 서둘러 들어서더니 핸드폰을 건네주었다.

"보좌관님입니다."

이동욱이 응접실에 선 채로 핸드폰을 귀에 붙였다.

"응, 나요."

그때 카라조프가 말했다.

"여긴 나이로비인데요."

"별일 없지요?"

"네, 내일 카이로에 갑니다. 이야기 잘되셨지요?"

"잘되었어요."

이동욱이 말을 이었다.

"계획대로 진행하면 됩니다."

"경호대에게 주의를 주세요. FSB가 가만있지 않을 테니까요."

"FSB가 여긴 오기 힘들 거요."

이동욱이 웃음 띤 목소리로 말했을 때 카라조프가 목소리를 낮췄다.

"제가 호텔에서 나오다가 암살당할 뻔했습니다."

놀란 이동욱이 숨을 죽였고 카라조프의 말이 이어졌다.

"지하 주차장에서 경호원과 차 운전사를 사살하고 나를 기다리고 있었습니다."

"……."

"다행히 제가 1층에서 내렸기 때문에 암살을 피했습니다."

카라조프의 목소리에 웃음기가 띠어졌다.

"제가 운이 좋았던 것 같습니다."

이동욱이 참았던 숨을 뱉었다.

이곳도 전장(戰場)이다.

"리스타가 시위에 불씨를 던진 것입니다."

체르넨코가 루트킨에게 말했다.

"케냐, 탄자니아, 우간다 등이 리스타에 의해 해방되면서 급속하게 경제, 정치, 환경이 개선되는 것을 본 주변 국가들이 동요한 것이지요."

숨을 고른 체르넨코가 루트킨을 보았다.

"각하, 이것은 새로운 방식의 정권 전복 작전입니다."

"이봐, 과장하지 마라."

루트킨이 자르듯 말했지만 소파에 등을 붙인 채 잠시 입을 다물었다.

카이로의 세라턴호텔 방.

창가로 나일강이 펼쳐져 있고 건너편의 게지라섬도 보인다.

루트킨이 카이로로 날아와 체르넨코를 부른 것이다.

이윽고 고개를 든 루트킨이 체르넨코를 보았다.

"카라조프는 제거했나?"

"아직 못 했습니다."

체르넨코가 외면한 채 대답했다.

"지하 주차장에서 기다렸지만 눈치를 챘는지 엘리베이터가 도로 올라가는 바람에……."

"어쨌든 시위대가 리스타를 찾는 건 불길한 증거야."

루트킨이 똑바로 체르넨코를 보았다.

"이러다가 아프리카를 다 잃는다. 목숨을 걸고 지켜!"

압둘이 이끄는 2군 병력이 아디스아바바에 입성한 것은 다음 날 오후 3시경이다.

바히르다르로 피신했던 우뭄바 대통령은 3군단을 소집하는 데 실패하고 종적을 감추었다.

압둘은 아디스아바바를 장악한 후에 즉시 대국민 성명을 발표했다.

에티오피아를 '리스타 연방국'의 일원으로 편입시킨다는 것이다.

성명은 간단해서 글을 모르는 양치기도 듣기만 했어도 외울 수 있었다. 짧았기도 했기 때문이다.

'리스타 연방이 되면'이라는 전제를 붙이고 나서 압둘이 말했다.

"첫째, 앞으로 잘 먹고 잘살게 된다. 내일부터 굶주리는 국민들은 없을 것이다. 둘째, 리스타 연방 내의 모든 나라로 자유롭게 나갈 수 있다."

이것으로 끝이다.

현재까지 '리스타 연방'은 케냐, 우간다, 탄자니아, 소말리아다. 이제 에티오피아까지 포함되었다.

국민들은 대번에 꿈에 부풀었다.

카이로, 신시가의 동쪽 에드다르브 알아흐마르의 알칼라 거리는 시위대로 덮여 있다.

함성에 섞여 가끔 총소리가 울렸지만 열기는 더 뜨거워졌다.

길가에 선 카라조프가 고개를 돌려 마르셀에게 말했다.

"목표가 세워지니까 시위가 더 격렬해졌어."

"예, 질서도 잡혔습니다."

마르셀의 얼굴에 웃음이 떠올랐다.

"핸드폰이 민주화 운동의 무기가 될 줄은 누가 예상이나 했을까요?"

"그래. FSB도, CIA도 예상하지 못했을 거야."

카라조프가 눈으로만 웃었다. 차도르를 걸치고 있어서 눈만 드러났기 때문이다.

그러나 앞쪽 도로를 가득 메운 시위대는 차도르를 걸친 여자들도 많다.

함성이 울리더니 다시 시위대가 소리쳤다.

"이집트를 리스타 연방으로!"

"이집트를 리스타 연방으로!"

마르셀이 주먹을 흔들면서 따라 소리쳤더니 카라조프가 말했다.

"이젠 리스타 시대야."

도로가 함성으로 뒤덮여 있었기 때문에 마르셀도 소리쳐 말을 이었다.

"민족도, 동서 냉전도 필요 없는 시대가 되었습니다! 잘살게만 해주는 주체가 있으면 다 따릅니다!"

카라조프가 차도르 속에 있던 팔을 꺼내 손목시계를 보았다.

오후 3시 반.

말라피를 만날 시간이 되었다.

오후 6시.

살라딘광장 오른쪽의 카페 안.

카페 문을 닫았기 때문에 밖의 소음이 들렸지만 안에는 넷뿐이다.

둘러앉은 넷은 카라조프와 마르셀, 그리고 말라피와 아미르다.

카라조프는 얼굴만 내놓은 차림이고 말라피와 아미르는 숄에 재킷을 걸쳤다. 둘 다 40대 중반으로 시위 주동자다.

말라피는 카이로대학 교수로 TV에 자주 나오던 유명인사. 그리고 아미르는 현역 육군 대령으로 시위대의 조직을 맡고 있는 반체제 인사다.

카라조프는 FSB 시절부터 아미르를 알고 지낸 것이다.

아미르가 웃음 띤 얼굴로 말했다.

"격앙된 민중에게 리스타란 깃발을 보였더니 마른 벌판에 불길 번지듯이 호응이 일어난 거요. 기회가 온 것입니다."

"그렇습니다."

말라피가 번들거리는 눈으로 카라조프를 보았다.

"에티오피아가 이집트의 모델이 되고 있습니다. 에티오피아에 리스타 연방이 굳어지면 이집트도 따라가게 되어 있습니다."

카라조프가 고개를 끄덕였다.

그러나 시위대는 산만한 조직이다. 조직을 단단히 갖춰야 하고 첫째로 지휘부의 구성과 자금력이 갖춰져야 한다. 그래서 카이로에 온 것이다.

에티오피아 영토 내로 깊숙이 들어왔던 소말리아 군단은 압둘이 리스타 연방을 선언한 후에 깨끗하게 철수했다. 쓰레기 한 점 남기지 않고 돌아간 것이다.

리스타 연방을 선언한 다음 날부터 과연 그 증거가 드러났다.

'효과'라고 해야 맞는 표현이 될까?

소말리아로부터 리스타 깃발을 단 수백 대의 트럭이 밀가루와 쌀, 옷과 의약품 등을 싣고 들어온 것이다.

별것이 다 있다. 그리고 그 트럭들이 전국으로 흩어져 갔다. 그뿐인가?

아디스아바바공항에는 하루에도 수십 대의 화물기가 날아와 화물을 쏟아 놓는다.

그것을 매 시간마다 보도하는 터라 그것을 본 국민들은 아직 안 먹고 안 입었지만 벌써 배가 부르고 따뜻해지는 느낌이다.

압둘이 에티오피아가 리스타 연방이라고 선언한 지 10일이 되었을 때 이집트의 무바라크 정권이 리스타 연방 시위대의 지도자 말라피와 협상을 제의했다.

전국이 '민주화' '리스타 연방' 시위로 뒤덮여서 행정 기능이 마비된 상태였다. 믿고 있던 군(軍)도 자중지란이 일어나 시위대와 합세하는 바람에 무력화된 상황이다.

"정권을 우리 민주 시민 연합에 이양하시면 됩니다."

'시민대표' 아미르가 단호한 표정으로 협상 테이블에서 말했다.

이곳은 게지라섬의 알 나일호텔.

화창한 날씨였지만 회담장 분위기는 무겁고 어둡다.

"그럼 정치 보복을 안 한다는 약속을 지킬 것이며 재산의 해외 반출, 해외 출국도 허용하겠습니다."

파격적인 제의다.

이미 무력해진 상대방은 이쪽이 어떤 조건을 내밀어도 승낙할 수밖에 없는 처지다.

그때 대통령 비서실장 바라타크가 번들거리는 눈으로 아미르를 보았다.

바라타크는 무바라크를 보좌하는 비서실장이지만 실세다. 정권의 제2인자인 것이다.

"정말입니까?"

바라타크가 묻더니 목소리를 낮췄다.

"그럼 사흘만 시간을 주시오. 우리가 출국하려면 사흘이 걸립니다."

"사흘입니까?"

"예, 시위대가 공항은 접근하지 못하도록 해주시오."

"공항에 말입니까?"

아미르가 되묻기만 하더니 곧 옆에 앉은 마르셀을 보았다.

마르셀은 리스타 대표로 협상단 부대표로 참석했다.

그때 마르셀이 눈짓을 하더니 자리에서 일어섰다.

아미르가 마르셀과 함께 창가로 다가가 섰다.

"공항으로 도망치기 전에 정권 이양을 확실하게 하라고 하시지요."

마르셀이 목소리를 낮추고 말했다.

"리스타연합에 정권을 넘기도록 하는 것입니다. 넘기는 주체를 리스타로 하시면 국민들의 거부감이 없어질 테니까요."

아미르가 고개를 끄덕였다.

리스타 기업은 단체다. 독재나 권력투쟁, 나아가서 부패하고는 관계가 없는 것이다.

시위대가 거부감을 느낄 이유가 없다.

자리로 돌아온 아미르가 바라타크에게 말했다.

"좋습니다. 사흘 시간을 드리고 사흘 후에 공항은 비워드리지요. 대신 내일 중으로 리스타에 정권을 이양한다는 대통령 발표를 하시지요."

바라타크는 숨을 죽였고 아미르의 말이 이어졌다.

"우리는 내일 중으로 정권을 인수 받도록 하겠습니다."

"탕!"

총성이 울리자 웨이터 하무라비는 깜짝 놀라 들고 있던 쟁반을 떨어뜨렸다.

바로 옆에서 들렸기 때문이다.

알가말리아 지구의 랑스크호텔 커피숍 안, 오후 4시.

이곳은 시위대가 오가는 구역이 아니어서 조용한 편이었다.

커피숍에 모인 손님들의 시선이 모두 이쪽으로 모였다.

총성이 울린 지 2초도 되지 않았다.

다음 순간.

"악!"

하무라비의 입에서 비명이 터졌다.

바로 옆쪽 자리에 앉아 있던 여자가 옆으로 스르르 쓰러진 것이다.

그리고 뒤쪽에서 사내 하나가 몸을 돌리더니 밖으로 뛰어나가고 있다.

총소리가 났을 때부터 3초밖에 지나지 않았다.

호르바가 뛰어 들어갔을 때 막 사내가 문으로 다가오는 참이었다.

사내는 권총을 옆구리에 다시 꽂는 중이었는데 그것이 호르바의 눈에 띄었다. 그 순간, 사내와 시선이 마주쳤고 둘은 동시에 권총을 빼들었다.

"탕!"

두 발의 총성이 동시에 울렸다.

거리가 3미터밖에 안 되어서 둘은 다 맞췄다.

호르바는 사내의 콧잔등을 맞췄고 사내는 호르바의 가슴을 맞췄다.

둘이 벌떡 뒤로 쓰러졌는데 호르바는 의식이 남았다.

그래서 뒤를 쫓아온 부하 요원들이 안아 일으키려고 했을 때 입으로 피를 뱉으며 말했다.

"보좌관님!"

요원들이 호르바를 놔두고 안으로 달려갔다.

이제는 마카비가 뛰어 들어왔다.

이제 커피숍은 소란이 일어났다.

의자를 넘어뜨리면서 손님들이 밖으로 도망간다.

그때 요들이 이쪽으로 고개만 돌리고 소리쳤다.

"당했습니다!"

"알라시어!"

하늘에 대고 소리친 호르바가 입에 고인 피를 뱉었다. 그러고는 눈을 감았다.

10분 후에 아디스아바바에 가 있던 이동욱이 전화를 받는다.

김두용이다.

김두용이 카이로에서 전화를 한 것이다.

"보좌관님이 당했습니다."

카라조프와 이동욱의 사이를 아는 데다 카라조프는 김두용의 휘하가 아니다.

그래서 한국어로 '님' 자를 붙여 주고 있다.

이동욱이 숨만 쉬었고 김두용의 말이 이어졌다.

"카페에서 협상하러 간 마르셀을 기다리다가 당했습니다. FSB 암살자인 것 같습니다."

"……."

"경호대장 호르바가 암살자와 맞서다 죽었습니다."

"……."

"제가 당분간 이곳에서 보좌관님 대신 일을 처리하겠습니다."

김두용이 가라앉은 목소리로 말했고 이동욱도 입을 열었다.

"수고해요."

전화기를 내려놓았을 때 카라조프의 가족이 리스타랜드에 있다는 것을 떠올렸다.

가족을 만나고 온 카라조프의 밝은 얼굴도 떠올랐다.

"우간다의 칼프라 부족이 반란을 일으켰습니다."

이광이 해밀턴의 보고를 받았을 때는 오후 10시 무렵.

랜드의 사무실에서 막 저택으로 돌아왔을 때다.

바닷가 저택 안에는 하인과 경호원뿐이다. 정남희는 베이징에 가 있었고 안학태는 아직 사무실에 있을 것이다.

전화기를 고쳐 쥔 이광이 소파에 등을 붙였다.

그러자 눈앞에 모래사장과 어둠이 덮여 있는 바다가 보였다.

그때 해밀턴이 물었다.

"어떻게 할까요?"

해밀턴은 지금 케냐의 나이로비에 있다.

이광이 다시 바다를 보았다.

밤바다는 항상 가라앉은 분위기다.

밤이면 짙은 어둠에 덮여 떠 있는 배의 불빛만 보일 뿐이다.

우간다의 칼프라 부족은 소수지만 항상 분란을 일으켰다.

약탈과 노예상으로 옛날부터 악명을 떨쳐왔는데 이번에도 리스타에서 다른 부족에게 공급한 식량과 물자를 강탈했다.

그래서 리스타 경찰이 주모자를 체포했더니 반란을 일으킨 것이다.

그때 이광이 말했다.

"가차 없이 진압하도록."

"가차 없이 말씀입니까?"

해밀턴의 목소리가 긴장한 것처럼 느껴졌다.

'가차 없이'란 최고 수준의 표현이다.

그때 이광이 다시 말했다.

"리스타 연방이 그저 자선, 구호 단체가 아니라는 것을 보여주도록."

"알겠습니다."

아프리카의 리스타 연방 수립 실무 지휘관은 해밀턴이다.

해밀턴의 지휘하에 각 계열사가 협조해 주고 있다.

해밀턴이 말을 이었다.

"세계가 주목하고 있을 테니 제 책임하에 처리하겠습니다."

전화기를 내려놓은 이광이 다시 밤바다를 바라보았다.

카라조프가 카이로 시내에서 피살당했다는 보고는 1시간 전에 안학태한테서 받았다.

안학태는 해밀턴한테서 들었을 것이다. 해밀턴은 카라조프의 피살까지 이광에게 보고할 필요는 없다고 생각했겠고.

그러나 이광은 그 보고를 받고 내색은 안 했지만 심란해졌던 것이다.

이동욱과 카라조프의 관계를 알고 있었기 때문이다.

이동욱은 상하이에서 황연과 결혼까지 했다가 잃었다.

황연도 살해당했다고 들었다.

이윽고 이광은 전화기를 들고 버튼을 눌렀다.

"회장님."

저택에 돌아와 있던 안학태는 긴장으로 목소리가 팽팽해졌다.

그때 이광의 목소리가 수화구에서 울렸다.

"아까 깜빡 잊은 것이 있어서."

"예, 말씀하십시오."

"카라조프 말인데."

"가족이 어머니하고 아들 둘뿐인가?"

"예, 그렇습니다."

"이번에 카라조프가 만나고 갔지?"

"예, 만나고 간 지 2주일쯤 된 것 같습니다."

"자주 만나는 편이 아니라면서?"

"예, 이번에도 1년 만에 가족을 만난 거라고 들었습니다."

"그렇군."

"무슨 일이 있으십니까?"

"그래서 말인데."

"예, 회장님."

"카라조프의 사고를 가족한테 말해주는 걸 늦추면 해서."

"아, 예."

"1년쯤 말야. 가능하겠지?"

"예, 회장님."

가슴이 답답해진 안학태가 심호흡을 했다.

그때 이광이 말을 이었다.

"1년간 가족들한테 카라조프가 살아 있는 것처럼 연락을 해주고 말야."

"아, 예."

"물론 우리는 가족을 끝까지 부양해 주겠어. 아들이 성장할 때까지. 아니, 그 이상으로……"

"알겠습니다. 하지요."

안학태가 이광의 말을 막았다. 다 이해할 수 있기 때문이다.

카라조프는 머리에 총상을 입고 사망했다. 옆머리를 관통한 총탄으로 머리 한쪽이 부서졌다.

카이로 내셔널병원의 영안실 안.

얼굴이 깨끗하게 닦인 카라조프가 반듯이 누워 있다. 돌덩이로 조각해 놓은 것 같다.

영안실에는 이동욱과 김석호 둘뿐이다.

그때 이동욱이 카라조프의 얼굴을 시트로 다시 덮고는 김석호에게 말했다.

"시신을 화장시키고 유골은 보관해 놓도록 해."

"예, 사장님."

김석호가 이동욱 옆에 붙어 섰다.

"잘 모셔두겠습니다."

발을 뗀 이동욱이 영안실을 나갔다.

주위의 만류에도 불구하고 이동욱은 카라조프의 시신을 확인한 것이다.

확인한다고 왔지만 이 세상에서 카라조프에게 마지막 작별을 하려는 의도다.

그것을 수행원들도 안다.

카라조프의 피살과 상관없이 이집트의 정권 이양이 시작되었다.

무바라크가 리스타에 정권을 이양하는 것이다.

대통령 무바라크가 오전 11시에 리스타로의 정권 이양을 발표하고 나서 정국은 축제 분위기로 돌변했다.

군인들까지 시민들과 함께 환호하는 모습이 TV에 방영되었다.

리스타는 준비된 '정권인수팀'을 파견했는데 인수팀장은 리스타연합의 사장 해밀턴이다.

해밀턴의 이름이 전 세계에 알려지는 계기가 되었다.

"저자가 CIA 해외작전국장 출신이야?"

TV에 나온 해밀턴을 눈으로 가리키며 부시가 물었다.

백악관 오벌룸 안.

소파에는 CIA 부장 윌슨과 국무장관, 안보보좌관 등이 둘러앉아 있다.

TV에는 정권인수팀 팀장이며 이집트 정부를 맡게 된 해밀턴이 비치고 있다.

윌슨이 대답했다.

"예, 제 상관이었습니다."

"아, 그래?"

호기심이 일어난 부시가 생기 띤 눈으로 윌슨을 보았다.

"저자가 이집트 정권을 인수했는데 이집트 대통령이 될 것 아닌가?"

"아마 시위의 주동자였던 말라피가 정부의 임시 수반이 될 것입니다."

"그래도 저자가 배후에서 조종할 것 아닌가?"

"그렇습니다."

윌슨이 말을 이었다.

"해밀턴이 지금 아프리카의 리스타 연방 배후입니다. 작전의 지도자지요."

"갓댐. 출세했군."

"해밀턴이 케냐, 탄자니아, 우간다, 소말리아, 에티오피아 정권의 배후 조정자인 셈입니다."

"마이 갓."

"하지만 리스타의 이광 회장이 지도자인 셈이지요."

"이광이 제국의 황제인 셈이군."

"그런 셈입니다."

"카다피가 '리스타 연방'의 의장이 되면 이상한 방향으로 가지 않을까?"

"그런 염려는 안 하셔도 됩니다."

윌슨이 정색하고 말을 이었다.

"오히려 카다피가 순화되어서 적극적인 친미주의자가 될 것입니다."

"흑인이 백인이 되는 것처럼 어려운 일 같은데."

"그건 제가 보장할 수 있습니다."

윌슨이 똑바로 부시를 보았다.

"카다피는 리스타가 꽉 잡고 있거든요. 지금까지 카다피는 무늬만 검둥이었던 것입니다."

"그런가?"

"리비아 안마당에 리스타 용병단 기지가 세워진 지 10년이 넘었고 카다피와 이광 회장과의 관계는 형제 같습니다. 배신하지 않습니다."

마침내 부시가 고개를 끄덕였다.

"이광이 시대를 잘 탄 것 같군."

그러더니 덧붙였다.

"시대를 잘 만나야 대통령도 되고 왕도 되는 거야."

에티오피아는?

압둘이 대통령으로 취임했고 리스타에서 파견된 요원들이 내각을 장악했다.

리스타 내각이나 같다.

정부는 기존의 부패한 관리, 군 지휘관 등을 가차 없이 축출했고 부족 간 갈등을 조정하는 위원회를 만들어 관리했다.

케냐, 우간다, 탄자니아, 소말리아에서 성공한 힘과 설득의 양면 정책이 이곳에서도 위력을 발휘했다.

"좋아. 이제 리스타 연방 회의를 개최할 시기가 되었어."

카다피가 말했을 때는 이집트의 말라피 정권이 수립된 지 10일 후다.

카다피의 얼굴에 웃음이 떠올라 있다.

"이집트까지 6개국이 되었어."

리비아를 포함해서 7개국이다.

앞쪽에 앉은 해밀턴이 카다피를 보았다.

"각하, 새 세상입니다. 곧 알제리, 차드, 수단을 합병하면 그다음에는 아프리카 중부와 서부가 차례로 넘어올 겁니다."

"과연."

140

벽에 걸린 아프리카 지도를 보면서 카다피가 고개를 끄덕였다.

밤낮으로 아래쪽 차드를 노리고 있었던 카다피. 이제는 차드가 양에 차지도 않는지 시선이 아프리카를 휘둘러보고 있다.

"내가 더 멀리 봐야겠어. 그래야 더 큰 것이 보이거든."

"맞습니다."

"차드는 간식거리밖에 안 돼."

"그렇습니까?"

"알제리는 언제 넘어올까?"

"지금 민주화 운동 지도자들하고 협상 중입니다."

해밀턴이 말을 이었다.

"에티오피아 리스타 정부에서 수단과 남수단을 접촉하고 있으니까 그쪽은 곧 결과를 알 수 있을 것입니다."

"옳지."

카다피가 커다랗게 고개를 끄덕였다.

"아프리카에 민주화 열풍이 불고 있어. 리스타는 그 열풍의 주역이라고."

맞는 말이다.

리스타가 그 열풍에 올라탄 형국이다.

목표 없는 시위는 금방 꺼진다. 민주화 시위도 목표가 없으면 오래 지속되지 못하는 것이다.

그런데 이번 시위 열풍은 민주화, 리스타다.

리스타는 현실인 것이다. 잘 살게 해주는 현실.

그때 카다피가 말했다.

"차드하고 알제리까지 포함한 리스타 연방 회의를 개최하기로 하지."

그러려면 조금 더 기다려야 한다.

호텔 커피숍으로 들어선 체르넨코가 주위부터 둘러보았다.

이곳은 알제리의 알지에시.

시위대가 앞쪽 거리를 메우고 있기 때문에 커피숍 안까지 소음이 밀려 들어왔다.

체르넨코의 시선이 앞쪽에 앉은 두 사내에게로 옮겨졌다.

카르다와 베이드. 둘 다 프랑스계 알제리인으로 이번 시위대의 주역이다.

고개를 돌린 체르넨코가 뒤에 서 있는 후르카프와 말렌코에게 말했다.

"너희들은 여기 있어."

발을 뗀 체르넨코가 앞쪽 자리로 다가가 둘 앞에 앉았다.

오후 4시 반.

알제리는 이제 시위대에 의해 무정부 상태가 되어가고 있다.

군(軍)은 이미 해산 상태가 되었고 경찰은 자중지란을 일으킨 상황인 것이다.

경찰에 의지하고 있던 총리가 어제부터 나타나지 않는다.

총리 측근인 경찰청장이 내부 반란으로 피살되었기 때문이다.

체르넨코가 둘을 번갈아 보았다.

"리스타 놈들이 모하크와 하크람의 배후야. 그놈들이 알제리도 '리스타 연방'으로 병합시키려고 하는 거야."

"시위대 일부가 '리스타 연방'을 외치고 있어요. 이대로 두면 불길처럼 번져 나갈 겁니다."

카르다가 말했다.

"서둘러야 됩니다."

"오늘 밤에 끝낼 거야."

체르넨코가 목소리를 낮췄다.

"우리가 선수를 칠 테니까."

경찰청장을 살해한 것은 체르넨코가 사주한 경찰 간부였다.

그것은 경찰청장 오마르가 총리와 함께 리스타 연방에 우호적이었기 때문이다.

그때 베이드가 고개를 들고 체르넨코를 보았다.

"새 정부를 세우려면 지도자가 있어야 됩니다. 그래야 시위에 탄력이 붙습니다."

베이드가 말을 이었다.

"누구를 세워야 됩니까?"

"육군 1군단장 카르바니."

둘은 숨을 죽였고 체르넨코가 말을 이었다.

"카르바니가 흩어진 군(軍)을 모아서 시위대를 진압할 거야."

"……."

"당신들이 이끄는 시위대가 카르바니에게 동조하면 시위대는 내분이 일어나 탄력을 잃게 될 거야."

그때다.

"타타타타탓. 타타탓."

요란한 총성이 커피숍을 울렸기 때문에 체르넨코가 벌떡 일어섰다.

카르다와 베이드도 놀라 숨을 들이켰다.

그 순간, 체르넨코는 출입구 쪽에 앉아 있던 후르카프와 말렌코가 의자와 함께 넘어지는 것을 보았다.

기관총을 쥔 두 사내다.

그때 두 사내가 일제히 체르넨코를 향해 몸을 돌렸다.

거리는 직선거리로 10미터 정도.

그때 커피숍 안의 손님들이 일어나고 있다.

그 순간에는 아무도 발을 떼지 않았다.

체르넨코는 그 간발의 순간에 가슴 주머니로 손을 넣었다.

가슴에 넣은 권총을 쥔 것이다.

"타타타타타타, 타타타탕!"

두 정의 기관총이 체르넨코를 향해 총탄을 쏟아 내었다.

"타타타타타타타타타타."

이어서 카르다와 베이드를 향해 총탄이 빗발처럼 쏟아졌다.

차드의 무르샤크 대통령은 44세, 3년간 차드를 통치해 온 독재자다.

육군 대령 출신으로 대통령 경호 실장이었다가 쿠데타를 일으켜 정권을 잡은 것이다.

오후 6시 반.

무르샤크가 대통령궁 집무실에서 제1군단장 제리코 중장에게 말했다.

"시위대가 일어날 리는 없지만 대비를 철저히 해."

"예, 각하."

제리코는 무르샤크의 처남이다.

비대한 체격의 제리코가 무르샤크를 보았다.

"알제리, 이집트가 시위대를 처리하는 방법이 틀렸습니다. 시위 초기에 뭉개 버려야 합니다."

"그렇지."

무르샤크가 고개를 끄덕였다.

"내 생각도 같다. 탱크로 밀어버려."

"알겠습니다. 기관총으로 쏴서 쓸어버리겠습니다."

"지금 미국은 이쪽에 정신을 쓸 입장이 못 돼. 초기에 끝내버려야 돼."

"예, 각하."

제리코가 말을 이었다.

"걱정하지 마십시오, 각하. 시위는 일어나지 못할 것입니다."

"폭발 직전이야."

압둘라가 시장을 둘러보며 말했다.

"아마 내일쯤 어느 한 곳에서 시위대가 쏟아져 나가면 주민들이 다 호응하게 될 거다."

옆에 선 가누가 고개를 끄덕였다.

둘은 낡은 작업복에 더러운 샌들을 신고 있었는데 이곳은 은자메나의 시장 복판이다.

차드의 수도 은자메나는 나이지리아 동쪽 국경선과 가깝다. 그래서 나이지리아로부터 대량의 물품을 들여온다. 시장에서 파는 물품 대부분이 나이지리아산인 것이다.

그때 압둘라가 말을 이었다.

"그런데 무르샤크가 문제야. 알제리나 이집트 같은 나라는 시위대에 무력 진압은 못 했는데 무르샤크는 그럴 놈이 아니거든."

"맞아. 처남 제리코를 시켜 무력 진압을 할 것이라는 소문이 돌고 있어."

가누가 이맛살을 찌푸렸다.

"차드는 달라. 국민성도, 지도자도 다르다고. 다른 세상이야."

가누는 차드 북부의 이슬람 부족으로 은자메나에 하나밖에 없는 대학교 교수다.

차드는 아프리카 최빈국으로 인구는 천만 정도.

국민소득이 1인당 8백 불 정도인 아프리카 최빈국 중 하나다.

1910년에 프랑스 식민지가 되었다가 1960년에 독립했으나 그동안 수없이 내란을 치른 데다 자원도 없는 나라여서 프랑스 식민지 시절보다 경제가 더 피폐해졌다.

리비아의 카다피가 1978년에 차드를 침공, 소규모 전투였지만 오랜 전쟁을 치른 후에 1987년에 철수를 했다.

그때 압둘라가 고개를 들고 가누를 보았다.

"하지만 이대로 둔다면 FSB가 먹을 거야. 지금도 FSB 놈들이 차드에서 공작 중일 거다."

둘은 리스타의 공작원이다.

가누는 현지 주재원이고 압둘라는 케냐 법인에서 파견된 것이다.

전화기를 귀에 붙인 루트킨의 얼굴이 조금 일그러졌다.

오후 8시, 이곳은 수단의 카르툼.

인터컨티넨탈호텔 객실에서 루트킨이 전화를 받고 있다.

그때 안토노프의 말이 이어졌다.

"알제리의 우리 측 시위 주동자 둘도 현장에서 같이 사살되었습니다. 놈들이 미리 준비하고 있었던 것입니다."

"이런 개 같은."

루트킨이 마침내 욕설을 뱉었다.

"그럼 알제리도 리스타로 넘어가겠다."

안토노프가 대답하지 않는 것은 그렇다는 뜻일 것이다.

숨을 고른 루트킨이 전화기를 고쳐 쥐었다.

루트킨은 방금 체르넨코의 피살 보고를 들은 것이다.

"우리도 죽여. 거리에 저격병을 배치해 놓고 저놈들 시위 주동자를 저격하란 말이다."

"예, 국장님."

"서로 죽이도록 만들어."

"알겠습니다."

"리스타 놈들도 보는 대로 없애."

소리치듯 말한 루트킨이 전화기를 내려놓았다.

그러고는 앞에 앉은 밀로비치에게 말했다.

"저격팀을 알제리로 보내."

밀로비치가 고개만 끄덕였고 루트킨이 말을 이었다.

"해밀턴이 우간다의 칼프라 부족을 진압할 때 케냐군을 보낼 거야. 그곳도 저격팀을 보내 지휘관들을 제거해."

FSB의 특공대를 보내려는 것이다.

해밀턴이 칼프라 부족을 무력 진압한다는 정보를 FSB가 입수한 것이다.

"창가에 두 놈."

카일이 오른쪽을 눈으로만 가리키며 말했다.

오후 2시 반, 인터컨티넨탈호텔의 12층 라운지 안.

카일이 앞에 앉은 모브락을 보았다.

"검은 머리가 루트킨이고 그 앞에 앉은 대머리가 보좌관 밀로비치야. FSB의 최고 실력자 둘이지."

모브락의 얼굴에 일그러진 웃음이 떠올랐다.

카일이 길게 숨을 뱉었다.

"쫓고 쫓기다가 마침내 우리가 모가지를 잡게 된 거야."

카일과 모브락이 팀을 이끌고 카르툼에 도착한 것은 한 시간쯤 전이다.

FSB의 수장 루트킨의 행적을 쫓다가 결국 CIA의 협조를 받아서 위치를 알게 된 것이다.

카일은 이동욱이 직접 관리하는 특공팀장 중 하나다.

커피 잔을 쥔 카일이 말을 이었다.

"자, 숨 고르기 좀 하자."

점프하기 전에 숨을 고르는 것 같다.

"해밀턴은 지금 리비아에 있는 것 같습니다. 카다피하고 연방에 관한 협의를 하는 것 같은데요."

밀로비치가 말을 이었다.

"리비아에 암살팀을 보내기는 어렵습니다. 그래서 해밀턴이 나오기를 기다려야겠습니다."

"좋아. 나오자마자 당장 처리해."

"그리고 이동욱은 지금 카이로에 왔는데 3팀을 보냈습니다."

"우간다는?"

"4팀을 보냈습니다. 5팀은 알제리에서 이미 시위 주동자급 둘을 죽였습니다."

"좋아."

고개를 끄덕인 루트킨이 심호흡을 했다.

숨을 고른 것이다. 길게 숨을 뱉고 난 루트킨이 의자에 등을 붙였을 때다.

라운지 안으로 들어서는 두 사내가 보였다.

아랍인 용모. 그러나 둘 다 양복 차림이었는데 겨드랑이가 두툼하다.

거리는 25미터 정도였지만 둘과 시선이 마주쳤다.

루트킨은 KGB 시절에 암살자 임무를 5년이나 맡았던 터라 육감이 뛰어났다.

그 순간, 라운지로 들어선 두 사내를 향해 옆쪽에서 셋이 일어섰다. 루트킨의 경호병들이다.

셋이 둘을 가로막은 순간이다.

루트킨은 옆쪽의 인기척을 듣고는 고개를 돌렸다.

사내 하나가 5미터 거리로 다가오고 있다.

왼쪽 창가에 앉아 있던 사내다.

그 순간, 사내가 양복 재킷 안에서 우지를 꺼내더니 루트킨을 향해 겨눴다.

빠른 동작이었지만 루트킨에게는 슬로 모션처럼 그 한 동작, 한 동작이 머릿속에 박히고 있다.

"어엇!"

앞에 앉아 있던 밀로비치가 한 순간 늦게 사내를 보더니 벌떡 일어섰지만 늦었다.

"두르르르르르르륵."

우지 기관총은 총신이 47센티, 무게가 4킬로밖에 나가지 않는다.

32발들이 탄창에서 쏟아져 나간 총탄이 루트킨과 밀로비치의 몸에 모조리 박혔다.

같은 순간.

"타타타타타타타."

라운지 앞쪽에서 요란한 총성이 이어서 울렸다.

총탄에 맞은 루트킨의 경호원 셋이 사지를 흔들면서 쓰러졌다.

라운지 끝 쪽 좌석에 앉아 있던 아랍인 복색의 셋이 일어나 경호원들을 쏜 것이다.

"타타타타타타."

확인 사살이다.

"투르르르르르르르."

탁자 위에 엎어진 루트킨과 밀로비치의 몸 위로 다시 총탄이 쏟아졌다.

카일이 자리에서 일어섰다.

라운지 안의 손님들이 아우성을 치면서 밖으로 쏟아져 나가고 있다.

그 틈에 끼어서 나가야 한다.

루트킨은 라운지 안에 경호원 셋을 배치시켰다.

모브락이 둘을 미끼로 보낸 후에 안에 미리 배치한 셋이 루트킨의 경호원 셋을 옆에서 처치한 것이다.

바로 그 순간, 반대쪽에서 하나가 일어나 루트킨과 밀로비치를 저격했다.

라운지 안에 카일과 모브락 외에 팀원 6명이 투입된 것이다.

무르샤크 대통령이 전화기를 들었다.

오전 10시 반, 대통령궁의 집무실 안.

앞에는 비서실장 훔바가 서 있다.

"무르샤크요."

"각하, 오랜만입니다."

카다피의 목소리가 수화구에서 울렸다.

"드릴 말씀이 있어서 연락했습니다."

"무슨 말씀입니까?"

무르샤크의 표정이 굳어졌다.

갑자기 카다피가 연락해 온 것이다.

그때 카다피의 목소리가 집무실을 울렸다.

스피커폰으로 변경했기 때문이다.

"각하, 차드가 리스타 연방으로 가입하면 각하께서 그대로 차드를 통치하신 채 연방의 일원이 되는 것입니다."

"당신이 리스타 연방의 의장이 되고 말씀이오?"

"각하, 저는 '리스타 연방'의 대리인일 뿐입니다. 리스타 회장은 이광 씨가 아닙니까?"

카다피가 한마디씩 정중하게 말했다.

"연방 의장은 나중에 각하께서 되실 수도 있지요."

"내가 당신 속셈을 모를 줄 알고?"

마침내 무르샤크가 버럭 소리쳤다.

"리스타 이광하고 당신이 형제 같은 사이라는 건 세상 사람들이 다 아는 사실이야. 날 속이려고 들지 마."

"각하, 다른 방법이 없습니다."

카다피가 끈질기게 말했다.

"이제 아프리카 국가들이 '리스타 연방'에 쏟아지듯 가입하고 있습니다. 알제리도 곧 가입합니다. 그리고 수단과 남수단도……"

"난 안 해. 속아 넘어가지 않아!"

무르샤크가 다시 소리쳤다.

"차드는 남을 거요."

"각하, 그렇다면 이 대화를 들어 보시지요."

카다피가 한숨 소리를 내더니 말을 이었다.

"어제 각하의 처남 제리코와 FSB의 특사가 밀담을 나눈 대화를 들려 드리지요."

무르샤크가 숨을 들이켰을 때 곧 제리코의 목소리가 울렸다.

"아니, 그건 말도 안 돼. 난 각하를 배신할 수 없어. 난 각하하고 일심동체야."

"잘 아시면서."

처음 듣는 사내의 목소리다.

사내가 말을 이었다.

"각하는 필요 없으면 가차 없이 버리는 성격인 줄 제일 잘 알고 있지 않습니까?"

"난 각하 처남이야."

"각하가 친동생을 처단한 것을 잊으셨나? 더구나 둘을 말요."

"그건 그 사람들이 배신을 했기 때문이지."

"자금을 횡령했다는 죄목을 뒤집어씌웠지만 경호대에 자신의 사병(私兵)을 늘린 것을 알았기 때문 아닙니까?"

"......"

"둘째 동생은 국민들한테 인기가 있다는 것을 알고 암살한 것이죠."

그때 제리코가 대답하지 않았다. 암살대를 보낸 것이 자신이었기 때문이다.

그때 사내의 목소리가 이어졌다.

"장군, 각하만 제거하면 한 시간도 안 되어서 정권을 잡게 됩니다. 경호실장 모간은 내가 처리해드리지요. 내 계획대로만 하면 됩니다."

이제는 제리코가 입을 다물었고 사내의 말이 이어졌다.

"무르샤크만 제거하고 '리스타 연방'에 가입하는 것입니다. 그럼 '연합'에서 정권을 안정시켜 줄 겁니다."

거기까지 들은 무르샤크가 길게 숨을 뱉었다.

그때 카다피의 목소리가 울렸다.

"각하, 나는 각하가 통치하는 차드가 리스타 연방 회원국이 되는 것을 바라는 겁니다."

"알제리에서 저격 사건이 일어나고 있습니다."

김석호가 이동욱에게 보고했다.

오후 4시 반.

이곳은 카이로 힐튼호텔의 로비 안.

지금 이집트는 리스타 연방의 연방국이 되고 나서 안정 상태가 되어 있다.

김석호가 말을 이었다.

"FSB의 소행입니다. 현재까지 알제리에서만 리스타 측 시위대 간부 4명이 암살당했습니다."

"루트킨이 당했는데도 FSB가 기세를 부리고 있군."

이동욱이 정색하고 김석호를 보았다.

"이대로 놔두면 튀니지가 먼저 리스타 연방이 될 것 같은데."

"그렇습니다."

김석호가 고개를 끄덕였다.

"튀니지는 곧 임시 정부가 리스타 연방 가입 투표를 실시할 예정입니다."

알제리보다 늦게 시위가 일어난 튀니지였다.

그러나 튀니지 대통령 알살람은 시위가 격화되자 정부를 해산하고 '비상임시 정부'를 수립, 리스타 연방 가입 찬반투표를 공표한 것이다.

그러자 시위는 뚝 그쳤고 투표일은 3일 후로 다가왔다.

그때 이동욱이 말했다.

"사장께 보고하고 나서 내가 알제리로 가야겠다."

민주화 시위는 알제리가 가장 먼저 시작했는데 가장 늦은 편이다.

그것은 세력이 여러 개로 나뉘어 있기 때문이다.

민주화를 명분으로 일어난 시위 세력이 5개나 되는 것이다.

"이 사장이 알제리를 맡아 주겠나?"

이동욱의 연락을 받은 해밀턴이 먼저 그렇게 물었다.

해밀턴은 지금 트리폴리에서 전화를 한다.

"예, 사장님. 제가 당분간 알제리를 맡아야 될 것 같습니다."

"알제리가 가장 골치였는데 이 사장이 맡아 준다면 안심이야."

"제 팀을 데리고 가겠습니다."

"내가 알제리 쪽에 미리 연락을 해놓을 테니까 잘 부탁하네."

해밀턴이 한마디씩 말을 잇는다.

"리, 자네가 중국에 이어서 이번 아프리카 사업의 일등공신이야."

"천만의 말씀입니다. 저는 지시 받은 일만 했을 뿐이지요."

"자네는 운이 따르는 사내야."

그러더니 해밀턴이 짧은 숨소리를 내고 통화를 끝냈다.

하고 싶은 말을 참은 것 같다.

"몇 명이야?"

해밀턴과의 통화를 끝낸 이동욱이 김석호에게 물었다.

알제리로 들어갈 요원 숫자를 묻는 것이다.

"사장님의 직할팀 중에서 3개 팀이 당장 운용 가능합니다."

김석호가 바로 대답했다.

"제 팀하고 라돈, 압둘라만 팀입니다."

이동욱이 고개를 끄덕였다.

"오늘 밤에 알제리로 들어간다."

"준비시키지요."

김석호가 자리에서 일어섰다.

김석호, 라돈, 압둘라만 팀은 탄자니아 대통령궁을 기습할 때부터 이동욱과

154

함께 뛴 팀이다.

그때 함께 뛰었던 핸더슨, 호르바, 카일 등 팀장 중에서 핸더슨과 호르바는 각각 소말리아와 에티오피아에서 죽었고 카일은 카르툼에서 FSB 수장 루트킨을 암살하고 머물러 있다.

알지에시의 오아시스호텔에서는 항구가 내려다보인다.

호텔 7층의 방 안에서 마한드로가 오사르에게 말했다.

"조금 전에 리스타의 사이트한테서 연락이 왔어. '리스타아프리카' 사장이 이곳에 온다는 거야."

"리스타아프리카 사장이라니요?"

오사르가 눈을 크게 떴다.

검은 눈동자가 마치 보석처럼 반짝이는 것은 흰자위가 맑기 때문일 것이다.

히잡을 벗은 오사르의 맨얼굴이 다 드러났다.

갸름한 얼굴, 곧은 콧날과 섬세한 입술.

방 안에서 얼굴을 다 드러낸 오사르는 빼어난 미인이다.

28세, 알제리 민주국민연합의 여성 위원장인 오사르는 투쟁가다. 그래서 경찰의 수배를 받고 있지만 한 번도 체포된 적이 없다.

마한드로가 말을 이었다.

"다른 국가는 늦게 시위가 시작되었어도 바로 리스타 연방에 가입했는데 알제리만 더 시위가 격렬해지니까, 사장이 직접 오는 거지."

"사장이 온다고 정세가 달라질까요?"

오사르가 붉은 입술 끝을 비틀고 웃었다.

"내가 알기로는 리스타아프리카 사장은 리스타 측에서 바지사장으로 세워놓은 암살자 출신이라던데요."

"누가 그래?"

"정보원한테서 들었어요."

"하긴 정보원 놈들은 과장하는 것이 일이니까."

"그래도 절반은 맞아요."

그때 마한드로가 정색하고 오사르를 보았다.

"오사르, 네가 사장의 안내역을 맡아. 알제리 상황에 대한 정보를 주고 연락 역할도 맡도록 해."

"다른 사람 시키시죠, 난 여자라 거북할 텐데."

"리스타 지휘부의 요청이야."

"그게 무슨 말이에요?"

놀란 오사르가 목소리를 높였다.

"지휘부가 요청했다구요? 나를? 왜?"

"이봐, 화를 낼 일이 아냐."

"내가 여자라서?"

"그건 내가 모르지."

"내가 거부했다고 전해요."

"그럴 상황이 아냐, 오사르."

마한드로의 표정이 엄격해졌다.

마한드로는 48세, 알제리 민주국민연합 대표로 시위주동 세력 중 하나다. 민주화 투쟁으로 세 번이나 감옥살이를 한 전력이 있고 지금도 수배 중이다.

밖에서 시위대의 함성이 울리고 있다.

그때 마한드로가 말을 이었다.

"남녀 구분할 때가 아냐, 오사르. 저쪽 리스타에서도 네가 여자고 미인이라서 이 사장 안내를 요청한 것도 아닐 거야."

"……"

"네 경력, 네 능력과 위장용으로 선택했을지도 몰라, 둘이 부부로 위장하고 다닐 수도 있을 테니까."

"……"

"그리고 이 사장이 여자하고 스캔들을 일으킬 사람이 아냐. '리스타아프리카' 의 사장이 된 것을 보면 암살자로 출중했기 때문만은 아닐 테니까."

그때 오사르가 어깨를 늘어뜨리면서 말했다.

"알았어요. 내가 무시하면 될 테니까."

그러더니 덧붙였다.

"그 사람이 날 여자로 보았을 때의 경우를 말하는 겁니다."

"어쨌든 시위대 간의 분쟁까지 일어나고 저격을 당해서 리더가 넷이나 죽 었어."

마한드로가 창밖을 내다보면서 화제를 돌렸다.

"암살대가 움직인 것 같다."

그것이 어느 쪽 암살대인지 확실하지가 않은 것이다.

"부르셨습니까?"

방으로 들어선 제리코가 묻자 무르샤크는 고개를 들었다. 두 눈이 번들거리 고 있다.

그때 창 쪽에 서 있던 경호 장교 둘이 한 걸음 다가와 섰다. 허리에 권총을 한 둘은 무르샤크의 측근 호위병이다.

무르샤크가 입을 열었다.

"너 요즘 누구 만난 적 있냐?"

"누구 말씀입니까?"

"FSB 말이다."

"무슨 말씀이신지."

제리코의 검은 얼굴이 굳어졌다.

그때 무르샤크가 얼굴을 일그러뜨렸다.

"네가 어제 군단 수색대대를 은자메나 시내로 투입시켰더군. 도로 정비를 한다는 명목이었지?"

"예, 그것은……."

"어젯밤 네가 수색대대장을 네 관사로 불렀지?"

"예, 공사를 격려하느라고……."

무르샤크가 고개를 끄덕이며 물었다.

"너 오면서 경호실장 만났어?"

"못 봤는데요."

"오늘 아침에 체포되어서 반역죄로 처형되었다."

놀란 제리코가 숨을 들이켰을 때 무르샤크가 의자에 등을 붙였다.

이제는 무표정한 얼굴이다.

"제리코."

"예, 각하."

"너를 반역죄로 체포한다."

"각하,. 억울합니다."

"내가 녹음테이프가 있지만, 너한테 들려줄 필요는 없지."

"각하."

그때 제리코가 어깨를 펴고 무르샤크를 보았다.

무르샤크의 시선을 받은 제리코가 빙그레 웃었다.

"각하는 오늘 자살을 하셔야겠습니다."

158

"뭐라고?"

"후임자로 1군단장인 제리코를 지명하고 권총 자살을 하시는 것입니다."

"이 미친놈이."

무르샤크가 눈을 부릅떴을 때다.

무르샤크 옆으로 경호 장교 하나가 다가오더니 권총을 꺼내 총구를 옆머리에 붙였다.

"아니."

놀란 무르샤크가 입을 딱 벌렸다. 그러나 몸이 굳어져서 눈도 깜빡이지 못한다.

그때 제리코가 이를 드러내며 웃었다.

"무르샤크, 네 시대는 끝났다."

제리코가 경호 장교에게 눈짓을 하자 방 안에 요란한 총성이 울렸다.

"타앙!"

1시간 후, 리비아 대통령 카다피가 제리코의 전화를 받는다.

"위대한 리비아 대통령 각하."

먼저 제리코가 그렇게 불렀다.

"차드의 혁명위장 제리코가 대통령 각하께 가장 먼저 인사를 드립니다."

"아, 제리코 위원장, 축하드립니다."

카다피가 밝은 표정으로 말을 잇는다.

"조만간 만나 뵙기를 바랍니다."

"감사합니다, 대통령 각하. 그런데 각하께 부탁드릴 일이 있습니다."

"말씀하시지요."

"차드는 혁명위원장인 제가 책임을 지고 리스타 연방에 가입하겠습니다."

"알겠습니다."

"그렇지만 차드의 내부 정리에 리비아의 지원이 필요합니다, 각하."

"어떤 지원을 말씀입니까?"

"각 지역의 치안을 위해서 리비아군을 파병해 주시지요."

"알겠습니다."

카다피가 대번에 승낙했다.

"차드 국민이 거부감을 느낄지도 모르니까 리스타 깃발을 걸고 파병하겠습니다. 어차피 우리도 리스타 연방 소속이니까요."

"아, 과연."

감동한 제리코의 목소리가 높아졌다.

"기다리고 있겠습니다, 각하."

그러고는 덧붙였다.

"국경의 군부대에 리스타군의 진입을 통보하겠습니다."

이제 차드의 새 정권은 리비아군의 입국을 허용하는 것이다.

그러나 리비아군은 리스타군이 되어 있다.

카다피는 리스타 덕분에 소원을 이룬 것이다.

알지에시는 지중해의 항구도시다.

밤 9시 반.

알지에항 위쪽에 어시장에 어선 한 척이 도착했다.

끝 쪽 선창에 닿은 어선에서 한 무리의 사내가 내렸는데 모두 커다란 가방을 들거나 메고 있다. 그들을 서너 명의 사내가 맞이한다.

이곳은 불도 켜지 않은 지역이어서 어둡다. 윤곽만 보인다.

알지에 전역이 시위대로 뒤덮인 상황이라 이곳까지 경비병을 배치시킬 여력

160

이 없는 것이다.

"어서 오십시오."

배에서 내린 이동욱을 향해 먼저 다가간 마한드로가 인사를 했다.

"뵙게 되어서 반갑습니다."

"나와 주셔서 감사합니다."

마한드로와 악수를 나눈 이동욱이 발을 뗐다.

10여 명의 사내가 이동욱을 중심으로 무리를 지어 선창을 빠져나간다.

선창 밖에는 버스 1대를 대기시켜 놓았기 때문에 그들은 버스에 올랐다.

이동욱의 알지에 첫 상륙이다.

먼저 도착한 라돈의 팀이 준비해 놓은 숙소는 황제 요새 옆쪽의 2층 저택이다. 외교관이 살다가 나간 집이어서 정원도 크고 방이 20개나 있어서 3개 팀의 숙소로 적당했다.

저택의 응접실로 들어선 이동욱에게 마한드로가 옆에 선 사내를 소개했다.

"사장님 안내역 겸 연락담당으로 오사르 씨를 데려왔습니다."

고개를 든 이동욱이 사내를 보았다.

점퍼에 바지 차림으로 머리에는 야구 모자를 썼다.

시선이 마주쳤을 때 이동욱이 숨을 들이켰다.

느낌이 달랐기 때문이다. 남장여자 같다.

그때 사내가 말했다.

"오사르입니다."

여자 목소리다.

오사르가 이동욱을 응시한 채 말을 이었다.

"남장이 일하기 편해서 입었습니다."

이동욱이 고개만 끄덕였다.

밤 10시 반이다.

응접실로 팀장들이 들어섰기 때문에 주위는 떠들썩해졌다.

모두 이동에 이골이 난 처지여서 헛동작이 없다.

응접실 안.

마한드로, 오사르, 그리고 이동욱과 팀장 셋이 둘러앉았다.

현지 상황 브리핑을 받는 것이다.

마한드로가 먼저 입을 열었다.

"민주화 시위 세력이 5개인데 제각기 기득권을 요구하기 때문에 도무지 연합이 안 됩니다."

마한드로가 준비해 온 서류를 이동욱 앞에 내밀었다.

"가능성이 있는 세력은 아무디가 이끄는 '자유연합'입니다."

이동욱이 서류를 펼쳤다.

알제리는 이미 내란 상태다.

알제리 대통령 가르다는 이미 식물 대통령이 된 채 '모든 것은 국민에게 맡기겠다'고 선언한 상태이다.

지금 알제리를 뒤덮고 있는 5개 시위 세력은 마한드로의 '민주국민연합' 아무디의 '자유연합' 라스콩의 '신자유', 쿠르도라의 '민족전선', 하르간의 '알제리해방당'이다.

자료에는 시위 세력과 지지층 규모, 성향까지 적혀 있었는데 '민족전선'은 FSB의 배후 지원을 받고 '알제리해방당'의 배후는 프랑스다. 리스타와 제휴를 바라는 '민주국민연합'은 '자유연합'과 연대했는데 수적으로 열세다.

서류에서 시선을 뗀 이동욱이 마한드로를 보았다. 얼굴에 쓴웃음이 떠올라 있다.

"나도 여기 오기 전에 알제리 상황에 대한 자료를 보았습니다."

마한드로의 시선을 받은 이동욱이 말을 이었다.

"본부에서는 모든 작전을 나한테 일임했지만, 내 참모들의 의견을 종합하면 아프리카의 수십 개 국가 중에서 알제리 상황이 가장 나쁘다는 겁니다."

"……."

"간단히 말해서 알제리는 개혁을 받아들일 상황이 아니라는 거죠."

"……."

"비교해 보면 소말리아 같은 나라도 부족이 10여 개지만, 부족장 회의에서 결정이 되면 일사불란하게 따릅니다. 그래서 지금 소말리아는 리스타 연방의 모범 국이 되었지요."

"……."

"그런데 알제리는 정파로 나뉘어진 데다 이제는 정파 간 유혈사태까지 일어나는 상황 아닙니까?"

이동욱이 고개를 저었다.

"정파 지도자의 지도력도 문제지요. 부족장처럼 권위가 있는 것이 아니라 권력을 쥐려는 정치인, 선동가, 외국 정보기관의 하수인들이 나서고 있거든요."

신자유당의 지도자 라스콩은 CIA가 뒤를 밀어주고 있다고 소문이 났다.

그때 마한드로가 말했다.

"그만큼 개혁의 열망이 강하다는 의미죠. 그래서 국민들을 계도해 나갈 책임이 있는 것입니다."

마한드로가 열기 띤 목소리로 말을 잇는다.

"권력만 쥐려고 국민을 선동하는 시위 주동자는 처단해야 합니다, 선량한 국민을 이용해서 그 희생을 대가로 욕심을 채우려는 놈들이니까요. 그래서 나는 리스타 연방에 가입한 후로 농장으로 돌아갈 겁니다.”

이동욱은 물론 둘러앉은 팀장들까지 모두 입을 다물고 있다.

저택 깊숙한 응접실 안이었지만, 희미하게 시위대 소음이 울렸다.

늦은 밤에도 시위는 계속되고 있다.

밤 11시 반.

회의를 마친 이동욱이 숙소로 정해진 2층의 침실에서 씻고 나왔을 때다.

응접실의 인터폰이 울렸기 때문에 이동욱이 전화기를 들었다.

응답했을 때 곧 여자의 목소리가 들렸다.

“내일 스케줄을 말씀해주시면 준비하려고요.”

오사르다.

오사르가 말을 이었다.

“저는 아래층에 있습니다. 대기하겠습니다.”

“필요할 때 연락하지요.”

이동욱이 말하고는 먼저 전화를 끊었다.

전화가 끊겼을 때 오사르가 숨을 들이켜고는 전화기를 내려놓았다.

대저택이었기 때문에 오사르는 1층 계단 오른쪽의 욕실이 딸린 방을 배정받았다.

저택 안에는 30명이 넘는 사내들이 차 있었지만 조용하다.

다음 날 아침.

이동욱이 라돈과 함께 저택을 나왔다. 시위 현장을 보려는 것이다.

연락관인 오사르도 부르지 않았지만 따라붙었다.

이동욱은 허름한 작업복 차림에 운동화를 신었고 등에 배낭을 메었다. 라돈도 비슷한 복색이다. 시위대에 어울리는 행색이다.

시위는 24시간 계속되는 중이었는데 각 계파별로 구역이 있다.

자연스럽게 구분되었기 때문에 시위대는 제 구역에서만 돌고 나름대로 영역의 치안을 유지한다.

"미국은 물러나라!"

선두에 선 사내가 외치자 모두 주먹을 치켜들며 따라 소리쳤다.

"미국은 물러나라!"

"미국 타도!"

"미국 타도!"

깃발과 몽둥이, 쇠파이프를 든 시위대의 기세는 살벌했다.

남녀의 비율은 8 대 2 정도. 아랍인 비율이 40퍼센트 정도다.

이곳은 쿠르도라의 '민족전선' 구역.

시위대 규모는 5, 6만. 민족전선 측에서는 10여만으로 선전하고 있다.

길가에 선 이동욱의 왼쪽에서 라돈이 말했다.

"정보에 의하면 총기를 소지한 놈들이 1천 명이 넘는다고 합니다."

시위대 소음이 컸기 때문에 라돈이 목소리를 높였다.

"여기서 누가 도발이라도 하면 바로 총격전이 일어나겠지요."

이동욱이 고개를 끄덕였다.

"그렇다면 민주국민연합의 도발을 기다리고 있겠군."

"그래서 민주국민연합은 이쪽 지역으로 접근해 오지 않습니다."

그때 오른쪽에 서 있던 오사르가 말했다.

"민주국민연합의 전력이 부족해요. 무기가 소총 50여 정밖에 없습니다. 실탄이 1천 발도 안 돼요."

오사르가 소속된 단체가 바로 '민주국민연합'인 것이다.

고개를 든 오사르가 이동욱을 보았다.

"더구나 어젯밤에도 시위 지휘자급 세 명이 암살되었어요. 모두 8명이 죽었기 때문에 분위기가 가라앉고 있습니다."

"……."

"민족전선과 알제리해방당이 연합해서 정권을 잡으려고 하는 것입니다."

그때 이동욱이 발을 떼면서 말했다.

"알제리해방당 쪽 지역으로 가보지."

차드로 진입한 리비아군은 12개 사단이다. 그중 7개 사단이 동부 지역 국경에 배치되었는데 수단 쪽이었다.

수단은 광대한 국토를 보유한 내륙국이다.

그러나 오른쪽은 에티오피아, 왼쪽이 차드다. 그리고 북쪽은 이집트, 남쪽은 우간다로 막혀 있다.

이곳은 수단의 수도 카르툼.

'수단'이란 '흑인들의 땅'이라는 뜻으로 인구는 약 4천만, 180만 제곱킬로의 영토에 비하면 적은 인구이다.

1956년에 독립하기 전에 영국과 이집트의 지배를 받았다.

그 후로 남부 지역과 내란을 계속하다가 최근에 남쪽이 남수단으로 분리되었다. 그러나 정국은 불안한 상태.

국민의 80퍼센트가 농민인 최빈국 중 하나다.

군사력은 5만 명 정도인데, 그중 육군이 4만 5천이다.

오전 10시 반.

카르툼의 대통령궁 안.

대통령 겸 육군 참모총장 올리버 하트남이 경호실장 버튼의 보고를 받는다.

"각하, 리비아 카다피 대령의 전화가 왔는데 받으시겠습니까?"

"카다피 대령?"

되물은 올리버가 쓴웃음을 지었다.

카다피는 1969년, 중위로 쿠데타를 일으킨 후에 42년 동안 대령으로 진급하고 장군이 되지 않았다. 카다피의 직위는 대령 겸 국가원수다.

그러나 올리버는 중령으로 쿠데타를 일으켜서 2년 만에 대장이 되었다.

올리버가 잠자코 손을 내밀자 버튼이 전화기를 건네주었다.

"여보세요."

올리버가 응답했을 때 카다피가 말했다.

"대통령 각하, 아프리카에 리스타 열풍이 불고 있는 거 아시지요?"

카다피하고는 여러 번 만난 사이였기 때문에 올리버는 농담으로 들었다.

그래서 가볍게 대답했다.

"수단은 바람이 불지 않습니다. 그냥 더울 뿐이오."

그때 카다피도 가볍게 말했다.

"그래서 내가 3개 사단을 보낼까 합니다."

"그게 무슨 말씀입니까?"

갑자기 가슴이 답답해진 올리버가 물었다.

올리버는 54세, 1956년 영국으로부터 독립했을 때 영국군 상사였다.

그러고 나서 수단군 중위로 임용되었고 중령까지 진급했다가 쿠데타를 일으켰다.

'쿠데타'나 '국가원수'가 되는 과정 등 모든 것이 카다피가 선배다.

167

그때 카다피가 대답했다.

"기갑사단 1개와 기갑보병사단 2개요."

"……."

"차드를 통해서 카르툼으로 진격할 예정입니다. 그렇게 알고 계시도록."

"이것은 선전포고요?"

"선전포고는 무슨."

수화구에서 혀 차는 소리가 들리더니 카다피가 꾸짖듯 물었다.

"수단이 내 기갑군단을 막을 힘이나 있기는 합니까?"

"아니, 왜?"

"수단은 그동안 너무 편하게 살아왔어. 지도자들이 말요."

카다피가 말을 이었다.

"사방의 무능한 국가들에 둘러싸여서 지도자들이 방심하고 있었어."

"……."

"하지만 각하께서 리스타 연방에 가입하겠다고 선언을 하신다면 내가 고려할 수도 있습니다."

그때 전화기를 귀에 붙인 올리버가 앞에 선 버튼을 보았다.

그러고는 헛기침부터 했다.

"선언만 하면 됩니까?"

우간다, 캄팔라 서북쪽의 마하타 분지.

이곳은 칼프라족의 본거지로 빅토리아호로 흘러 들어가는 물줄기가 여럿인데다 습기가 적당해서 목축업이 발달했다.

칼프라족은 목축업과 농업이 생업인 부족으로 부족원은 1백만 정도지만, 우간다의 중심 세력이다.

168

특히 조지 말리 우간다 현 대통령은 칼프라족의 도움을 많이 받았다.

정권을 빼앗겼을 때 칼프라 족장 나로칼이 은신처와 자금을 지원했고, 경호원을 보내주었던 것이다. 그러나 말리가 다시 정권을 찾고 나서 칼프라족은 대가를 받지 못했다.

나로칼이 마하타 분지의 영유권을 요구했지만 거부당한 것이다.

마하타 분지는 우간다 영토의 약 20퍼센트에 해당하는 기름진 땅이다.

더구나 리스타 연방에 가입한 우간다는 지금 대대적인 경제개발이 진행 중이다.

'국가관리'를 리스타가 하고 있는 터라 대통령이 결정할 수도 없는 것이다.

"리스타가 운용할 수 있는 병력은 1개 중대 정도야. 나머지는 각 부대 자문관으로 흩어져서 전투 병력이 아니다."

나로칼이 둘러앉은 부족 간부들에게 말했다.

오후 7시 반.

부족장의 저택 응접실에 부족의 간부 20여 명이 모여 있다. 흙벽을 등지고 소가죽을 깐 응접실 바닥에 앉아 있다.

저녁을 먹는 중이어서 앞에는 술잔과 양고기가 담긴 커다란 쟁반이 여러 개 놓여 있다.

"내가 닷새 시간을 주었으니까 마르틴도 어쩔 수가 없을 거다."

지금 마하타 분지는 칼프라 부족의 무장 병력이 점거하고 있다.

분지의 경계에 투입된 병력은 약 1개 사단, 1만 2천 명 정도다.

그러나 중화기로 무장하고 있어서 우간다 정규군은 쩔쩔매고 멀리 물러난 상태.

나로칼이 말을 이었다.

"리스타가 협상을 하자고 해도 나는 응하지 않을 작정이야. 리스타는 이 일에 상관이 없어."

나로칼의 얼굴에 웃음이 떠올랐다.

56세, 장신에 육중한 체구. 4명의 부인이 17명의 자식을 낳았다.

그래서 30대 아들 4명이 지금 간부들 사이에 끼어 앉아 있다.

AT-4, 소형 경량의 휴대용 대전차포, 전체 길이는 1미터.

쿠만이 AT-4를 오른쪽 어깨에 걸치고 저택을 겨누고 있다.

이미 HEAT탄이 장착되었고 조준구에 저택 응접실의 창문이 드러났다.

거리는 255미터. AT-4의 유효 사정거리는 300미터다.

그때 옆에 선 쥬르간이 말했다.

"기다려. 1분 남았다."

오후 7시 39분.

쥬르간이 이끄는 특공대는 30분 전에 마하타 분지로 낙하했다.

고공낙하로 정확하게 저택에서 1킬로 떨어진 옥수수 밭에 낙하한 것이다.

특공대는 모두 15명. 각각 3개 조로 나뉘었는데 3대의 AT-4를 보유했다.

처음부터 AT-4로 박살을 내려는 작전이다.

지금 3개 조는 저택을 3면에서 둘러싼 상황이다.

"30초."

쥬르간이 손목시계를 응시하며 말했다.

7시 40분이 발사 시간이다.

2조, 3조도 지금 시간을 재고 있을 것이다.

쥬르간이 앞쪽의 응접실을 응시했다.

불빛이 환하게 드러난 응접실은 비스듬한 아래쪽이다.

이곳은 고원의 나무 밑이다.

주위에 요원 3명이 저택을 향해 SA-80 소총을 겨누고 있다.

유효 사정거리 550미터여서 저격도 가능하다. HEAT탄에서 살아남은 타깃을 처리하려는 것이다. 청소부 역할이다.

"발사, 5초 전. 5, 4, 3, 2, 1."

"푸슝!"

발사음은 그렇게 울렸다.

"우리 칼프라 부족은 독립하는 거다!"

나로칼이 주먹을 움켜쥐고 소리쳤다.

그 순간이다.

"우장창!"

유리창 깨지는 소리가 났다.

그다음 순간.

"꽈꽝!"

폭음.

나로칼은 눈앞에 앉은 아들 파쿠의 몸이 허공으로 떠오르는 것을 보았다.

세상이 밝아졌다.

"꽈꽝!"

이어서 또 한 번의 폭음, 폭발.

나로칼은 자신의 몸이 떠오르는 느낌을 받으면서 의식이 끊겼다.

"꽈꽝!"

또 한 번의 폭발이 일어났을 때 저택은 폭삭 가라앉았다.

그러나 나로칼은 아무것도 느끼지 못했다.

"타탓, 탓, 타탓."

3면에서 총성이 울린 것은 그다음이다.

본채가 무너져서 불길이 번지고 있었기 때문에 이리 뛰고 저리 뛰는 사람들의 윤곽이 다 드러났다.

"타타타, 타탓, 타타탓."

3면에서 15명이 집중 사격을 하는 터라 개 한 마리 살려둘 분위기가 아니다. 여자와 아이를 제외한 남자는 다 맞췄다.

살아 있는 남자는 곧 보이지 않았고 저택의 불길은 더 높아졌다.

주위의 주택에서 사람들이 몰려들었다가 곧 불도 끄지 못하고 도망쳤다.

"철수!"

손목시계를 본 쥬르간이 소리쳤을 때는 저택을 폭파한 지 5분 후다.

7시 45분.

나로칼이 자신의 저택으로 부족 간부 회의를 소집했다는 정보를 받은 것은 오후 2시 무렵이었다. 정보를 받은 지 6시간 만에 작전을 끝낸 셈이다.

그 시간에 수단 태통령 올리버 하트남이 앞에 앉은 타라스키에게 말했다.

"대사, 카다피가 내일 10시에 3개 사단으로 수단을 침공할 겁니다. 그전에 막아야 된단 말입니다."

앞에 앉은 유리 타라스키는 러시아 대사다.

이곳은 카르툼의 대통령궁 집무실.

올리버가 말을 이었다.

"이대로 두면 아프리카는 모두 리스타 영토가 되는 겁니다. 리스타의 배후가 누굽니까? CIA, 미국 아닙니까? 러시아가 나서줘야 합니다."

타라스키가 고개를 들고 올리버를 보았다.

172

이맛살이 찌푸려져 있다.

"어젯밤 보고를 했는데 아직 연락이 없습니다."

"아니, 내일 리비아군이 국경을 넘어온다는데……"

"지금 당장 우리가 할 일이 없습니다. 다만, 침략을 규탄하는 성명이나 낼 수밖에요."

타라스키가 입맛을 다셨다.

"우리는 수단까지 신경을 쓸 여유가 없습니다, 각하."

"이런."

눈을 부릅떴다가 내린 올리버가 숨을 골랐을 때 타라스키가 자리에서 일어섰다.

"저는 이만."

그만 일어나겠다는 것이다.

집무실을 나온 타라스키가 복도에 서 있는 경호실장 버튼을 보더니 앞에 멈춰 섰다.

"경호실장, 어떻게 할 거요?"

"뭘 말입니까?"

버튼이 비대한 몸으로 한 발짝 다가섰다.

어깨에 붙인 소장 계급장이 번쩍였다.

버튼은 정권의 제2인자다. 올리버와 함께 쿠데타를 일으켰는데 당시의 계급은 대위였다. 2년 전의 대위가 지금은 소장이다.

그때 타라스키가 말했다.

"내일 리바이군이 들어오면 대통령은 물러나야 할 거요."

"……"

"나한테 도움을 요청했지만 힘들어요."

"그래서 어쩌란 말입니까?"

버튼이 목소리를 낮추고 물었을 때 타라스키가 주위를 둘러보았다.

"당신이 정권을 잡고 카다피한테 연락을 해요."

타라스키가 발을 떼면서 말을 이었다.

"시간이 없어요, 버튼."

4장 알제리 해방

알제리. 시내에서 돌아온 이동욱이 팀장 회의를 소집했다.

저택의 응접실 안. 오늘이 알지에에 온 지 사흘째 되는 날 오후다.

그동안 이동욱은 시내 현장을 다 돌아보았다. 시위대에 섞여 시내를 휘젓고 다닌 것이다.

이제 알지에서는 정부의 통제를 받지 않는 자유시가 되었다.

그러나 약탈이나 방화, 강도, 절도 사건들은 거의 일어나지 않았다.

시위대가 제각기 구역을 정해놓고 치안을 유지했기 때문이다.

이제는 각 세력이 임시 정부를 만들어 제각기 그들이 알제리의 대표인 것처럼 행세하고 있다.

마한드로의 민주국민연합도 임시 정부를 구성해서 선전을 하는 중이다. 겨우 알지에시의 몇 개 구역을 장악해놓고 그러는 것이다.

이동욱이 웃음 띤 얼굴로 팀장들을 보았다.

"자, 의견을 듣자."

그때 기다렸다는 듯이 라돈이 말했다.

"차라리 해적질로 먹고 살던 소말리아도 이보다 나았습니다. 국민성이 순수하다는 뜻이죠. 여긴 개판입니다. 다른 세력과는 절대로 타협하지 않으려고 합니다. 가망이 없는 나라입니다."

175

말을 마친 라돈이 힐끗 옆쪽에 앉은 오사르에게 시선을 주었다.

오사르는 잠자코 앞쪽에 앉은 압둘라만의 가슴께에 시선을 주고 있을 뿐이다.

그때 김석호가 나섰다.

"신자유당의 라스콩은 CIA가 뒤를 밀어주는데도 지도자 라스콩이 고집을 부려서 오히려 적으로 돌아섰습니다. 이런 상황이니 나머지를 싹 청소하는 방법밖에 없습니다."

고개를 끄덕인 이동욱이 압둘라만을 보았다.

이동욱의 시선을 받은 압둘라만이 입을 열었다.

"시위대가 2백만이 넘습니다. 당분간 놔두는 것이 나을 것 같습니다."

이동욱이 다시 고개를 끄덕이더니 시선이 오사르를 스치고 지나갔다.

오후 4시 반이다.

오늘은 마한드로가 오지 않았다. 시위 지도부와 함께 있기 때문이다.

그동안 지도부에서 셋이 더 암살을 당했다. 모두 11명이 죽은 것이다.

마한드로가 다른 조직의 상황을 알아보았더니 그쪽도 10여 명씩 죽었다고 했다.

FSB가 배후인 민족전선도 7, 8명이라고 소문이 났지만 확인은 안 되었다.

하루에도 수십 명씩 각종 사고로 죽어가기 때문이다. 공권력이 마비된 상태여서 통계도 나오지 않는다.

그때 고개를 든 이동욱이 입을 열었다.

"먼저 CIA가 배후였던 신자유당의 지도부를 없애기로 하지."

모두 숨을 죽였고 이동욱의 말이 이어졌다.

"배신감을 느낀 CIA에서 신자유당 지도부 신상명세를 보내왔어. 영향력이 있는 간부급이 모두 12명이야."

"……"

"시위를 하더라도 가족은 만나러 갈 테니까, 허점을 봐서 죽이자고."

"……."

"그리고 지도부가 궤멸될 때를 대비해서 조직을 이끌어갈 대타를 세워 놓아야 돼. 그 대타는 우리가 조종할 수 있는 놈이지."

고개를 든 이동욱이 말을 이었다.

"제거와 대타 선발, 회유까지 사흘 안에 끝내야 돼. 자, 계획을 세우자고."

CIA가 보내준 신자유당의 대타는 마르틴 루소, 대학 총장으로 신자유당의 고문이다.

48세, 온건한 성격. 시위 대열에서 한발 물러서 있기 때문에 신자유당의 지도자 라스콩의 비난을 받는 중이다.

오후 9시 반.

이곳은 알지에 남쪽 지역의 주택가.

마르틴이 자택을 떠나 은신하고 있는 곳이다.

3층짜리 연립 주택의 3층 문 앞에 선 오사르가 이동욱을 보았다.

뒤쪽에는 경호원 셋이 벽에 붙어 서 있다.

주위는 조용하다.

주택가 깊숙한 안쪽이어서 시위대 소리도 들리지 않는다.

이동욱이 고개를 끄덕이자 오사르가 벨을 눌렀다.

한 번, 두 번, 세 번.

그때 안에서 인기척이 났다.

"누구세요?"

불어다.

그때 오사르가 대답했다.

"카이말 씨, 심부름을 왔습니다."

카이말은 CIA 연락관이다.

이 주택도 카이말이 구해준 것이다.

그때 자물쇠 푸는 소리가 들리더니 문이 열렸다. 그러고는 사내의 모습이 드러났다.

마르틴이다.

마르틴과 이동욱의 시선이 마주쳤다.

눈을 크게 뜬 것이 조금 놀란 것 같다.

오사르가 비켜섰기 때문에 이동욱이 앞으로 다가섰다.

"리스타 사장, 이동욱입니다."

이동욱이 말을 이었다.

"이번 시위 사태 때문에 마르틴 씨하고 상의할 일이 있습니다."

"아, 들어오시지요."

옆으로 비켜선 마르틴의 시선이 이동욱 뒤에 선 경호원들을 스치고 지나갔다.

이동욱과 오사르는 집 안으로 들어섰다.

"저는 민주국민연합의 여성위원장입니다."

오사르가 명함을 꺼내 마르틴에게 내밀었다.

응접실에는 셋이 둘러앉아 있다.

5평쯤 되는 응접실 좌우에는 책이 잔뜩 쌓여 있었는데 안쪽에서 인기척이 났다. 식구들이 있는 것이다.

명함을 본 마르틴이 고개를 들고 이동욱과 오사르를 번갈아 보았다.

"민주국민연합이 리스타와 제휴했습니까?"

"그렇습니다."

대답은 오사르가 했다.

"그래서 신자유당과 연합을 제의하려고 온 것입니다."

"내가 능력이 부족해서."

어깨를 늘어뜨린 마르틴이 한숨을 쉬었다.

"라스콩은 이미 돌아오지 못할 다리를 건넜어요."

"가능성은 없습니까?"

오사르가 묻자 마르틴은 고개를 저었다.

"나는 철저히 배제되었소."

그때 이동욱이 입을 열었다.

"만일 신자유당의 지도자가 되신다면 리스타 연방에 가담하시겠습니까?"

"그거야……."

쓴웃음을 지은 마르틴이 말을 이었다.

"하지만 지도부 대부분이 라스콩의 강경파로 채워져 있어요. 우리 온건파는 제외되었습니다."

"자, 여기."

이동욱이 주머니에서 접힌 서류를 건네 마르틴 앞의 탁자 위에 놓았다.

"신자유당원 뿐만 아니라 알제리의 미래를 위해서 제거해야 될 명단입니다."

서류를 본 마르틴이 숨을 들이켰다.

수십 명의 이름이 적혀 있고 그중 10여 명의 이름에 붉은 동그라미가 둘러싸여 있었기 때문이다.

마르틴이 보는 동안 이동욱이 말을 이었다.

"사흘 안에 그 사람들을 모두 제거하겠습니다. 동그라미에서 제외될 사람이 있습니까?"

이윽고 마르틴이 고개를 들었다.

눈동자가 흐려져 있다.

"없습니다."

이곳은 수단 카르툼, 대통령궁 안.

대통령 올리버 하트남이 고개를 들고 방 안으로 들어선 경호실장 버튼을 보았다.

"무슨 일이야?"

버튼을 부르지 않은 것이다.

"각하, 리비아군이 국경을 돌파했습니다."

"아니, 리비아군이?"

눈을 부릅뜬 올리버가 버튼을 보았다.

카다피가 경고한 날은 내일이었기 때문이다.

"예, 방금 국경 초소에서 연락이 왔습니다."

"이런."

"각하, 국경에서 아군이 후퇴하고 있습니다."

올리버가 이제는 눈만 끔뻑였다.

그때 버튼이 한 걸음 다가가 섰다.

"각하, 카다피한테 연락하시지요."

"뭐라고?"

"항복하시는 것이 낫겠습니다."

"아니, 이놈이."

그때 버튼이 허리에 찬 권총을 꺼내더니 올리버에게 겨누었다.

올리버의 얼굴이 일그러졌다.

"이놈, 이 배은망덕한 놈."

"넌 배은망덕을 안 했나?"

총구를 올리버의 가슴에 겨누면서 버튼이 빙그레 웃었다.

올리버도 자신을 키워준 전 대통령 아불라를 배신하고 대통령이 된 것이다.

"탕. 탕."

두 발의 총성이 울렸다.

이곳은 백악관의 오벌룸. 부시 대통령이 CIA 부장 윌슨의 보고를 받는다.

방 안에는 국무장관 베이컨, 안보보좌관 매클레인까지 넷이 둘러앉아 있다.

"이대로 나가면 아프리카를 리스타가 다 먹는 거 아냐?"

부시가 탁자 위에 펼쳐놓은 지도를 보면서 투덜거렸다.

윌슨이 가져온 지도다. 윌슨은 리스타 연방이 된 국가를 붉은색으로 칠해 놓았는데 아프리카 서쪽, 북쪽 그리고 중부가 이미 붉게 물들어 있다.

"갓댐. 이게 몇 개 나라야?"

"현재까지 8개국인데 알제리, 수단, 남수단이 곧 넘어갈 것입니다."

윌슨이 바로 대답했다.

"그렇게 되면 나머지 나라들도 도미노처럼 넘어갈 가능성이 큽니다."

"갓댐."

"남아프리카 공화국이나 나이지리아 등이 남을지 모르지만, 그것도 휩쓸릴 것입니다."

그때 고개를 든 부시가 베이컨을 보았다.

어느덧 얼굴에 웃음이 떠올라 있다.

"우리가 리스타를 조종하면 결국 우리가 먹는 거 아냐?"

"그렇긴 합니다."

윌슨의 얼굴에도 웃음이 떠올랐다.

"리스타 덕분에 우리 영향력이 대폭 확대될 것입니다."

"리스타 연방의 의장이 카다피가 된다는 것이 걸리는데."

"카다피는 리스타의 꼭두각시일 뿐입니다. 걱정하실 것 없습니다."

어느덧 정색한 윌슨이 말을 이었다.

"리비아 사막에 리스타의 용병단 기지가 있습니다. 리비아는 이미 리스타의 일부가 되어 있는 셈이니까요."

그때 국무장관 베이컨이 말했다.

"이번에 우간다에서 칼프라 부족 학살 사건이 일어났어요. 부족장 나로칼을 포함한 부족 간부 37명이 몰사했습니다. 정부군 특공대의 소행이라고 알려졌는데요."

베이컨이 말을 이었다.

"우간다 정부의 발표를 믿는 사람은 아무도 없습니다. 리스타 특공대가 한 것입니다."

부시의 시선을 받은 베이컨의 목소리가 굵어졌다.

"리스타 측의 공격으로 칼프라 부족의 반란은 순식간에 진압되었습니다. 부족장 나로칼과 아들 셋까지 몰사해버렸으니까요. 중대한 인권 문제가 될 겁니다."

"대단하군."

부시가 고개를 절레절레 흔들었다.

"미국은 그렇게 못 해. 리스타니까 그렇게 할 수 있는 거야."

말문이 막힌 베이컨이 입만 열고 있을 때 부시의 말이 이어졌다.

"그래서 우리가 리스타를 앞장세우는 거야. 알제리도 그런 식으로 점령해야 돼."

뒷말은 윌슨을 쳐다보고 했다.

"예, 각하."

윌슨이 어깨를 펴고 대답했다.

이것으로 대통령의 승인을 받은 셈이다.

아프리카의 리스타 작전은 미국의 작전이나 같으니까.

오벌룸에서 나온 윌슨이 복도에서 기다리고 있던 해외작전국장 크린트 메크럼에게 말했다.

"역시 대통령은 달라."

복도를 걸으면서 윌슨이 목소리를 낮췄다.

"대통령 스케일을 말하는 거야."

"지금 뭘 말씀하시는 겁니까?"

"우간다의 나로칼 사건을 무시해 버리는군. '리스타'의 '아프리카 길들이기 작전'을 대번에 눈치챈 것이지."

윌슨이 고개까지 저었다.

"크게 본 거야. 베이컨이 문제를 제기했다가 무안을 당했어."

그러고는 윌슨이 눈을 가늘게 떴다.

"대통령은 크게, 멀리 보는 거야."

"내가 라스콩을 맡지."

이동욱이 말하자 둘러앉은 팀장들이 입을 다물었다. 오사르는 눈치만 살피고 있다.

오후 3시 반.

저택 응접실에서 작전 회의가 열리고 있다.

팀장들을 둘러본 이동욱이 쓴웃음을 지었다.

"당신들, 내가 어디 출신인 줄 잊었나? 1년 전만 해도 난 중국에서 암살을 하

183

고 다녔어.”

알고 있었지만 셋은 입을 열지 않는다.

그때 이동욱이 말을 이었다.

“밤 시위 때 라스콩을 내가 처리할 테니까, 당신들도 맡은 타깃을 처리해.”

“알겠습니다.”

먼저 김석호가 대답했다.

시위는 갈수록 격화되고 있다. 그러면서 시위대 간의 충돌도 늘어나기 시작한 것이다.

이동욱이 벽시계를 보았다. 밤 시위는 7시부터 시작된다.

베레타를 분해하고 있던 이동욱이 고개를 들었다.

방으로 오사르가 들어서고 있다.

시선이 마주쳤을 때 오사르가 앞에 다가와 서서 말했다.

“저도 같이 가겠습니다.”

“아니, 아무란이 옆에 따르기로 했으니까 당신은 빠져.”

이동욱이 바로 대답했다.

“라스콩의 얼굴은 머릿속에 박아 놓았으니까.”

“아뇨. 제가 옆에 있는 것이 자연스럽습니다. 더구나 전 안내역이니까요.”

오사르도 물러나지 않았다.

“저도 사람이 죽는 것을 옆에서 지켜본 적 있습니다.”

이동욱의 얼굴에 쓴웃음이 떠올랐다.

“좋아. 옆에서 방해하지 말도록. 뒤를 따라오도록 해.”

카다피가 해밀턴에게 말했다.

184

"기갑사단은 이미 수단 영토 내로 진입한 상태니까, 현 위치에서 멈추도록 하지요."

"곧 버튼이 수단의 임시 대통령에 취임할 겁니다."

해밀턴이 찻잔을 들면서 말을 이었다.

"대통령직과 각료 임명을 도우려고 리스타 요원들을 파견했습니다."

"빠르군요."

"그리고 리스타 용병대 1개 중대가 공수되었습니다. 우선 버튼의 주변을 경호해야죠."

고개를 끄덕인 카다피가 말을 이었다.

"수단에 이어서 남수단도 합병하게 되겠지요."

"당연하지요."

"알제리가 중요합니다."

카다피가 벽에 걸린 지도를 보면서 말을 이었다.

"아프리카가 6대주(州)에서 도약할 절호의 기회입니다."

그리고 그 대리인이 자신인 것이다.

카다피의 두 눈이 생기로 번쩍였다.

"리스타는 물러가라!"

라스콩이 소리치자 뒤를 따르던 시위대가 따라 외쳤다.

"리스타는 물러가라!"

오후 8시 반.

밤거리를 시위대가 전진하고 있다.

"리스타는 아프리카를 사유지로 만들려고 한다!"

라스콩이 스피커에 대고 소리치자 뒤쪽 시위대가 일제히 함성을 질렀다.

말이 길 때는 함성으로 호응한다. 잘 훈련된 시위대다.

시위대 규모는 약 5천 명. 거리 2백 미터 정도를 꽉 메우고 행진하는 중이다.

행진 코스는 정해져 있고, 각 구간마다 지휘부가 교대된다.

지금은 지도자 라스콩이 직접 지휘하는 시간이다.

약 8백 미터쯤 시위대를 리드하고 나서 교대하는 것이다.

이동욱은 눈만 내놓고 터번으로 얼굴을 가리고 있었는데 라스콩과의 거리는 3미터 정도다. 그 사이에 시위대가 있다.

5겹은 될 것이다.

시위대와 몸이 부딪칠 정도로 밀착되어 있는 데다 제각기 플래카드, 깃발, 몽둥이까지 들었다.

이동욱은 신자유당의 상징인 붉은 바탕에 흰색 주먹이 그려진 깃발을 들었다. 시위대 남자 중 3할 정도는 터번이나 헝겊으로 얼굴을 가렸고 여자는 모두 눈만 내놓았다.

구호를 외치면서 이동욱이 뒤를 보았다.

그때 바로 뒤에 붙어 있는 오사르와 시선이 마주쳤다.

거리는 어두웠지만 드문드문 불이 켜진 건물 덕분에 오사르의 눈동자가 반짝였다.

그때 이동욱이 깃발을 흔들면서 앞에 선 사내가 주춤거리는 사이에 비집고 나아갔다.

이제 라스콩과의 거리는 2미터로 좁혀졌다.

라스콩은 비스듬히 왼쪽에서 나아가고 있다.

라스콩과의 사이는 세 사내가 제각기 옆구리와 몸통으로 가로막고 있다.

"리스타를 지옥으로!"

라스콩이 다시 소리쳤을 때 이동욱이 따라 외치면서 왼쪽으로 더 나갔다.

왼쪽 사내가 옆으로 밀리면서 이제는 라스콩 사이에 두 사내가 끼어 있다.

사내들 사이로 라스콩의 몸이 드러났다.

이동욱은 그 순간 숨을 들이켰다.

사내들의 재킷 사이로 제각기 권총과 기관총이 드러났기 때문이다.

경호원이다.

그러고 보니 오른쪽 사내의 허리도 두툼하다.

라스콩은 경호원으로 둘러싸여 있는 것이다.

예상하고 있었지만 경호 벽이 단단하다.

"리스타를 타도하라!"

다시 라스콩이 외쳤을 때 이동욱은 오른손에 쥔 깃발을 왼손으로 바꿔 쥐었다.

이제 라스콩은 경호원 앞쪽이 되었다.

어느새 경호원이 라스콩의 뒤쪽 공간으로 옮겨간 것이다.

그때 이동욱이 구호를 따라 외치면서 재킷 주머니에 손을 넣었다.

그러고는 발을 옆으로 떼면서 라스콩의 뒤로 바짝 붙었다.

"리스타를 지옥으로!"

주먹을 쥐고 스피커에 대고 소리친 라스콩이 앞으로 넘어졌다.

시위대가 따라 외치면서 쓰러진 라스콩을 지났다.

그 순간, 주위의 경호원들이 넘어진 라스콩을 부축해 일으켰다.

"악!"

경호원 하나가 소리쳤지만 시위대는 그대로 소리치며 지나간다.

경호원들이 라스콩을 안고 도로 바깥쪽으로 데리고 나갔지만, 시위대는 흐르는 물처럼 도도하게 앞으로 나아가고 있다.

라스콩이 구호를 멈추자 앞 열의 시위대 간부 하나가 대신 주도했다.

"알제리는 신자유당으로!"

간부는 앞줄 옆쪽에 있었지만, 라스콩이 쓰러진 것을 모른다.

"머리가 부서졌어!"

경호원 알랑이 라스콩 몸을 안고 소리쳤다.

"뒤에서 쏜 거야!"

둘러선 경호원들은 말이 없다.

모두 라스콩의 시체를 내려다보고 있을 뿐이다.

시위대 옆으로 나온 이동욱이 걸음을 늦췄을 때 뒤에서 누가 옷깃을 잡아당겼다.

돌아보았더니 오사르다.

"이쪽으로."

오사르가 눈으로 옆쪽 골목을 가리켰다.

두 눈이 반짝이고 있다.

밤 10시 반, 알지에항 남쪽의 제5부두 창고 안.

이곳은 '민족전선'의 본부다.

주위가 민족전선의 영역이어서 지도자 쿠르도라는 창고를 본부 건물로 사용하고 숙소는 부두에 정박한 여객선을 이용하고 있다.

쿠르도라는 50세, 알제리의 국방장관 출신으로 친러반미주의자다.

민족전선의 주장은 알제리의 민주화다.

다른 시위대도 다 민주화를 외치고 있지만, 민족전선은 극단적인 아랍계 민족주의자다.

쿠르도라가 고개를 들고 둘러앉은 간부들을 보았다.

"라스콩을 암살한 것은 민주국민연합 측이야. 그리고 그들의 뒤에는 리스타가 있는 게 확실해."

쿠르도라가 말을 이었다.

"어쨌든 경쟁자가 하나 없어졌어. 이젠 4개 조직이 남았다."

그때 간부 하나가 물었다.

"마한드로와 아무디가 연합했다고 하지 않습니까? 그럼 그놈들 세력이 커질 텐데요. 그놈들이 라스콩이 없어진 신자유당을 흡수하지 않겠습니까?"

"두고 봐야지."

쿠르도라의 시선이 부위원장 하지란에게 옮겨졌다.

"신자유당의 온건파 마르틴이 죽었다는 소문이 있던데, 어떻게 된 건지 알고 있나?"

"라스콩에게 밀려 시골로 내려갔다는 소문도 있었습니다만, 알아보지요."

하지란이 말을 이었다.

"강경파가 몰살당했지만, 온건파도 이미 강경파에 밀려 조직에서 사라진 지 오래입니다."

"그럼 그사이에 우리가 흡수해버리는 거야."

쿠르도라의 얼굴에 웃음이 떠올랐다.

"기회를 먼저 잡는 것이 승자야."

"출구는 두 곳입니다."

옆에 엎드린 라돈이 말했다.

"서쪽에 샛문이 있지만, 봉쇄되었습니다."

고개를 끄덕인 이동욱이 옆쪽에 엎드린 압둘라만을 보았다.

"그럼 20분 후에 내가 먼저 공격한다."

압둘라만이 자리에서 일어서더니 부하들을 이끌고 어둠 속으로 사라졌다.

이동욱이 다시 앞쪽의 창고를 보았다.

불을 환하게 밝힌 창고 건물은 폭이 30미터, 길이는 50미터 가깝게 된다.

선창 바로 건너편으로 이동욱이 엎드려 있는 방파제에서 약 180미터 거리.

지금 압둘라만은 뒤쪽으로 돌아서 왼쪽 문을 맡았다.

밤 10시 45분.

이동욱이 눈을 가늘게 뜨고 창고를 보았다.

라스콩을 직접 암살한 것이 두 시간밖에 되지 않았다.

라스콩을 제거하고 바로 이쪽으로 온 것이다. 그것은 옆에 엎드린 오사르도 몰랐던 일이다.

아까부터 오사르는 숨소리도 내지 않고 있다.

그때 옆쪽에 엎드린 AT-4 사수들에게 라돈이 말했다.

"1번은 좌측, 2번은 우측, 잊지 마."

라돈의 목소리가 이어진다.

"3발씩 연속 사격이다."

그러면 2정의 AT-4가 6발의 HEAT탄을 발사하는 것이다.

반대쪽으로 돌아간 압둘라만 팀도 2정의 AT-4를 지참하고 있다.

그쪽도 3발씩 HEAT탄을 지참하고 있으니 12발이 쏟아지는 셈이다.

5분 전.

모두 조용하다.

엎드린 팀원은 모두 12명.

AT-4 사수와 조수 1명씩 2개 조. 그리고 AK-47을 겨누고 있는 요원 6명. 그리고 이동욱과 오사르다. 반대쪽으로 돌아간 압둘라만 팀도 10명이다.

그때 이동욱 왼쪽에 엎드려 있던 라돈이 낮게 말했다.

"대장, 저쪽 여객선은 어떻게 할까요?"

이동욱이 고개를 돌려 선창에 정박한 여객선을 보았다.

1만 톤급의 여객선 창문의 불이 환했다.

여객선과 선창과는 트랩이 연결되어 있었는데 경비원 둘이 선창 쪽에 지켜서 있다.

라돈이 말을 이었다.

"배 안에 간부급 가족이 다 있습니다. 그리고 나머지 간부 놈들도 배 안에 있을 겁니다. 저곳을 숙소로 삼고 있거든요."

"……."

"배에다 몇 발 쏴서 침몰시키면 싹 죽일 수가 있습니다."

"놔둬."

이동욱이 짧게 말하고는 손목시계를 보았다.

"창고 안의 지도부만 없애고 끝낸다. 가족은 건드리지 않는다."

오사르는 참았던 숨을 소리죽여 뱉었다.

"자, 건배."

쿠르도라가 잔을 치켜들고 말했다.

"알제리의 미래를 위하여!"

"건배!"

간부들이 일제히 소리치며 잔을 들었다.

시위를 마친 후에 간부들이 모여서 오늘의 성과를 토론하고 내일의 계획을 세워온 것이다.

단숨에 술을 삼킨 쿠르도라가 옆에 앉은 하지란에게 말했다.

"우리도 앞으로 경계를 철저히 하도록."

"경비병을 두 배로 늘렸습니다."

하지란이 술잔을 들고 말했다.

"그리고 내일부터는 위원장님이 시위에 앞장서지 않으셔도 됩니다."

"그래야 될 것 같다."

그 순간이다.

"꾸꽝!"

쿠르도라의 눈앞에서 폭발이 일어나면서 사내 둘의 몸이 허공으로 솟아올랐다.

사내들의 몸이 찢겨 있다.

"꾸꽝꽝! 꽝꽝!"

사방에서 대폭발이 일어났다.

주위의 사내들과 창고가 찢어지고 무너져서 떠올랐고 불길이 일어났다.

"꽝! 꽝! 꽝!"

쿠르도라의 몸은 두 번째 폭발에서 떠올랐다가 세 번째 폭발이 일어났을 때 땅바닥에 떨어진 채 무너진 창고의 기둥에 깔렸다.

"민족전선은 지금 사분오열된 상태이지만, 신자유당은 마르틴 루소가 수습하고 있습니다."

몰리가 하르간에게 보고했다.

오전 8시 반.

알제리 서남쪽 구시가지의 저택 안.

이곳이 '알제리해방당'의 본부다.

"하룻밤 사이에 2개 조직의 지도부가 몰살당했구나."

하르간이 기가 막힌다는 표정으로 몰리를 보았다.

"이것이 리스타 특공대의 소행이란 말이지?"

"그렇게 소문이 났습니다."

"하긴, 리스타밖에 없지, 민주국민연합은 총도 몇 정 없는 조직이니까."

민주국민연합이 리스타와 제휴했다는 것은 모두 알고 있는 사실이다.

심호흡을 한 하르간이 말을 이었다.

"오늘 시위는 중지해."

"예, 오늘 다른 조직도 모두 시위 계획이 없습니다."

고개를 든 하르간이 한동안 몰리를 보았다.

몰리는 알제리해방당의 정보부장이다.

하르간의 시선을 받은 몰리가 쓴웃음을 지었다.

"모두 기가 질린 것 같습니다."

"……."

"물론 민주국민연합은 제외하고요. 민주국민연합과 제휴한 자유연합도 따라서 시위를 중지했지만 말입니다."

"……."

"하룻밤 사이에 나머지 2개 조직의 지도부가 몰살당했지 않습니까?"

"그럼 따지고 보면 남은 건 우리 '해방당'뿐이군."

하르간이 혼잣소리처럼 말했다.

몰리가 입을 다물었고 하르간의 말이 이어졌다.

"간단하게 시위가 그쳤네."

바닷가, 차를 세운 이동욱이 말없이 카페 안으로 들어가는 바람에 주춤거리던 오사르가 발을 떼었다. 그 뒤를 아무란이 따른다.

뒤쪽에는 승용차 2대가 주차되어 있다. 앞쪽 차는 이동욱이 타고 온 차고 뒤차는 경호차다.

차에서 내린 경호원 셋이 서성거리고 있다.

이곳은 알지에서 서쪽으로 15킬로쯤 떨어진 바닷가다.

모래사장 끝 쪽에 작은 카페가 2개 붙어 있는데 이동욱은 왼쪽 카페로 들어간 것이다.

도로에서 바닷가 쪽으로 1백 미터쯤 떨어진 곳이어서 차량 통행도 없고 밖에는 인기척도 없다.

안으로 들어간 이동욱을 여자 주인이 맞았다.

카페 안에는 손님이 하나도 없다. 종업원도 보이지 않는다.

바다 쪽으로 트인 쪽의 테이블에 앉은 이동욱이 뒤를 따라 들어온 오사르를 보았다.

이동욱의 시선을 받은 오사르가 주춤거렸다. 뒤쪽의 아무란도 멈춰 서 있다.

그때 이동욱이 손짓으로 아무란을 불렀다.

아무란이 다가서자 이동욱이 주머니에서 1백 불짜리 지폐 몇 장을 꺼내 내밀었다.

"이 돈으로 경호원들 점심을 먹도록 해."

아무란이 두 손으로 돈을 받더니 밖으로 나갔다.

그때 오사르가 다가와 앞쪽 의자에 앉았다.

"여기서 누구 기다리세요?"

고개를 저은 이동욱이 손짓으로 주인을 불러 맥주를 시켰다.

오전 11시 반이다.

"12시에 이곳으로 헬리콥터가 올 거야."

숨을 죽인 오사르에게 이동욱이 말을 이었다.

"리스타연합의 해밀턴 사장을 만나기로 했거든."

"해밀턴 사장요?"

"그래."

오사르도 해밀턴의 명성을 들어서 안다.

리스타 그룹의 핵심 사장 중 하나다. 이번 '아프리카 사업'의 총지휘자인 것이다.

그때 주인이 둘 앞에 맥주병과 잔을 내려놓고 돌아갔다.

이동욱이 오사르의 잔에 맥주를 따르면서 말을 이었다.

"헬기는 저 앞쪽 바다에서 날아올 거야."

"……."

"리비아 군함에서 발진했겠지."

맥주잔을 든 이동욱이 오사르를 보았다.

"오늘 알제리의 미래를 토의하게 될 거야."

헬기의 로우터 소리가 들렸을 때는 10분쯤 후다.

이윽고 다목적 UH-60 블랙호크 1대가 바다 쪽에서 나타나더니 카페 앞마당에 착륙했다.

헬기 문이 열리면서 장교 하나가 뛰어내렸다.

그때 이동욱이 자리에서 일어서면서 오사르에게 말했다.

"오사르, 따라와."

놀란 오사르가 엉겁결에 일어서면서 물었다.

"저도요?"

이동욱이 고개를 끄덕였다.

"민주국민연합 대표로 따라와."

그때 뒤쪽에서 아무란이 말했다.

"저희는 이곳에 있겠습니다. 다녀오십시오."

장교의 안내로 헬기에 탑승하자마자 블랙호크는 굉음을 일으키며 바다를 향해 날아갔다.

착륙한 지 1분도 안 되어서 다시 떠오른 것이다.

30분쯤 날아간 헬기는 바다에 떠 있는 구축함 선미의 헬기장에 착륙했다.

이동욱과 오사르는 곧 배 안의 상황실로 안내되었다.

상황실로 들어선 오사르가 숨을 들이켰다.

안에는 대여섯 명의 사내가 앉아 있었는데 눈에 확 띄는 인물이 있다.

무하마드 카다피, 리비아 국가원수가 앉아 있는 것이다.

"어서 오게."

자리에서 일어선 서양인 하나가 먼저 이동욱을 맞았다.

해밀턴이다.

해밀턴과 악수를 나눴을 때 카다피가 자리에서 일어나 손을 내밀었다.

얼굴에 웃음을 띠고 있다.

"잘 왔어."

카다피가 말했다. 그러더니 이동욱의 손을 끌어당겨 안았다. 그러고는 이동욱의 양쪽 볼에 볼을 붙였다. 파격이다.

오사르는 해밀턴과 악수만 했다.

카다피는 오사르를 향해 고개를 끄덕여 보였다.

인사를 마친 모두가 자리 잡고 앉았을 때 카다피가 먼저 이동욱에게 물었다.

"알제리는 오늘 시위가 뚝 그쳤다는군. 이제 알제리해방당만 남은 셈인가?"

"예, 각하."

고개를 든 이동욱이 카다피를 보았다.

"오늘 밤에 해방당의 지도자 하르간도 제거할 계획입니다."

"그럼 민주국민연합과 자유연합이 남는 셈인가?"

"예, 각하."

"잘하는군."

카다피가 만족한 표정으로 고개를 끄덕였다.

"자네 이야기 들었어. 중국에서 한 일까지. 앞으로 나하고 같이 일해보세."

"감사합니다."

그때 해밀턴이 이동욱에게 물었다.

"민주국민연합이 정권을 인수할 준비가 되어 있는가?"

"예, 준비하고 있습니다."

해밀턴의 시선이 오사르에게 옮겨졌다.

"민주국민연합의 여성위원장이라니, 당신이 말해봐."

"예, 각하."

고개를 든 오사르가 해밀턴을 보았다.

"민주국민연합에서는 자유연합뿐만 아니라 신자유당, 민족전선, 그리고 알제리해방당까지 내각에 참여시킬 계획입니다."

"그렇지."

카다피가 커다랗게 고개를 끄덕였다.

"바로 그거야. 그것을 거국 내각이라고 하지."

고개를 돌린 카다피가 옆에 앉은 비서실장을 보았다.

카다피의 시선을 받은 비서실장이 서류를 꺼내 오사르 앞에 밀어놓았다.

그때 카다피가 말했다.

"거기, 우리가 만든 알제리의 거국 내각 명단이 있어. 그것을 참고하도록."

"예, 각하."

오사르가 서류를 받았을 때 카다피가 고개를 끄덕였다.

"오사르라고 했지?"

"예, 각하."

"이봐, 하라시."

카다피가 비서실장을 보았다.

"예, 각하.

"오사르가 알제리 거국 내각의 각료 명단에 들어가 있나?"

그때 비서실장이 부랴부랴 서류 원본을 꺼내 보더니 말했다.

"예, 내무장관으로 되어 있습니다."

"음, 대단하군."

제가 사인한 서류였는데도 카다피가 감동했다.

"내가 지금 알제리의 내무장관 앞에 앉아 있는 셈이군."

다시 헬리콥터를 타고 돌아왔을 때는 오후 2시 반경이다.

기다리고 있던 경호 차에 오른 이동욱은 곧장 알지에시로 향했다.

바닷가를 달리는 차 안이다.

이동욱이 카다피한테서 받은 서류 가방을 오사르에게 내밀었다.

"이거, 마한드로 위원장한테 줘."

오사르가 잠자코 가방을 받았고 이동욱이 말을 이었다.

"오늘 밤에 '해방당'을 정리할 테니까."

그러고는 의자에 등을 붙이더니 눈을 감았다.

그때 오사르가 이동욱을 보았다.

"어떻게 정리하실 건데요?"

"당신은 몰라도 돼."

말문이 막힌 오사르가 입을 다물었고 차 안에는 한동안 엔진음만 들려왔다.

오사르는 카다피를 만난 감동이 슬슬 무너지고 있다. 이동욱에게 무시당한 느낌 때문이다.

그때 이동욱이 눈을 감은 채 말을 이었다.

"난 오늘 밤 일을 마치면 여기를 떠날 테니까."

"이거, 카다피 대통령이 주신 거예요."

마한드로에게 서류를 내민 오사르가 말했다.

오사르는 마한드로를 만나 카다피를 만난 보고를 하는 중이다.

서류를 편 마한드로가 한숨을 쉬었다.

"이미 다 준비를 해놓았군."

"리스타가 만든 거죠."

"맞아."

서류를 보면서 마한드로가 고개를 끄덕였다.

"알제리해방당만 정리가 되면 이것이 가능하겠는데."

"오늘 밤에 끝낸다는군요."

이곳은 민주국민연합이 본부로 사용하는 알지에시 남쪽의 수도원 건물 안이다. 수백 년 된 석재 건물인 데다 규모가 커서 수백 명이 들어와 있어도 남는다. 수도원 기숙사 건물도 있기 때문이다.

마한드로의 시선을 받은 오사르가 말을 이었다.

"이 사장이 직접 말했습니다. 그리고 여기를 떠난답니다."

"그렇군."

마한드로의 눈동자가 흐려졌다.

"마치 기계 같은 인간이야. 도무지 빈틈을 보이지 않아. 감수성이 메마른 인간 같지 않나?"

"……."

"그렇게 해서 아프리카 지역을 평정해 온 거야. 그 실력을 인정해 줘야 돼."

그러더니 마한드로가 서류를 보고 나서 물었다.

"안 그래, 오사르 장관?"

"전 그만두겠어요."

오사르가 똑바로 마한드로를 보았다.

"제가 장관이 되려고 운동한 것은 아니니까요. 알제리가 민주화 국가가 된 것으로 만족해요."

"이런, 갑자기……."

놀란 마한드로가 정색했다.

"오사르, 지금부터 시작이야. 잘못하면 피 흘려서 성취한 과업을 망칠 수 있어. 모든 건 마무리가 중요한 거야."

"내무장관을 할 인재는 얼마든지 있어요. 위원장님도 아시겠지요."

"그렇게 말하면……."

입을 다문 마한드로가 한숨을 쉬었다.

마한드로는 새 정부의 대통령으로 선정되어 있는 것이다.

물론 국민들이 투표를 해야 되지만, 여론은 압도적으로 새 정부를 지지할 것이다.

저녁 식사를 하면서 이동욱이 간부 회의를 한다.

이동욱은 자주 식사를 하면서 회의를 하는 것이다.

저택의 식당 안이다.

스테이크를 씹고 난 이동욱이 입을 열었다.

"오늘 밤, 하르간을 제거하고 나서 나는 알제리를 떠날 거야. 이곳에는 라돈과 압둘라만이 팀원들을 데리고 남는다."

그러면 이동욱과 함께 김석호가 떠난다.

당연히 알제리에 친리스타 연방 정부가 세워지는 것은 리스타에서 파견된 전문가들이 도와줄 것이었다.

그때 김석호가 이동욱을 보았다.

"하르간의 저택은 주위에 경호용 장애물이 많아서 투입 인원을 늘려야 합니다. 이번에는 민주국민연합의 무장병력을 동원해야 됩니다."

민주국민연합도 무장병력을 1백 명쯤 보유하고 있다. 그러나 무기도 빈약하고 전문가들이 아니다.

김석호가 말을 이었다.

"그들에게 외곽 포위 임무를 맡겨도 됩니다. 그럼 우리가 진입에만 집중할 수 있으니까요."

이동욱이 우유를 한 모금 삼키고는 입을 열었다.

"그렇게 안 해도 돼."

모두의 시선을 받은 이동욱의 얼굴에 쓴웃음이 떠올랐다.

"오늘 밤, 10시 반에 정리가 될 거야. 우리는 외곽에서 기다리면 돼."

옆쪽 테이블에 앉아 있던 오사르가 고개를 돌려 이동욱을 보았다.

이동욱은 어떻게 정리될 것인지 말해주지 않았지만, 간부들은 묻지 않았다.

대장을 신임하고 있기 때문이다. 사장 겸 대장.

오후 8시 반이 되었을 때 2개 팀 20명이 출동했다.

이동욱이 이번에도 지휘자로 인솔했고 오사르가 자연스럽게 수행했다.

시위가 끊긴 시내는 조용하다.

그러나 어수선했고 차량 통행도 드문드문하다. 거리에 버려진 온갖 쓰레기, 가구, 불에 탄 자동차 등이 차량 통행을 방해하기 때문이다.

삼삼오오 나뉜 팀원들은 모두 주민 차림이다. 스쳐 가는 주민들과 같다.

이동욱도 야구 모자를 썼고 등에 배낭을 메었는데 안에 AK-47과 수류탄까지 넣어 놓았다.

오사르도 남장 차림으로 역시 배낭을 메었다.

하르간의 저택까지 걷는 것이다.

지름길인 골목길로 들어섰을 때 오사르가 이동욱에게 물었다.

"어디로 돌아가세요?"

"모로코."

이동욱이 바로 대답했다.

"좀 쉴 거야."

모로코는 민주화 시위가 시작되고 있었지만, 다른 국가에 비해서 안정된 편이다.

오사르가 옆으로 다가와 붙었다.

"거기도 시위가 격화되고 있는데요?"

"일부분뿐이야."

"카사블랑카에 제 이모가 살아요. 이모부가 경찰에 잡혀가서 돌아오지 않았어요."

"……"

"열흘 되었는데 죽은 것 같다고 해요."

이동욱이 고개를 돌려 오사르를 보았다.

"당신은 알제리의 내무장관 일이나 해. 다른 국가에 있는 이모부 걱정까지 할 여유가 없어."

오사르가 입을 다물었다.

10시 15분.

이곳은 알제리 구시가지 서남쪽 주택가 외곽.

안쪽으로 2백 미터쯤 들어가야 알제리해방당의 본부가 나온다.

대지 2천 평 정도에 3층짜리 본관 건물과 2채의 부속동으로 이루어진 대주택이다.

옛날 프랑스 총독관저를 해방당이 사용하고 있다.

길가의 주택 담장에 기대선 이동욱이 손목시계를 보고 나서 말했다.

"대저택이라 대지가 넓어서 다행이야."

옆에 선 김석호가 고개를 끄덕였다.

"안에 약 250명 정도가 있습니다. 하르간과 그 측근들, 간부들과 가족까지 살고 있으니까요."

오사르가 보기에는 천연요새다. 성(城)보다 낫다.

주택가 한복판을 차지한 대저택 주위의 민가들은 모두 경호병의 숙소 겸 검문소였기 때문이다.

저택으로 통하는 모든 길과 골목은 경호병으로 차단된 상태다. 길 건너편 주택가로 진입한 후부터 대저택까지 아마 수십 개의 초소를 거쳐야 할 것이다. 숨겨진 초소가 몇 개인지 알 수도 없다.

김석호가 말을 이었다.

"우리가 저 민가들을 뚫고 저택까지 진입하려면 아마 1개 연대 병력은 있어야 할 겁니다."

첩첩이 싸인 민가는 약 2백 미터 거리에 수백 채가 늘어서 있다. 주민 반, 경비병 반일 것이다.

'알제리해방당'은 프랑스의 지원을 받기 때문에 무장도 가장 잘되었고, 군(軍) 조직 같은 병력도 많다.

그때 다시 손목시계를 본 이동욱이 하늘을 보았다.

흐린 날씨여서 별도 떠 있지 않은 하늘은 어둡다.

그 순간이다.

오사르는 심장이 아래로 '툭' 떨어지는 느낌을 받는다.

그때서야 이번 작전의 내용을 알았던 것이다.

공습이다.

오사르의 시계가 10시 28분을 가리켰을 때다.

갑자기 하늘에서 휘파람 소리가 들렸다.

그때 이동욱도, 김석호도 일제히 시계를 보았다.

"정확하네."

이동욱이 혼잣소리처럼 말했다.

10시 30분이라는 말이다.

그러면 오사르의 시계가 2분 늦은 것 같다.

그때 휘파람 소리가 더 크게 울렸다. 여러 명이 더 크게 부는 것 같다.

그 순간.

"꿍! 꿍! 꿍!"

엄청난 폭음이 울리더니 앞쪽 대저택이 폭발했다.

연거푸 폭발하고 있다.

"꿍! 꿍! 꿍! 꿍!"

화염과 함께 폭발한 잔해가 허공으로 솟아올랐는데 불빛을 배경으로 다 드러났다.

저택의 지붕 한쪽이 하늘로 솟아오른다.

"꿍! 꿍! 꿍!"

귀가 터질 것 같은 폭음이어서 오사르는 총을 떨어뜨리고 두 손바닥으로 귀를 막았다.

이제 저택 위쪽 하늘은 붉게 물들었고, 흔적도 없어진 저택은 불길에 뒤덮여 있다.

"꿍! 꿍! 꿍! 꿍!"

폭격기에서 남아 있던 폭탄인 것 같다.

다시 폭탄이 터졌을 때는 앞쪽 하늘 전체가 불타오르고 있다.

이제는 저택 주위의 민가에서 뛰어나온 주민들이 개미 떼처럼 이쪽으로 도망쳐 나오는 중이다.

다음 날, 민주국민연합 의장 마한드로의 제의로 5개 단체의 연합 회의가 열렸다. 지도자가 없어진 신자유당, 민족전선, 알제리해방당에서도 대표가 참석한 회의다.

오후 6시에 알제리 대통령궁에서 개최된 회의는 민주국민연합 경비병의 삼엄한 경비하에 개최되었다. 그것은 지금까지 지휘부 없이 사분오열되었던 알제리군이 민주국민연합에 가담했기 때문이다.

5개 단체의 연합 회의는 2시간 만에 결론을 내고 새 '알제리 정부'를 발표했다.

5개 단체를 모두 포함한 '연립 정부'다.

그 발표를 들은 알제리 국민은 환호했다.

오후 8시의 발표를 들은 알지에 시민은 모두 거리로 뛰쳐나왔다.

5개 단체의 모든 조직원, 지지자들과 일반 시민까지 한꺼번에 나온 것이다.

"알제리 만세!"

"민주주의 만세!"

그리고 마지막에 꼭 따라붙는 구호.

"리스타 만세!"

어젯밤 해방당의 본부가 공습으로 폭파되어 하르간과 함께 간부들이 모조리 폭사한 것은 이미 과거가 되었다.

밤 12시 반.

알지에시 제3부두 앞.

흰색의 대형 요트 한 대가 정박되어 있다. 선미에 헬기까지 내려앉아 있는 최신 요트다.

선착장에 승용차 수십 대가 멈추더니 곧 사람들이 내렸다.

그들은 이동욱과 이번에 알제리 신정부의 대통령으로 추천된 마한드로와 각료들, 그리고 리스타 법인의 간부들이다.

트랩 앞에 선 이동욱이 마한드로와 알제리 새 정부의 각료들과 악수를 나눈 후에 몸을 돌렸다.

알지에항을 출항한 지 1시간쯤이 되었을 때 이동욱의 선실로 김석호가 들어섰다.

오전 2시가 되어가고 있다.

"사장님, 선수를 동쪽으로 돌렸습니다."

이동욱이 고개를 끄덕였다.

팀장급 외에는 행선지를 말해주지 않은 것이다.

그때 김석호가 말을 이었다.

"카사블랑카까지는 사흘 예정입니다."

"사흘 동안 휴식이야."

이동욱이 말을 이었다.

"알제리에 남은 팀들도 일주일간 휴식을 줬어."

"그런데 오사르는 어떻게 할까요? 리스타 요원도 아니고 알제리의 정부 요원도 아니지 않습니까?"

"이모가 카사블랑카에 살고 있다니까 거기서 내려주면 되겠지."

"알겠습니다. 그런데 알제리 정부의 내무장관으로 추천되었다는데 그것도 팽개치고 떠나다니 대단합니다."

"평양감사도 저 싫으면 그만이지."

김석호가 한국인이었기 때문에 이동욱이 한국 속담을 썼다.

김석호는 이동욱보다 두 살 아래다.

팀장 중 유일한 한국인이라 김석호하고는 둘이 있을 때 속에 있는 이야기도 한다.

"우리하고는 이제 관계가 없으니까 태워주기만 하면 돼."

"알제리에 가족이 없다고 하는군요."

"마한드로한테서 들었어. 부모는 일찍 죽고 오빠가 반정부 시위를 하다가 끌려가 죽었다는 이야기."

"화장을 안 하고 남장을 하고 다니는데도 미인입니다."

"넌 어떤 속셈으로 말하는 거냐?"

"예, 사장님께서 오사르에게 너무 거부 반응을 일으키시는 것 같아서요."

"여자라면 다 호의적이어야 한단 말이냐?"

"아닙니다, 사장님."

김석호가 뒷머리를 손으로 쓸면서 눈치를 보았다.

김석호도 이동욱과 카라조프의 관계를 아는 것이다.

그래서 여자 이야기를 꺼내기가 거북했는지도 모른다.

카라조프가 죽은 지 두 달밖에 되지 않았다.

다음 날 오후 3시경.

선미의 난간에서 요트가 바다에 그리는 물거품을 보던 오사르가 고개를 들었다.

김석호가 다가왔다.

옆으로 다가선 김석호가 들고 온 가방을 내밀었다.

"이거 받으세요."

엉겁결에 가방을 받은 오사르가 물었다.

"뭔데요?"

"10만 불 들었습니다. 그거 오사르 님이 쓰시라고 사장님께서 주신 겁니다."

오사르가 숨만 쉬었을 때 김석호가 말을 이었다.

"우린 카사블랑카에서 당분간 쉬면서 정세를 볼 겁니다. 오사르 씨가 하실 일은 없습니다. 그래서……."

"제가 리스타에서 일할 수 있을까요?"

불쑥 오사르가 물었기 때문에 김석호는 말문이 막혔다.

할 말이 있겠는가?

"사장님께서 오시랍니다."

항해 이틀째 되는 날 오전.

식당에서 아침 식사를 마친 오사르가 선실로 돌아왔을 때 김석호가 찾아와
말했다.

300톤급 요트는 시속 30노트(55킬로) 속력으로 지중해를 서진(西進)하는 중
이다.

김석호를 따라 선장실 옆의 방으로 들어선 오사르는 긴장하고 있다.

안쪽 자리에 앉아 있던 이동욱이 고개를 들었다.

"거기 앉아."

눈으로 앞쪽 자리를 가리킨 이동욱이 뒤쪽에 서 있는 김석호에게 말했다.

"자네도 앉아."

곧 앞쪽에 오사르와 김석호 둘이 나란히 앉았다.

오사르는 어제 김석호에게 리스타에서 일할 수 없느냐고 물어본 입장이다.
그러니 긴장할 수밖에.

고개를 든 이동욱이 오사르를 보았다.

"시민운동에 참가하기 전에 대학 강사였다고 했지?"

"예, 동양역사학 강사였습니다."

오사르가 고분고분 대답했다.

"1년 반쯤 알제리 국립대에서 근무하다가 민주국민연합에 가입한 지 2년이
되었죠."

"리스타에서 일하려는 이유는?"

"리스타의 이념에 동조하기 때문입니다."

"이념?"

이동욱이 고개를 기울였다.

"내가 리스타에서 일하지만, 이념이 있다는 건 듣지 못했는데."

"자유 시장 이념입니다. 경제 자유화. 리스타는 그것을 추구하는 기업입니다."

"난 몰랐는데."

이동욱이 다시 고개를 기울였다.

"내가 리스타에 꽤 있었지만, 그런 이념이 있는지 몰랐어."

"죄송합니다."

"죄송할 것까지는 없고. 본사에 연락했더니 당신을 내 보좌관으로 발령냈어."

이동욱이 똑바로 오사르를 보았다.

"알제리에서도 보좌관 역할을 했으니 익숙해졌겠지. 이만."

이광이 웃음 띤 얼굴로 안학태와 정남희를 보았다.

리스타랜드의 바닷가 별장 베란다에서 셋이 둘러앉아 있다.

오후 5시 반, 수평선에 석양이 걸려 있다.

"쓰나미처럼 아프리카를 리스타가 휩쓸고 지났는데 CNN은 리스타제국이라고 떠들어 대는군."

"CNN뿐만이 아닙니다. 영국의 BBC는 회장님을 아프리카 제국의 '황제'라고 불렀습니다."

안학태가 말했을 때 이광의 이맛살이 찌푸려졌다.

"과장이 심하네."

"사실이죠."

정남희가 바로 말을 받는다.

"저는 그 호칭이 마음에 드네요."

"이봐, 농담하지 마라."

정색한 이광이 말을 이었다.

"나는 기아와 빈곤에 시달리는 대륙을 바꿔놓고 싶었을 뿐이야. 내 전 재산을 투자한 마지막 사업이다."

210

이광이 또 한 번 심중을 드러낸다.

숨을 고른 이광이 말을 이었다.

"제국의 황제라니, 지금이 중세기냐?"

"이제는 아프리카 각국을 하나로 묶어서 관리하는 체제가 필요합니다. 리스타 연방의 느슨한 체제로는 어렵습니다."

정남희의 차분한 목소리가 이어졌다.

"다만 제국이나 황제의 칭호는 다른 명칭으로 바꾸면 되겠지요."

그때 안학태가 고개를 들었다.

"카다피 대통령에게 리스타 연방 의장을 계속 맡길 수는 없지 않겠습니까? 현재 아프리카 13개국이 리스타 연방에 포함되어 있습니다."

이광이 고개를 돌려 바다를 보았다.

석양이 수평선으로 기울면서 바다는 황금빛으로 물들기 시작했다.

지금까지 아프리카 동쪽과 북쪽의 국가는 리스타의 황금빛 깃발로 덮인 것이다.

그러나 그것으로 그치지는 않는다. 아직 대륙의 70퍼센트 정도가 남아 있다.

그때 안학태가 입을 열었다.

"현재까지 아프리카에 한국인 이민자가 100만을 돌파했습니다. 신청자는 250만이 넘습니다."

이광의 분위기를 바꾸려는 것 같다.

푸틴이 앞에 앉은 표돌스키를 보았다.

"이광과 부시가 연합한 거야. 이대로 놔둘 수는 없어."

푸틴이 의자의 양쪽 팔 받침에 두 팔을 얹어놓고 어깨를 폈다.

크렘린의 대통령궁 안.

대통령의 집무실은 육중한 분위기다.

붉은색 카펫이 깔린 집무실은 50평 규모지만, 황금 문장이 박힌 옆쪽 문을 열면 다시 50평 규모의 회의실이 나온다.

집무실에 모인 각료는 셋.

총리 메드베데프와 비서실장 푸시킨, 그리고 FSB 국장 표돌스키다.

"우리는 루트킨까지 당하고 각국의 FSB 지부는 풍비박산이 되었더군. 리스타 용병대에 휩쓸려 나간 거야. 아마 다 도망쳤겠지."

시선을 표돌스키에게 준 채로 한마디씩 말을 뱉는 동안 셋은 숨도 쉬지 않는다.

특히 표돌스키의 얼굴은 땀이 배어나서 번들거리고 있다.

"쓰레기들이지. FSB 요원들이 말야. 옛날 KGB 시절이었다면 다 총살시켰을 거야."

"……."

"간부들은 다 시베리아 수용소로 보냈을 것이고."

"……."

"다 썩었어."

고개를 흔든 푸틴이 눈을 가늘게 떴다.

"표돌스키."

"예, 대통령 각하."

표돌스키의 시선이 푸틴의 가슴께에 머물렀다.

표돌스키는 52세, 역시 KGB 출신으로 해외작전국장에서 이번에 FSB 국장으로 승진했다.

비대한 체격에 대머리, 붉은 얼굴이 이제는 땀으로 뒤덮여 있다.

푸틴이 길게 숨을 뱉고 나서 말했다.

"FSB의 전력을 아프리카에 투입해라."

"예, 각하."

"리스타를 격멸해. CIA가 배후에 있다지만, 그건 배후야. 무슨 말인지 아나?"

"압니다, 각하."

"리스타는 제대로 반격할 수도 없는 거다. 그것을 이용하는 거야."

"알겠습니다, 각하."

"각국에 퍼져 있는 리스타 놈들을 제거하란 말이다. 그러면 아프리카는 대혼란에 빠질 거다."

이제는 푸틴의 얼굴도 상기되었다.

손바닥으로 팔걸이를 내리친 푸틴이 말을 이었다.

"우리가 아프리카 제국을 건설해야겠단 말이다!"

이것이 푸틴의 의도다.

카사블랑카에는 지브롤터 해협을 건넌 다음 날 밤에 도착했다.

카사블랑카 북쪽의 작은 어항에서 내린 일행은 곧 4대의 승용차에 분승하고 시내로 진입했다.

일행은 모두 12명, 그중에 오사르도 끼었다.

카사블랑카에 있던 리스타 요원들이 이동욱을 맞은 것이다.

깊은 밤, 11시 반이다.

이동욱은 이제 아프리카 동북쪽 모로코에 상륙했다.

"시내에서 시위가 열리고 있지만 한두 시간씩 수백 명이 구호를 외치다가 흩어집니다."

카사블랑카 주재 요원인 안수남이 보고했다.

안수남이 말을 이었다

"모하메드 왕의 철권통치 때문에 시위대가 주눅이 들어있습니다."

이동욱이 고개를 끄덕였다.

모로코는 입헌군주국이다. 의회는 있지만, 왕이 절대자인 것이다.

군권을 장악한 왕은 정적을 무자비하게 탄압했기 때문에 아예 반대파는 존재하지 않는다.

그런 상황에서 시위대가 일어났다는 것은 놀랄 만한 사건이다.

그때 이동욱이 물었다.

"모로코에서 민주화 시위가 성공할 가능성이 있나?"

"없습니다."

안수남이 바로 대답했다.

"비밀경찰이 시위대를 가차 없이 잡아가기 때문에 실종자가 수백 명씩 늘어나는 상황입니다."

"비밀경찰이 말인가?"

"예, 이곳은 비밀경찰의 위력이 강합니다. 비밀경찰인 SSP 사령관은 모하메드 왕의 사촌 동생 함둘라인데, 실권자지요."

안수남이 말을 이었다.

"성격이 잔인하고 교활합니다. 시민들에게는 공포의 대상입니다."

"왕이 유고 시에는 왕위 계승자가 누구인가?"

"황태자가 있습니다만, 24살로 영국 유학 중입니다."

"함둘라는?"

"그다음이 되겠지요."

그때 고개를 든 이동욱이 쓴웃음을 지었다.

"두고 보자고."

이동욱의 옆자리에 앉은 오사르는 듣기만 했다.

이모부는 SSP에 납치된 후에 실종 상태인 것이다.

모로코의 FSB 지부장은 말렌코프, 카사블랑카에 모로코 본부를 두고 러시아, 모로코 문화관을 운영했다. 문화관 종사자는 모두 FSB 요원이다.

오전 9시 반.

말렌코프가 문화관 관장실에서 손님을 맞는다.

손님은 SSP, 비밀경찰의 카사블랑카 책임자인 카심. 비밀경찰청장 함둘라의 오른팔로 2인자다.

관장실에 둘이 마주 보고 앉았을 때 카심이 먼저 입을 열었다.

"알제리가 넘어가고 나서 리스타가 모로코를 다음 목표로 정했다는 정보를 받았습니다."

말렌코프는 고개만 끄덕였고 카심이 말을 이었다.

"시위대에도 그 소문이 퍼져서 선동하는 놈들이 늘어나고 있어요. 지부장 생각은 어떻습니까?"

"아직 모로코에 리스타가 들어왔다는 정보는 없어요, 카심 씨."

말렌코프가 정색하고 카심을 보았다.

"이곳은 시위대가 약한 데다 SSP가 단단히 치안 유지를 하고 있기 때문인 것 같습니다."

'억압'하고 있다는 것을 '치안 유지'로 바꿔서 표현했다.

그때 카심이 비대한 상반신을 세우고 말렌코프를 보았다.

"내가 청장 각하의 지시를 받고 왔습니다."

숨을 고른 카심이 말을 이었다.

"러시아와의 동맹이 필요합니다. 군사동맹을 맺자는 겁니다."

"……."

"리스타의 배후에 미국이 있다는 건, 모두가 아는 사실 아닙니까? 모로코가 미국의 식민지가 될 수는 없습니다."

"보고를 하지요."

고개를 끄덕인 말렌코프가 카심을 보았다.

"곧 연락을 드리겠습니다."

30분 후.

FSB 국장 표돌스키의 보고를 받은 푸틴이 말했다.

"모로코 국왕이 다급해진 모양이군."

"예, 각하."

표돌스키가 말을 이었다.

"비밀경찰로 막고 있지만, 이집트의 경우처럼 한 번 무너지면 수습하기가 힘듭니다. 그래서 러시아의 배경이 필요한 것이지요."

"내일 외무, 국방장관을 파견할 테니까 준비를 하자고 통보해."

푸틴이 결정했다.

"그리고 당신도 함께 가야겠지. 물론 비밀리에 말야."

"알겠습니다, 각하."

"주역은 FSB야. 명심하도록."

"예, 각하."

표돌스키가 심호흡을 했다.

대통령한테서 '인정'을 받은 셈이다.

카사블랑카의 교외 바닷가의 별장 안.

이곳은 독일인 소유였다가 매물로 나온 건물 중 하나로 이동욱 일행의 숙소
가 되었다.

카사블랑카에는 외국인 소유의 건물이 매물로 많이 나와 있다.

모로코를 떠나는 외국인들이 많기 때문이다.

2층 벽돌 건물인 이 별장은 바다가 내려다보이는 벼랑 위에 서 있다.

오후 2시 반, 2층 응접실에 앉아 있던 이동욱에게 오사르가 다가와 섰다.

"저, 하루만 휴가를 내겠어요."

"무슨 일로?"

"이모를 만나고 오려고요."

시선을 내린 오사르가 말을 이었다.

"이모부가 비밀경찰에 체포된 후에 실종 상태여서요."

이동욱이 고개를 끄덕였다.

"가봐야지."

"감사합니다."

"하지만 리스타 안내역하고 경호원을 대동하도록."

고개를 든 오사르가 곧 어깨를 늘어뜨렸다.

말을 붙일 분위기가 아니다.

트리폴리, 카다피의 대통령궁에서 카다피에게 해밀턴이 말했다.

"러시아가 내일 모로코에 외무, 국방장관을 파견합니다. 대통령 특사로 가는
겁니다."

해밀턴이 말을 이었다.

"러시아와 모로코가 군사동맹을 맺는 것이지요. 모로코의 요청으로 특사가
긴급히 파견되는 겁니다."

고개를 든 해밀턴이 카다피를 보았다.

"모로코가 미리 민주화 운동을 차단하려는 의도지요. 곧 FSB 요원과 러시아 군(軍)이 대규모로 파견될 겁니다."

"전쟁을 불사하겠다는 의도군."

카다피가 잇새로 말했다.

"마침내 러시아하고 공개적으로 부딪치게 되었어."

"모로코가 오히려 악수(惡手)를 둔 겁니다."

해밀턴이 말을 이었다.

"강한 것이 오히려 잘 부러져요."

모로코의 민주화 시위대 지도자는 고등학교 교사 만수르다.

38세. 부부교사였던 아내 소리야가 같이 민주화 운동을 하다가 투옥된 후에 혼자서 투쟁하고 있다.

만수르가 폐공장의 창고에서 둘러앉은 동료들에게 말했다.

"내일 러시아 장관들이 와서 동맹을 맺는다는 건, 정권을 지키려는 의도뿐이야. 국민들은 안중에도 없어."

만수르가 여윈 얼굴을 들고 말을 이었다.

"알제리가 넘어가니까 정권이 다급해진 것이지. 왕과 왕족들은 리스타에 넘어가는 것보다 러시아를 끼고 가는 것이 낫다고 생각한 거야."

모두 말이 없다.

간부들은 자신들의 능력을 아는 것이다.

조직도 자금이 없다. 오직 의욕뿐이다.

그것의 한계가 온 것이다.

218

"모리타니, 말리, 니제리의 분위기는 리스타 연방에 자진해서 가입하겠다는 것입니다."

안학태가 말을 이었다.

"모리타니는 총리가 상담을 원하고 있습니다. 리스타 연방이 되면 어떤 혜택이 올 것인가를 구체적으로 알고 싶다는 것입니다."

이광이 고개만 끄덕였다.

모리타니 정부에서 리스타랜드로 공식 문의가 온 것이다.

세계에서 한국의 경제발전과 리스타의 재력을 모르는 국가나 사람은 없다.

리스타는 공적 자산이 18조 달러가 되는 세계 최대 기업이다.

'이광'이란 위대한 사업가가 이룩한 전설적인 재벌기업인 것이다.

그 이유는 세상 사람들이 다 안다.

미국에 의해 '테러 지원국' '테러 배후국'의 낙인을 받고 멸망하기 직전의 이라크, 리비아를 구해낸 인물이 이광이다.

이광이 조정자 역할을 해서 이라크, 리비아의 지도자 후세인, 카다피가 살아난 것이다.

이광은 그 후세인, 카다피의 자금 수천억 불을 굴려서 기업을 확장시켰다.

뉴욕 증시에 상장된 리스타의 수백 개 상장사 가치는 수십조 달러가 된다.

거기에다 이광은 이라크의 쿠웨이트 침공 시에 쿠웨이트 재산 수천억 불을 관리했던 것이다.

리스타투자는 전쟁 기간 동안에 1조 달러를 벌었다는 소문이 났다.

그때 안학태가 고개를 들고 이광을 보았다.

"제가 비서실의 최 전무를 보내겠습니다."

이제는 자진해서 리스타 연방에 가입하려는 국가가 나타나고 있다.

카사블랑카, 데자르 광장 근처의 주택가.

오사르가 단층 저택의 문을 두드리자 곧 철문이 열렸다.

"앗, 오사르!"

50대쯤의 여자가 오사르를 보더니 비명 같은 외침을 뱉는다.

오사르의 이모 카란이다.

와락 오사르를 껴안던 여자가 그때서야 옆쪽에 서 있던 두 사내를 보더니 흠칫하고 몸을 세웠다.

오사르를 따라온 안내역, 경호원이다.

그때 오사르가 말했다.

"괜찮아, 이모. 내 일행이야."

집 안으로는 오사르와 안내원 케이잘만 들어왔다. 경호원 자이락은 밖에 남았다.

집은 40평쯤의 방 3개짜리 구조로 앞쪽에는 10평 규모의 마당이 있다. 옆집과는 흙담이 세워졌는데 높이가 2미터쯤 되었다.

오후 3시경.

주위에서 아이들 소리가 났고 골목길에도 오가는 사람들의 인기척이 들린다. 다만, 찻길과는 떨어진 서민 주택가여서 자동차 소음은 들리지 않는다.

낡은 소파에 앉았을 때 오사르가 옆에 앉은 케이잘을 소개했다.

"내 회사 직원이야. 그러니까 신경 쓰지 마."

그때 케이잘이 카란에게 말했다.

"오사르 씨가 제 상관입니다. 밖에 있는 사람은 경호원이고요."

건성으로 고개를 끄덕인 카란에게 오사르가 물었다.

"이모, 이모부는 어떻게 되었어?"

"몰라."

카란의 눈동자에 초점이 잡혔다.

"내가 내무부 보안국에 찾아갔지만, 문 앞에서 쫓겨났어."

내무부 보안국이 바로 비밀경찰이다.

간판만 그렇게 달았을 뿐 보안국 건물이 내무부보다 두 배나 큰 것이다.

비밀경찰 총수 함둘라는 내무부 보안국장을 겸하고 있다.

그때 오사르가 물었다.

"이모, 바르타는?"

오사르의 시선을 받은 카란이 갑자기 숨을 들이켜더니 두 손으로 얼굴을 감싸 쥐었다. 그러더니 흐느끼며 말했다.

"바르타도 끌려갔어."

"누구한테?"

"비밀경찰."

"바르타도?"

오사르의 목소리도 비명 같다.

바르타는 카란의 외아들로 21살짜리 대학생이다.

카란이 말을 이었다.

"아버지를 찾다가 시위대에 가담했는데 전단지를 나눠주다가 잡혔어."

"……"

"바르타도 잡혀간 지 열흘이 되었는데 어디 있는지 알 수가 없어."

"이모."

오사르가 카란의 손을 움켜쥐었다.

"이모, 내가 알아볼게."

"꾸꾸꿍!"

폭음과 함께 지진이 난 것처럼 식당이 흔들렸기 때문에 윤병현이 고개를 들었다.

이곳은 니제르의 수도 니아메 중심부다.

오후 12시 반.

식당 손님들이 자리에서 일어나 수선거렸고 몇 명은 창가로 다가가 밖을 내다보았다. 거리의 행인들도 두리번거리고 있다.

곧 흔들림이 멈췄기 때문에 윤병현이 다시 포크를 들었을 때다.

식당 안으로 흑인 하나가 뛰어 들어왔다.

"센트럴빌딩이 폭파되었어!"

사내가 소리쳤을 때 윤병현이 벌떡 일어섰다.

30분 후, 리스타랜드의 집무실에서 이광이 안학태의 보고를 받는다.

"니아메의 센트럴빌딩이 폭발해서 2백여 명의 사상자가 발생했습니다."

안학태의 얼굴이 상기되어 있다.

집무실 안에는 둘뿐이다.

안학태가 말을 이었다.

"센트럴빌딩이 니제르의 리스타 법인 사무실입니다, 회장님."

이광이 눈만 치켜떴고 안학태의 목소리만 집무실에 울렸다.

"조금 전에 법인 총무부장한테서 보고가 왔습니다. 법인장 이하 법인 직원 25명이 폭사했습니다. 회의 중에 당했다고 합니다."

윤병현이 보고를 한 것이다.

출장을 나와 있었기 때문에 윤병현은 목숨을 구한 것이다.

그때 이광이 물었다.

"누구 짓이야?"

"FSB 같습니다."

안학태가 바로 대답했다.

"러시아에서 모로코에 동맹사절단을 파견하는 것과 관계가 있습니다."

"……"

"정보에 의하면 러시아가 리스타를 상대로 선전포고를 했다는 것입니다."

"……"

"그것이 니제르의 센트럴빌딩 폭파로 시작되었습니다."

"선전포고에 적극적으로 대응해야 돼."

"해밀턴 사장, 조백진 사장이 오늘 중으로 이곳에 도착할 것입니다."

"이민 간 한국인들도 보호해야 해."

이광이 말을 이었다.

"내가 부시를 만나야겠다."

고개를 든 안학태가 이광을 보았다.

그러나 묻지는 않는다.

오후 7시, 카사블랑카의 별장에서 이동욱이 TV에 나온 특별 방송을 듣는다.

화면에는 정부 대변인인 문화부 장관이 비치고 있다.

장관이 입을 열었다.

"오늘 오후 6시에 모로코와 러시아는 동맹조약을 체결했습니다. 모로코 국왕 모하메드 전하와 러시아 대표 프놈킨 국방장관은 상호방위 조약을 체결한 것입니다. 이 조약은 체결과 동시에 발효됩니다."

그때 이동욱의 손짓을 본 경호원이 리모컨으로 TV를 껐다.

응접실에는 김석호와 안수남, 오사르가 둘러앉아 있다.

이동욱이 입을 열었다.

"방금 해밀턴 사장한테서 연락이 왔어."

세 쌍의 시선을 받은 이동욱이 말을 이었다.

"러시아가 리스타에 선전포고를 한 것이나 마찬가지야. 리스타가 공식적인 무장군을 운용할 수 없다는 것을 알고 있기 때문에 러시아는 기선을 쥐고 있는 셈이지. 하지만……."

숨을 고른 이동욱이 셋을 둘러보았다.

"니제르의 법인이 당한 보복은 즉각적으로 실행될 거야."

셋은 숨을 죽였고 이동욱의 말이 이어졌다.

"러시아와 리스타와의 전쟁이지. 색다른 전쟁이 될 거야."

이동욱의 얼굴에 웃음이 떠올랐다.

밤 11시 반이 되었을 때 안수남이 대기실로 들어섰다.

늦은 시간이어서 대기실에는 오사르가 혼자 앉아 있다. 안수남을 기다리고 있었다.

안수남이 오사르의 앞쪽 자리에 앉더니 입을 열었다.

"이모부 하르반 씨는 외곽으로 끌려가 처형되었습니다. 처형당하기 전에 기록한 명단을 확인했습니다."

안수남이 외면한 채 말을 이었다.

"한 달 전입니다. 매장한 위치도 적혀 있습니다. 57명을 집단 매장했군요."

"……."

"그런데 사촌 바르타는 리바트의 군 형무소에 수감되어 있습니다."

고개를 든 오사르에게 안수남이 말을 이었다.

"아직 살아있습니다."

224

카사블랑카의 러시아 문화관이 폭발한 것은 오전 8시 반이다.

막 직원들이 출근한 시간이었다.

엄청난 폭음과 함께 3층짜리 문화관이 대폭발을 일으키면서 잔해를 사방 1백 미터까지 퍼뜨렸다.

폭발과 함께 건물이 불길에 휩싸였기 때문에 시내는 대혼란이 일어났다.

시내 중심가에 위치해서 교통이 마비되었고 놀란 시민들이 사방으로 흩어졌다.

러시아와의 동맹조약이 체결된 다음 날이다.

러시아에서 온 동맹조약 사절단은 문화관에서 2백 미터 거리인 러시아 대사관에 투숙했다.

그래서 폭음과 화염이 다 들리고 보였다.

"말렌코프 동지도 사망했습니다."

부대사 유리가 흐린 눈으로 대사 이반에게 보고했다.

폭발 30분 후.

유리의 얼굴에 검댕이 묻어 있다. 방금 폭발 현장에서 돌아온 것이다.

대사관의 대사 집무실 안.

앞쪽에는 이반과 이번에 조약을 체결하려고 온 국방장관, 외무장관과 FSB 국장 표돌스키까지 넷이 둘러앉아 있다.

유리가 말을 이었다.

"현재까지 32명 사망, 57명 부상입니다. 아직 잔해 수색 작업을 진행하고 있으니까 사상자는 더 나올 겁니다."

그때 표돌스키가 자리에서 일어섰고 모두 서둘러 집무실을 나가는 그의 뒷모습만 본다.

사상자 대부분이 FSB 요원들인 것이다.

"어떻게 된 거냐?"

모하메드 왕이 묻자 함둘라가 한 걸음 다가섰다.

"조사 중입니다, 전하."

"카사블랑카 시내 한복판에서 테러가 일어나다니. 전 세계의 이목이 이쪽으로 집중됐지 않은가?"

모하메드의 목소리가 높아졌다.

"더구나 러시아하고 동맹조약을 맺은 직후에 말이다. 러시아 문화관이 폭파되었어!"

"전하, 러시아 측에서도 전력을 다해 수사 중입니다."

러시아 정부도 즉각 성명을 발표하고 조사단을 파견한 것이다.

오후 1시, 왕궁 안이다.

모하메드가 함둘라를 노려보았다.

"리스타와의 전쟁 아니냐?"

"그럴 가능성이 많습니다, 전하."

"우리가 리스타와 러시아의 전쟁을 모로코로 끌어들인 셈이 아닌가?"

"전하, 더 이상 혼란은 일어나지 않을 것입니다."

어전에 잠깐 정적이 덮였다.

러시아와의 동맹을 주장한 것은 함둘라다. 국왕 모하메드는 함둘라에게 끌려간 입장이다.

그때 모하메드가 입을 열었다.

"니제르의 니아메에서 리스타 본부가 폭파된 다음 날에 러시아 문화관이 폭파되었어. 이건 리스타와 러시아 간 전쟁이 맞아."

226

"……."

"모로코에 리스타 사업장이 있나?"

"예, 각하. 카사블랑카에 모로코 법인이 있고, 전국에 사업장이 흩어져 있습니다."

"……."

"5층 건물에 약 2백 명의 법인 직원이 근무하고 있고, 리스타 소속의 공장과 사업장이 30여 개가 있습니다."

"러시아보다 타깃이 많군."

모하메드가 혼잣소리처럼 말했다.

"모로코가 전장(戰場)이 되었어."

5장 모로코 합병

함둘라가 집무실을 나갔을 때 시종무관 바라타크가 안으로 들어섰다.

바라타크는 비서실장 역할이다.

오후 1시 반, 폭탄 테러가 일어난 지 5시간이 지났다.

"전하, 리스타에서 전화가 왔습니다."

바라타크가 굳은 얼굴로 모하메드를 보았다.

놀란 모하메드가 눈만 크게 떴을 때 바라타크가 말을 이었다.

"전하께서 허락하신다면 30분 후에 이광 회장이 다시 전화를 한다고 했습니다."

"이광 회장이?"

"예, 전하."

"무슨 용무라더냐?"

"이번 모로코 사태에 대해서라고만 말했습니다."

바라타크가 목소리를 낮췄다.

"러시아와의 동맹 문제인 것 같습니다."

"그렇다면 러시아 측과 상의를 해봐야 되지 않겠느냐?"

맞는 말이다. 러시아와 동맹을 맺은 것은 리스타와의 병합을 막으려는 의도가 아닌가? 당연히 동맹국에 리스타의 제의를 알려줘야 한다.

그때 바라타크가 말을 이었다.

"전하, 비밀 통화입니다. 통화가 도청되지 않는다고 했습니다."

바라타크가 번들거리는 눈으로 모하메드를 보았다.

"전하, 외람된 말씀이오나 함둘라 부장의 말만 듣지 마시옵소서."

바라타크는 함둘라의 경쟁자다.

그러나 위세나 권력은 함둘라의 반에도 못 미치지만, 모하메드의 측근이 되어 있다.

모하메드가 둘을 경쟁시키면서 서로 견제하게 만드는 것이다.

30분 후.

모하메드가 전화기를 귀에 붙이고 응답했다.

"예, 전화 바꿨습니다."

영어다.

그때 이광의 목소리가 울렸다.

"이광입니다, 전하. 반갑습니다."

"제가 반갑지요, 각하."

모하메드도 정중하게 말을 잇는다.

이광과는 첫 통화인 것이다.

그때 이광이 말했다.

"전하, 러시아와의 동맹은 존중합니다. 그 상태로 리스타 연방에 가입하시지요."

이게 무슨 말인가?

모하메드가 입을 열었다.

"회장님, 그것이 무슨 말씀입니까?"

"말씀드린 대로입니다."

이광의 말이 이어졌다.

"러시아와 동맹은 유지하시고 모로코는 리스타 연방에 가입하시는 것입니다."

그때 모하메드가 헛기침을 했다.

"우리가 꼭 그래야 할 필요가 있을까요?"

"리스타 연방이 되시면 모로코는 경제발전에 탄력을 받게 되겠지요. 제가 말씀드리지 않아도 이해하실 겁니다."

"……"

"경제지요. 국민들이 잘살게 되는 경제."

"……"

"아프리카의 리스타 연방국과 경제 연합체를 형성하면 모로코는 산업 기반이 튼튼한 국가여서 금방 경제 대국으로 성장할 것입니다."

"……"

"솔직히 이런 기회를 놓치면 모로코의 경제는 추락합니다."

그때 모하메드가 말했다.

"시간을 좀 주시지요, 회장님."

"전하, 참고로 말씀드리는데, 함둘라는 믿지 마시지요. 함둘라는 러시아를 믿고 전하를 제거하려는 음모를 꾸미고 있습니다."

숨을 들이켠 모하메드에게 이광이 말을 이었다.

"이 녹음테이프를 들어보시지요."

그때 수화구에서 함둘라의 목소리가 울렸다.

마치 함둘라가 수화구에 대고 말하는 것 같다.

"동맹을 맺고 나서 군(軍)에 파견되는 러시아 고문단은 처음에 1백 명 규모로 합시다, 숫자가 많으면 왕이 의심할 테니까."

함둘라는 '왕'에 대한 존칭도 생략했다.

다시 함둘라의 말이 이어졌다.

"지금도 내가 군(軍) 고위직을 장악하고는 있지만 러시아에서 고문단을 이용해서 군을 관리해 준다면 정권을 가져오기 쉬울 테니까."

"그렇죠."

낯선 사내의 목소리여서 모하메드는 이맛살을 찌푸렸다.

누군가?

그때 사내의 말이 이어졌다.

"그런데 함둘라 씨, 거사는 언제로 할 겁니까? 그 스케줄에 맞춰서 우리도 준비해야 될 테니까 말이오."

"민주화 시위대를 이용하려는 거요."

"그렇군."

사내가 웃음 띤 목소리로 말했다.

"민주화 시위가 격렬해져야 되겠지."

"그때 진압군을 동원하면서 자연스럽게 왕궁을 접수할 거요."

"우리가 군을 장악하는 데 두 달이면 돼요, 함둘라 씨."

"그럼 두 달쯤 후로 합시다."

그러고는 사내가 말을 이었다.

"리스타가 민주화 운동을 지원하도록 놔두는 것이 낫겠지. 그래야 군을 동원할 명분이 생길 테니까."

말이 끊겼을 때 이광의 목소리가 이어졌다.

"통화 녹음이 더 있지만 이 정도로 하겠습니다. 참고하시지요."

그러고는 통화가 먼저 끊겼다.

저택의 식당에서 아침을 먹던 오사르가 다가오는 이동욱을 보더니 포크를 내려놓았다.

저택 식당은 항상 뷔페 식으로 식사를 준비한다.

그릇에 음식을 담아 들고 온 이동욱이 오사르의 앞에 앉았다.

식당에는 10여 명의 요원들이 식사 중이다.

시선이 마주쳤을 때 이동욱이 입을 열었다.

"리바트의 군 형무소에 갇혀 있는 외사촌 이름이 뭐라고 했지?"

깜짝 놀란 오사르가 고개를 들었다.

그러나 엉겁결에 대답을 했다.

"바르타입니다."

"그래, 바르타."

포크로 감자조림을 찍어 든 이동욱이 말을 이었다.

"군 형무소 관리부장인 중령 놈한테 일단 손을 썼어. 뇌물을 먹인 거지. 그랬더니 당장 네 외사촌을 제 당번병으로 임명했더군."

"……."

"그래서 당분간은 별일 없을 거야. 그러니까 기다려."

"예, 감사합니다."

겨우 그렇게 말한 오사르가 시선을 내렸다.

얼굴이 붉어져 있다.

이모한테 같이 갔던 연락원 케이잘의 보고를 받은 이동욱이 손을 쓴 것이다.

그때 이동욱이 말을 이었다.

"곧 모로코도 리스타 연방에 가입할 거야."

오사르는 숨을 죽였다.

카사블랑카의 러시아 문화관을 폭파한 것도 이동욱의 팀인 것이다.

부시가 말을 이었다.

"푸틴이 해보자는 거야 뭐야? 그 자식 분수도 모르고 까불고 있어."

지금 부시는 이광과 대화 중이다.

백악관의 오벌룸 안, 오후 3시 반이다.

이광은 부시가 내준 대통령 전용 헬기를 타고 백악관 뒷마당에 내린 후에 오벌룸에 들어왔는데 극비 회동이다.

그래서 국무장관, 국방장관 그리고 CIA 부장만 이광과의 회동을 안다.

"모로코하고 동맹을 맺어서 어쩌겠다는 거야? 이제 문화관이 폭파되었으니까 리스타 법인을 폭파시킬 참인가?"

부시가 떠들었을 때 이광이 입을 열었다.

"곧 모로코도 정리가 될 것 같습니다."

"응? 어떻게 정리가 된단 말이오?"

부시가 묻자 윌슨이 대답했다.

"이 회장님이 직접 모하메드 국왕한테 전화를 하셨습니다."

"그 얼간이한테?"

"예, 각하."

고개를 돌린 부시가 이광을 보았다.

"뭐라고 하셨는데?"

"러시아와 동맹을 유지한 채 리스타 연방에 가입하라고 했습니다."

"그것이 가능할까요?"

"가능합니다."

그러자 부시가 둘러앉은 각료들에게 물었다.

얼굴이 찌푸려져 있다.

"당신들 생각은 어때?"

그때 월슨이 말했다.

"조금 전에 이 회장이 말씀하신 대로 모로코 내부에서 정리가 될 것입니다."

부시가 월슨을 응시한 채 고개를 끄덕였다.

짐작이 된 것이다.

"어쨌든."

부시가 이광을 향해 말을 이었다.

"우리는 리스타와 함께 가는 중이오, 이 회장님. 우리는 지금 세계 역사를 다시 쓰는 중이란 말입니다."

9·11 사태 이후로 부시는 리스타의 '아프리카 연방' 진출에 자존심이 회복되는 중이다.

미국이 전면에 나섰다면 러시아는 물론이고 동맹국들도 반대했을 이 대업을 리스타가 앞장서서 해주고 있는 것이다.

부시에게 리스타 연방은 미국 연방이나 마찬가지였으니까.

회의를 마친 이광이 다시 안학태와 함께 부시의 전용 헬기를 타고 백악관을 나왔다.

헬기가 워싱턴 교외의 노리치호텔 헬기장에 내렸을 때 이광이 입을 열었다.

"나는 자유민주주의를 추구하는 미국의 이념에는 동조한다."

안학태의 시선을 받은 이광이 빙그레 웃었다.

둘은 헬기장에서 계단을 걸어 내려오는 중이다.

"그래서 리스타가 이렇게 성장할 수 있었으니까. 하지만……."

말을 그친 이광이 주위를 둘러보았다.

비서실 직원 둘이 5미터쯤 떨어져서 계단을 내려오는 중이다.

"리스타가 미국의 앞잡이 노릇은 하지 않는다."

"응, 이것으로 하지."

시계를 집어 든 함둘라가 만족한 표정으로 고개를 끄덕였다.

이곳은 카사블랑카 시내의 귀금속 상가 안.

함둘라는 명품 가게 안에서 시계 하나를 들여다보고 있다.

옆에 선 부관에게 함둘라가 말했다.

"이걸 두 개 포장해서 가져와."

"예, 각하."

"그런데 이거 얼마지?"

그때서야 함둘라가 고개를 돌려 주인을 보았다.

긴장한 명품 가게 주인이 눈동자만 굴리고 있다가 대답했다.

"2만 5천 불입니다, 각하."

"음."

함둘라가 고개를 끄덕였다.

"2개면 5만 불이군."

"예, 각하."

"여기서 국방장관도 시계를 사 갔지?"

"예?"

주인의 얼굴이 누렇게 굳어졌다.

그때 함둘라가 이를 드러내고 웃었다.

"괜찮아, 다 알고 있으니까."

몸을 돌린 함둘라가 부관을 보았다.

"계산해."

"예, 각하."

부관이 주머니에서 지갑을 꺼냈다.

지금 함둘라는 18살짜리 딸의 생일 선물을 산 것이다.

함둘라가 발을 떼었을 때다.

가게 안으로 두 사내가 들어섰다.

말쑥한 양복 차림의 사내들이다.

"어서 오세요."

직원이 둘을 맞았다.

힐끗 사내들을 본 함둘라가 눈을 치켜떴다.

둘이 동시에 가슴에서 권총을 빼 들었기 때문이다.

"퍽!"

발사음과 함께 첫 발이 함둘라의 이마 한복판을 꿰뚫고 들어갔다.

"퍽! 퍽! 퍽! 퍽!"

그다음부터는 난사다.

함둘라는 무려 다섯 발의 총탄을 더 맞았고 부관은 세 발, 진열대 밑에 엎드
렸던 주인까지 엉덩이에 두 발이나 맞았다.

"뭐라고?"

표돌스키가 아연한 얼굴로 앞에 선 요원을 보았다.

카사블랑카의 영사관 안.

이곳은 표돌스키가 본부로 사용하는 곳이다.

오후 3시 10분.

"함둘라가 암살당했다고?"

"예, 국장님."

요원의 얼굴이 상기되었다.

"시내 귀금속 상가에서 부관과 함께 암살당했습니다. 그런데……."

"그런데 뭐야?"

"주위에 흩어져 있던 경호대가 전혀 반응하지 않고 귀대했습니다."

"무슨 말이야?"

"SSP사령관 행차 시에는 보통 1개 소대 병력의 비밀경찰이 경호대장의 인솔 하에 따릅니다."

"그래서?"

요원이 이마에 번진 땀을 손등으로 닦았다.

"그런데 경호대장이 사고가 난 가게에 들어가지도 않고 경호대와 함께 철수 했단 말씀입니다."

"가게에 들어가지도 않았어?"

"예, 시체가 사고가 난 지 30분이 지났는데도 현장에 그대로 있습니다."

"……"

"심지어 경찰도 주위에 바리케이드만 쳐 놓고 들어가지 않습니다."

"그럼 죽은 걸 어떻게 안 거야?"

"엉덩이에 총을 맞은 주인과 가게 점원들이 도망쳐 나와서 신고했습니다."

"……"

"경찰들은 누구 지시를 받은 것 같습니다. 그러니까 저렇게 차단만 해 놓 지요."

"도대체 어떤 놈이……."

눈을 치켜떴던 표돌스키가 숨을 들이켰다. 제2인자인 함둘라보다 높은 신분 이 누구겠는가?

그 시간에 모하메드 왕이 앞에 선 시종무관 바라타크에게 물었다.

"죽은 지 얼마나 되었나?"

"예, 35분 정도 되었습니다."

"언론사에서 취재를 했나?"

"예, 가게 밖에서 사진까지 다 찍었다고 합니다."

"그럼 시체 치우라고 해."

"예, 각하."

허리를 숙인 바라타크에게 모하메드가 말을 이었다.

"그리고 네가 SSP로 가서 수습해."

바라타크가 SSP의 새 수장이 된 것이다.

"어떻게 된 거야?"

푸틴이 묻자 표돌스키가 숨부터 골랐다.

"예, 각하. 정적의 암살 같습니다. 리스타가 개입했는지도 조사하고 있습니다."

"이번 동맹에는 지장 없겠지?"

"물론입니다, 각하."

표돌스키가 전화기를 고쳐 쥐었다.

영사관 안이다.

집무실 안에는 혼자였지만 표돌스키가 주위를 둘러보고 나서 말을 이었다.

"그런데 SSP의 새 사령관으로 국왕의 시종무관이 임명되었습니다."

"그래서?"

"상황을 파악하고 나서 다시 보고드리겠습니다."

"알았어. 차질 없도록 해."

푸틴이 매듭을 짓듯이 말하고는 통화를 끝냈다.

언짢은 분위기다.

전화기를 내려놓은 표돌스키가 한동안 앞쪽에 걸린 그림을 보다가 인터폰을

238

눌렀다.

방에 들어선 사내는 표돌스키의 보좌관 카샤.

카샤가 앞에 섰을 때 표돌스키가 물었다.

"왕이냐?"

"예, 확실합니다."

카샤가 번들거리는 눈으로 표돌스키를 보았다.

"함둘라의 암살 현장을 30분이 넘도록 방치하고 경호 병력을 무력화시켰습니다. 무력화시킬 수 있는 인물은 왕뿐입니다."

"그렇군."

고개를 끄덕인 표돌스키가 고개를 들었다.

"왕이 내막을 안 것일까?"

"증거를 가지고 있는 것 같습니다."

"그것도 확실한 증거겠군."

"거기에다 SSP 사령관으로 시종무관 바라타크를 임명했습니다. 죽은 지 30분밖에 안 되었는데 빠릅니다."

"하지만……."

심호흡을 한 표돌스키가 흐려진 눈으로 카샤를 보았다.

"러시아와 모로코 간 동맹은 그대로야. 모하메드가 죽어도 마찬가지야."

그때 방 안으로 요원이 들어섰다.

손에 전화기를 들고 있다.

"전화가 왔습니다."

요원이 표돌스키를 보았다.

"리스타라는데요."

"리스타?"

"예. 리스타아프리카 법인 사장이라고 합니다."

표돌스키가 숨을 들이켰다.

"여보세요."

표돌스키가 응답했을 때 곧 사내가 말했다.

"난 이동욱입니다."

"아, 명성을 들었습니다."

전화기를 고쳐 쥔 표돌스키가 말을 이었다.

"그런데 나한테 무슨 일입니까?"

"만나서 이야기를 하십시다."

불쑥 이동욱이 말하자 표돌스키가 짧게 웃었다.

"내가 알기로는 암살 전문이시던데, 직접 해결하실 겁니까?"

"내가 마음먹었다면 당신은 벌써 끝났어요, 표돌스키 씨."

이동욱도 웃음 띤 목소리로 말을 이었다.

"당신이 앉아 있는 그 자리에서 직선거리로 677미터 떨어진 4층 건물을 보시죠. 오른쪽 두 번째 창문에서 옆쪽 건물 벽 사이로 보이는 회색 건물."

표돌스키가 고개를 돌려 오른쪽 두 번째 창문을 보았다.

4층 건물이 보인다.

저도 모르게 벌떡 일어선 표돌스키가 벽에 등을 붙이고 섰다.

다시 이동욱의 목소리가 이어졌다.

"거기서 당신 머리통을 겨누다가 나와서 전화를 한 거요, 표돌스키 씨."

"좋습니다. 만납시다."

표돌스키가 쓴웃음을 짓고 말했다.

그사이에 말리와 모리타니가 리스타 연방에 가입했다. 니제리도 곧 가입할 예정이다.

그야말로 '붐'이다.

아프리카에 리스타 붐이 휘몰아치고 있다.

지금까지 해외 뉴스에 거의 등장하지도 않은 국가여서 그런 나라가 있었나? 하고 방송 보도를 보고서야 찾아본 국가가 많다.

"리스타제국이야."

카다피가 어깨를 펴고 앞에 앉은 해밀턴을 보았다.

"나는 리스타제국의 집사고 이 회장은 제국의 황제지. 그렇지 않소?"

"그렇죠."

해밀턴이 고개를 끄덕였다.

"하지만 회장님은 황제가 되실 생각은 없으십니다."

"이 회장이 아직 국가를 통치해 본 경험이 없어서 그래요."

정색한 카다피가 말을 이었다.

"리스타 연방은 앞으로 연방법에 의거해서 운영되어야 할 테니까 강력한 통치자가 필요할 거요."

해밀턴이 숨을 들이켰다.

그 강력한 통치자가 바로 이광이다.

그때 카다피가 지그시 해밀턴을 보았다.

"이봐요, 해밀턴 씨."

"예, 대통령 각하."

"내가 아프리카의 리스타 연방 기반을 단단히 굳혀 놓고 이 회장한테 연방을 넘길 거요."

카다피의 두 눈이 번들거렸다.

"나는 내 필생의 사업으로 리스타 연방을 성사시켜 아프리카를 유럽, 아시아 제국과 동등한 반열에 세워놓고 물러날 작정이오."

이것이 카다피의 의지고 꿈이기도 할 것이다.

카사블랑카 시내의 모하메드5세 광장 앞, 하이야트 리전시 카사블랑카호텔 3층의 미팅룸 안.

이동욱이 들어서자 창가의 소파에 앉아 있던 표돌스키가 자리에서 일어섰다.

표돌스키는 보좌관 카샤와 둘이 기다리고 있다.

이동욱은 김석호와 동행이다.

"어서 오시오."

표돌스키가 정색한 얼굴로 손을 내밀었다.

양복 차림이었는데 거구다.

비대한 체격이라 배가 나와서 셔츠 단추가 튕겨 나갈 것 같다.

붉은 얼굴, 눈도 깜박이지 않고 이동욱을 응시했다.

"이동욱입니다."

이동욱이 가볍게 표돌스키의 손을 잡았다.

그러나 표돌스키는 불끈 손에 힘을 주었다가 놓는다.

카샤한테는 눈인사만 했고 표돌스키는 김석호를 거들떠보지도 않는다.

넷이 마주 보고 앉았을 때 여종업원이 소리 없이 다가와 각자의 앞에 홍차를 놓고 돌아갔다.

피처럼 붉고 뜨거운 홍차다.

오후 4시, 황금색 양탄자가 깔린 방은 넓고 화려하다.

이 호텔 1층에 왕년의 명화 '카사블랑카'를 찍은 카페가 있다.

그래서 지금도 관광객이 버글거린다.

험프리 보가트와 잉그리드 버그만의 사진이 1층 벽에 가득 붙어 있다.

그때 표돌스키가 홍차 잔을 들고 이동욱을 보았다.

"이번 문화관 폭발로 44명이 사망했소. 그중에서 FSB 요원이 32명이오."

"아, 그렇습니까?"

이동욱이 고개를 끄덕였다.

"유감입니다."

"니아메에서는 피해자가 몇 명입니까?"

"30명이었습니다."

"그렇군."

고개를 끄덕인 표돌스키가 쓴웃음을 지었다.

"이번에 SSP 사령관이 암살된 것도 리스타와 관계가 있는 것 같은데, 맞죠?"

"글쎄요. 난 모르는 일인데."

이동욱의 얼굴에도 쓴웃음이 번졌다.

한 모금 홍차를 삼킨 이동욱이 입을 열었다.

"내가 표돌스키 씨를 보자고 한 이유를 말씀드리지요."

표돌스키가 상반신을 세웠고 이동욱이 말을 이었다.

"리스타 연방의 의장은 카다피 대통령 각하시지만 리스타아프리카 법인의 사장은 납니다."

표돌스키의 시선을 받은 이동욱이 빙그레 웃었다.

"내가 리스타에서 당신 같은 역할을 하고 있는 겁니다. 알고 계시지요?"

"압니다."

"리스타의 근본은 한국이고 배경은 미국이죠. 아시지요?"

"당연히."

"CIA의 적극적인 지원을 받고 있습니다. 그것도 알고 계시겠고."

"……."

"FSB에서 계속 그러시면 결국 나하고 FSB와의 전쟁이 되는 겁니다, 표돌스키 국장님."

그때 표돌스키가 똑바로 이동욱을 보았다.

"뭐, 다른 수단이라도 있습니까?"

"대세를 흔들기는 이미 늦었어요, 표돌스키 국장님. 그렇지 않습니까?"

이동욱이 되묻자 표돌스키가 어깨를 부풀렸다가 내렸다.

옆에 앉은 카샤가 지금까지 고여 있던 입 안의 침을 삼켰는데 그 소리가 물 넘어가는 것처럼 들렸다.

카샤의 얼굴이 붉어졌다.

이동욱이 잠깐 기다렸다가 말을 이었다.

"그것을 인정하신다면 우리가 공생하는 방법이 있습니다."

다시 잠깐 기다린 이동욱이 말을 이었다.

"리스타 연방의 모든 국가에 FSB의 기반을 만들어 드리지요. 그것은 리스타 와 러시아와의 계약 아니, 밀약이라고 봐도 될 겁니다."

"……."

"물론 리스타 연방에 CIA 조직이 있습니다. CIA는 FSB를 받아들이지 않겠지 요. 하지만……."

이동욱이 다시 말을 그쳤을 때 표돌스키가 물었다.

"그것은 누구의 결정입니까?"

표돌스키의 시선을 받은 이동욱이 다시 빙그레 웃었다.

"나 그리고 해밀턴 사장, 그리고 회장님입니다."

이동욱이 소파에 등을 붙였다.

"실무 책임자는 나요."

모로코 국왕 모하메드6세가 TV 화면에 등장했을 때는 오전 10시 정각이다.

미리 예고를 했기 때문에 전 국민은 TV 앞으로 모였다.

물론 방송 전에 온갖 소문이 나돌았다.

국왕이 카사블랑카에서 발생한 테러에 대한 항의를 할 것이라는 추측이 많았다.

10시가 되었을 때 모하메드6세가 TV에 등장했다. 그러고는 입을 열었다.

"친애하는 모로코 국민 여러분, 저는 위대하신 알라의 뜻을 받들어 모로코가 리스타 연방에 가입하기로 결정했습니다. 이로써 모로코는 리스타 연방의 일원이 되어 국가 발전을 이룩해 나갈 것입니다. 알라 아크바르."

"어떻게 된 거야?"

분통을 터뜨린 푸틴이 주먹으로 의자 팔걸이를 내려쳤다.

방금 푸틴은 모하메드6세의 리스타 연방 가입 방송을 들은 것이다.

그때 앞에 선 비서실장 푸시킨이 말했다.

"각하, 곧 표돌스키 국장이 귀국한다고 했습니다."

"그 자식 시베리아로 갈 작정을 하고 들어오라고 해."

푸틴이 버럭 소리쳤다.

"눈앞에서 FSB 요원들이 폭사하고, 동맹을 맺자마자 리스타 연방에 가입하도록 놔두다니. 일본 놈들처럼 내 앞에서 배를 가른다면 모를까 봐줄 수 없어!"

푸시킨은 시선을 내리고 기다렸다가 푸틴의 말이 끝났을 때 고개를 들었다.

"표돌스키가 각하께 보고드릴 것이 있다고 했습니다."

"그놈은 모하메드의 선언을 알기나 하나?"

"글쎄요."

"그런데 왜 돌아오는 거야? 그 병신 같은 놈이!"

다시 화가 치밀어 오른 푸틴이 주먹으로 팔걸이를 쳤을 때 푸시킨이 슬그머니 자리에서 일어섰다.

문을 연 카란이 와락 오사르를 껴안고 소리쳤다.

"오사르! 바르타가 돌아왔다!"

카란의 집 앞이다.

그때 집 안에서 바르타가 뛰어나왔다.

"오사르!"

이름을 부른 바르타가 와락 다가왔다가 주춤거리며 멈춰 섰다.

키가 컸고 턱에는 짙은 수염까지 났지만 그 얼굴이다.

3년 전에 오사르가 모로코에 왔을 때는 고등학생이었는데, 다가간 오사르가 바르타의 어깨를 만졌다.

"바르타, 고생했구나."

"오사르."

금방 눈에 눈물이 고이는 것을 보니까 바르타는 아직 어리다.

"고마워. 엄마한테 다 들었어."

"이모부를 구해드리지 못해서 미안하지."

그러자 카란이 손바닥으로 얼굴을 가렸다.

카란에게는 이모부 이야기를 해준 것이다.

바르타는 어제 오후에 군 형무소에서 석방되었다.

물론 특별 석방이다.

이동욱이 SSP 사령관이 된 바라타크에게 부탁한 것이다.

바라타크의 지시를 받은 군 형무소장은 놀라 형무소의 귀빈용 차에 바르타를 태워 카사블랑카 집 앞까지 모셔다드렸다.

소파에 앉았을 때 오사르가 카란과 바르타에게 말했다.

"이제 새 세상이 되었어. 이모부가 꿈꾸던 세상이 된 거야."

그러자 오사르도 갑자기 목이 메었다.

숨을 고른 오사르가 말을 이었다.

"그러니까 이모, 바르타, 열심히 살아야 돼. 그것이……."

다시 목이 멘 오사르가 들고 온 가방을 탁자 위에 놓았다.

지난번 이동욱이 준 10만 불인데 5만 불을 가져왔다.

이동욱한테 돌려주었더니 받지 않았기 때문이다.

"이거, 써."

그렇게밖에 말을 못 했다.

정부에서 준 보상금이라고 말할 수도 없고, 그러나 당연히 받을 만하지 않겠는가?

해밀턴이 왔다.

트리폴리에서 카사블랑카로 온 것이다.

공항에 마중 나간 이동욱을 보더니 해밀턴이 환하게 웃었다.

해밀턴도 리스타 전용기를 타고 왔는데 일국의 국가원수 대접을 받았다.

총리와 SSP 사령관 바라타크가 영접을 나온 것이다.

이동욱은 해밀턴을 기다리면서 총리와 각료들을 소개받았다. 그들과 정식으로 만나 인사를 한 셈이다.

소개를 해준 사람은 SSP 사령관 바라타크다.

해밀턴과 함께 이동욱은 공항에서 곧장 카사블랑카의 왕궁으로 향했다.

모하메드6세를 만나려는 것이다.

"반갑습니다."

왕궁의 접견실에서 해밀턴을 만난 모하메드6세가 정중하게 말했다.

"모로코는 리스타 연방국의 일원으로 최선을 다해서 아프리카의 공동 번영에 협력하겠습니다."

미리 준비한 대사였지만 모하메드 왕이 유창하게 말했다.

접견실에는 총리, 각부 장관, SSP 사령관, 군 사령관까지 10여 명의 고위층이 둘러앉아 있다.

해밀턴이 웃음 띤 얼굴로 모하메드의 말에 화답했다.

"리스타의 이광 회장님을 대신해서 왕 전하께 말씀드립니다. 리스타는 오직 경제공동체로서 리스타 연방을 구성한 것으로, 각국의 주권은 침해하지 않을 것입니다."

이 약속을 문서로 전해주려고 해밀턴이 온 것이다.

물론 연방국이 지켜야 할 의무도 있다.

그날 밤.

영빈관에서 해밀턴과 이동욱이 베란다에 나와 카사블랑카의 야경을 내려다보고 있다.

7층 베란다에서 내려다보는 야경은 훌륭하다.

이동욱이 표돌스키를 만난 이야기를 마쳤을 때 해밀턴이 고개를 끄덕였다.

"놀랐겠지만 금방 이해하겠지."

"그런 것 같았습니다."

"FSB를 다 지울 수는 없어. 불가능한 일이야."

"그렇습니다."

"그러니까 우리가 먼저 제의하는 것이지."

해밀턴이 이동욱에게 지시한 것이다.

이동욱이 해밀턴을 보았다.

"미국 측에서도 곧 알게 되리라고 생각합니다만."

"당연하지."

정색한 해밀턴이 주머니에서 담배를 꺼내 입에 물었다.

"후버 영감 생각이 난다."

"전 CIA 부장 말씀입니까?"

"공생론자였지. 중국의 등소평과 비슷한 인물이다."

불을 붙인 담배 연기를 길게 뱉은 해밀턴이 말을 이었다.

"적과 공생하라. 그러나 주도권을 잡아라. 그것이 후버 영감의 가르침이었다."

"……."

"검은 고양이나 흰 고양이나 쥐만 잡으면 된다. 이것은 등소평이었고."

그러더니 해밀턴이 어둠 속에서 이를 드러내고 웃었다.

"너무 맑거나 너무 더러운 물에서는 고기가 못 산다. 이건 내 생각이다."

아닌 것 같았지만 이동욱은 가만있었다.

아스마라의 대통령궁 집무실 안.

바쿠란이 앞에 앉은 소하드에게 말했다.

"리스타 광풍이 아프리카를 휩쓸지만 에리트레아는 간단히 넘어가지 않을 거다. 내가 있는 한 말이야."

바쿠란의 얼굴에 웃음이 떠올랐다.

"에리트레아 육군 1개 사단 병력이면 충분해. 리스타가 전쟁을 걸어올 이유도 명분도 없으니까 말이지."

"그렇습니다. 리스타는 공식 정규군이 없는 입장이니까 용병단이나 보내겠지요."

소하드가 맞장구를 쳤다.

"에리트레아는 소말리아하고도 다릅니다. 우리는 그야말로 일사불란하게 외적의 침입을 막아낼 수 있습니다."

소하드는 에리트레아 임시정부의 육군 총사령관이다. 휘하에 육군 1개 사단과 국경경비대 2개 연대를 지휘하고 있다.

오전 11시, 둘은 작금의 아프리카에 불어닥치는 리스타 연방 광풍 이야기를 하는 중이다.

바쿠란이 검은 얼굴을 들었다.

바쿠란은 에리트레아의 임시정부 대통령이다.

에리트레아는 면적이 12만 제곱킬로 정도로 홍해 서쪽 면의 1천 킬로 정도를 차지하고 있다.

인구는 3백만가량, 1993년 에티오피아에서 독립했기 때문에 아직 정부 체제가 굳어지지 않았다.

그때 바쿠란이 목소리를 낮췄다.

"소하드, 이건 너하고 내 운명이 걸린 사업이야. 만일 리스타가 들어오면 너하고 나는 다시 부족들을 이끌고 사막을 옮겨 다니는 팔자가 돼."

"압니다, 각하."

소하드가 정색하고 바쿠란을 보았다.

"에리트레아를 어떻게 세웠는데 리스타 놈들한테 빼앗긴단 말입니까? 절대로 자중지란은 일어나지 않습니다."

바쿠란은 에리트레아 인구의 절반을 차지하는 티그리나족의 족장이고 소하드는 바쿠란의 이복동생이다.

소하드가 말을 이었다.

"FSB의 레오니프도 적극 협조해 주겠다고 약속했습니다. 우리가 수십 년간 영국과 에티오피아하고 투쟁한 경험을 살리면 리스타쯤은 얼마든지 해치울 수 있습니다."

"모로코의 병신 같은 왕이 러시아하고 동맹을 맺었다가 리스타 연방에 가입했는데 우리는 그럴 이유가 없지."

어깨를 편 바쿠란이 검은 얼굴을 펴고 웃었다.

"에리트레아의 티그리나 부족이 어떤 부족인지 세상 사람들이 알게 될 테니까."

"홍해 서쪽 면의 1,000킬로를 에리트레아가 차지하고 있는데요."

카사블랑카의 저택 안, 응접실에서 자이렉이 보고했다.

자이렉은 에리트레아인으로 리스타 사원이다.

자이렉이 말을 이었다.

"1993년 에티오피아로부터 독립했지만 티그리나족 족장 바쿠란이 임시 대통령으로 집권하면서 독재 통치를 해왔습니다. 외국과 거의 단절하고 3백만 국민을 가둬 놓고 있습니다."

고개를 든 자이렉이 이동욱을 보았다.

"바쿠란은 근래의 아프리카에서 일어나는 리스타 연방 가입 현상을 보고 거부 반응을 일으킨다는 것입니다."

"국민이 싫다면 할 수 없는 일이지."

이동욱이 심드렁한 표정으로 말했다.

"리스타가 자선 단체는 아냐. 싫다는데 억지로 끌고 갈 수는 없어. 그리고……."

뒷말은 잇지 않아도 된다.

홍해에 인접한 국가지만 중요하지 않은 것이다.

지도를 멋지게 그리려고 싫다는데 끌고 들어갈 필요는 없다.

이동욱이 주위를 둘러보았다.

"이제 모로코 일도 끝났고 모리타니, 말리, 니제르까지 연방에 참여하게 되었어. 케냐로 돌아가 이민 상황을 체크해야겠어."

에리트레아 상황 이야기는 더 이상 이어지지 않는다.

"넌 어떻게 생각하나?"

불쑥 이동욱이 물었기 때문에 오사르가 긴장했다.

회의를 마치고 응접실에 둘이 남았을 때다.

"뭘 말입니까?"

의견을 물은 경우가 드물었기 때문에 오사르가 되물었다.

"에리트레아 말야."

이맛살을 모은 이동욱이 오사르를 보았다.

"네 생각을 말해 봐."

오사르가 똑바로 이동욱의 시선을 받았다.

"에리트레아 주민이 감옥에 갇혀 있는 것이나 같습니다."

"다른 국가들은 모두 민주화 시위로 일어나고 있어. 그런데 에리트레아는 나라 밖 소문도 못 듣는단 말인가?"

"인구가 3백만도 안 되는 데다 대부분이 사막에 흩어져 있기 때문입니다."

"네가 어떻게 알아?"

"알제리에서도 알 수 있습니다."

그때 이동욱의 얼굴에 쓴웃음이 번졌다.

"나한테 에리트레아에 가서 상황 판단을 하라는 지시가 내려왔어."

"……."

"그래서 너한테만 묻는 거야."

이동욱이 목소리를 낮췄다.

"난 1개 팀만 데리고 에리트레아로 밀행할 예정이야. 1급 작전인데 참가 여부는 네가 결정하도록 해."

"당연히 참가해야죠."

오사르가 바로 대답했다.

"그건 당연한 일 아닌가요? 저한테 의사를 묻는 것이 이상한 일이죠."

"내가 듣기로는 네가 내 옆에 오는 걸 기피했다던데? 마한드로 위원장한테서 직접 들었어."

"그건……."

당황한 오사르의 눈 주위가 붉어졌다.

"제가 그때 예민했었기 때문에……."

"참고로 이야기해 주겠는데."

정색한 이동욱이 오사르를 보았다.

"내 주변에서 여자들이 죽었어. 그건 내가 현장에서 뛰다 보니까 적이 나를 타깃으로 노리다가 여자한테 불똥이 튄 것인데."

이동욱이 한마디씩 말을 이었다.

"그래서 난 내 주변에 여자가 있는 것이 불편했던 거야."

"그렇다면 신경 쓰시지 않아도 돼요."

오사르의 목소리가 밝아졌다.

"전 주변 여자가 아니니까요."

이동욱은 입을 다물었다.

할 말이 없었기 때문이다.

다음 날 아침, 카사블랑카 모하메드5세 공항을 이룩한 리스타 전용기가 동쪽으로 기수를 돌렸다.

전용기에는 이동욱과 오사르, 그리고 그동안 손발을 맞춰온 김석호의 팀 10명이 탑승했다.

목적지는 카이로. 카이로에서 며칠 에리트레아 상황을 체크한 후에 아스마라로 잠행할 예정이다.

오사르는 전용기를 처음 타는 터라 처음에는 '얼어'서 제대로 고개를 돌리지도 못했다.

리스타유통의 전용기 중 하나로 해밀턴 사장이 내준 것이다.

비행기가 지중해 상공에서 동진할 때 이동욱이 앞쪽에 앉은 오사르에게 말했다.

"아프리카를 유럽이나 동양 수준에 맞춰서 운용할 수는 없다고 하더군."

오사르의 시선을 받은 이동욱이 말을 이었다.

"각 지역, 각 부족의 특성을 참조하되 룰을 지키지 않으면 가차 없는 징벌을 내리고, 잘하면 상을 주는 정책을 편다는 거야."

이해가 갔기 때문에 오사르가 고개를 끄덕였다.

예를 들어서 소말리아의 해적들은 철저히 소탕되었다.

우간다에서 반란을 일으켰던 칼프라 부족은 부족장 이하 주모자들을 몰살시켰다.

그러나 규약을 따르겠다고 서약한 종족이나 국가는 체제를 그대로 유지한 채 대폭적인 경제 개발 지원을 받고 있다.

리스타의 엄청난 자금력과 대거 이주를 시작한 한국인들의 기술력이 결합된 경제 개발이다.

벌써부터 아프리카는 중국을 제치고 세계 제일의 생산 대국이 될 조짐이 보인다.

그러나 그동안 부족 간 전쟁이나 하던 나라들이 제대로 따르기는커녕 초원의 짐승처럼 제멋대로 하는 경우가 많다.

그때 이동욱이 고개를 들고 오사르를 보았다.

"오사르."

"네, 사장님."

"요즘 그룹 본부에서 보낸 공문을 읽은 적이 있어."

"뭔데요?"

"지금은 리스타 연방에 너도나도 가입하지만 종족의 특성에 따라 구분이 될 거라는군."

"그렇겠지요."

"그 특성에 맞춰서 개발을 시키는 데에도 한계가 있다는 거야."

오사르가 고개를 끄덕이며 물었다.

"알제리에 대한 자료 보셨어요?"

"난 보지 않았지만 알제리는 기반이 단단해서 최우수 등급일 거야."

"알제리에도 한국인들이 이주해 올까요?"

"오겠지. 하지만 리스타 자금을 받은 알제리 기업가들도 많이 생기겠지."

"사장님은 케냐 본사에 계실 건가요?"

그때 이동욱이 고개를 들고 주위를 둘러보았다.

200석 기준의 보잉 737기를 개조한 전용기다.

뒤쪽에 침대 같은 좌석을 펴고 몇 명은 잠이 들었고, 몇 명은 바에 둘러앉아 이야기 중이다.

이동욱이 입을 열었다.

"난 리스타연합 소속으로 '리스타아프리카'의 사장이야. 알고 있지?"

"압니다, 사장님."

"리스타아프리카 법인 사장은 따로 있어. 그것도 알지?"

"압니다."

"법인은 영업이야. 법인에는 리스타상사를 비롯해서 리스타 그룹의 계열사가 다 포함되어 있지."

그것도 알고 있었기 때문에 오사르는 듣기만 했다. 그러나 아직 실감은 나지 않는다.

리스타가 세계 최대 기업인 것은 안다.

한국인 이광이 창립한 리스타는 이제 세계 제국이다.

본사를 인도네시아 술라웨시해에 떠 있는 리스타랜드에 둔 '세계 기업'.

그 리스타가 지금 아프리카에 연방을 건설하고 있는 것이다.

그때 이동욱이 지그시 오사르를 보았다.

"오사르."

"네, 사장님."

"난 리스타의 CIA 역할이야. LCIA지."

정색한 이동욱이 말을 이었다.

"LCIA 총수는 리스타연합의 해밀턴 사장이고, 나는 아프리카 지역의 LCIA 책임자야."

"알겠습니다."

오사르가 고개를 끄덕였다.

"저는 사장님 보좌관이고요."

"오사르."

"네, 사장님."

"몇 살이냐?"

"스물여덟입니다."

"난 서른넷이야."

"압니다."

"오해하지 마라."

"예, 사장님."

"난 너를 여자로 안 본다."

"⋯⋯."

"억지로라도 그렇다. 그러니까 안심해도 좋아, 오사르."

"예, 사장님."

이제는 오사르가 부드러운 시선으로 이동욱을 보았다.

"사장님을 모시게 되어서 영광입니다."

그 시간에 표돌스키가 푸틴 앞에 서 있다.

크렘린의 대통령 집무실 안.

집무실에는 푸틴과 비서실장 푸시킨, 그리고 표돌스키까지 셋뿐이다.

표돌스키의 인사를 받은 푸틴이 턱으로 안쪽을 가리켰다.

"앉아."

"예, 각하."

표돌스키가 엉덩이 반쪽만 걸치고 앞에 앉았다.

푸틴이 지그시 표돌스키를 보았다.

"할 말이 있나?"

"예, 각하."

어깨를 부풀린 표돌스키가 말을 이었다.

"제가 리스타아프리카 연방의 사장을 만났습니다."

푸틴은 시선만 준다.

"리스타의 CIA 조직 같은 부서 책임자입니다, 각하."

"……."

"이동욱이라고 한국인입니다. 지금까지 그자가 아프리카 각국의 사건을 일으킨 지휘자입니다. 우간다, 탄자니아, 소말리아 등 정권 전복을 직접 지휘한 인물입니다. 그리고……."

표돌스키가 상기된 얼굴로 푸틴을 보았다.

"그자가 케냐 FSB 지부장 카라조프를 포섭한 인물이고, 카사블랑카 문화관을 폭파한 주범입니다."

"잠깐."

참다못한 푸틴이 손바닥으로 소파 팔걸이를 내려쳤다.

두 눈이 번들거리고 있다.

"됐다. 그 개자식 이야기를 길게 내놓는 이유는 뭐냐?"

"예, 대통령 각하."

"만나서 쐈 죽였다는 이야기 외에는 듣기 싫다. 다른 이야기는 하지 마."

"그자가 제의를 했습니다."

"……."

"해밀턴, 이광과 협의를 했다는 것입니다, 각하."

이제는 표돌스키의 두 눈이 번들거렸다.

"아프리카의 리스타 연방에 FSB를 비공식으로 설치하자는 것입니다. 물론 CIA도 리스타 연방에 들어오겠지만 FSB도 비공식으로 허용하겠다는 것입니다."

"무슨 개수작이야?"

"리스타가 미국에만 기울지 않겠다는 의도인 것 같습니다."

"……."

"리스타가 독자 세력으로 자리 잡겠다는 의도입니다, 각하."

"……."

"제가 각하께 보고하고 답변하겠다고 했습니다."

그때 푸틴이 심호흡부터 했다.

"그 자식들이 간덩이가 부었군."

그러더니 고개를 끄덕였다.

"그럼 리스타가 제3세력인가? 미국, 러시아 다음에 말이야."

어느덧 푸틴의 눈빛이 부드러워져 있다.

고개를 든 푸틴이 표돌스키를 보았다.

"그 자식 옆에다 여자 하나 붙여주는 게 어때, 표돌스키?"

푸틴이 처음으로 이름을 불렀다.

기분이 풀렸다는 증거다.

카이로의 아트라스 자마레크호텔. 주택가에 위치해서 조용하고 교통도 편리
하다.

호텔 12층의 스위트룸에서 이동욱과 오사르, 김석호가 방금 에리트레아에서
돌아온 자이렉을 만나고 있다.

오후 4시 반.

자이렉은 38세. 에리트레아인으로 아스마라에서 초등학교 교사를 하다가 리
스타 요원이 되었다.

자이렉이 검은 얼굴을 들고 이동욱을 보았다.

"외부와 단절된 상태여서 바깥세상은 모르고 사는 주민이 많습니다, 사막에
사는 부족들은 TV나 전화는커녕 신문도 볼 수 없으니까요."

자이렉이 말을 이었다.

"대통령 바쿠란은 그것을 이용해서 독재를 강화하고 있습니다. 이복동생 소하드를 육군 사령관으로 임명하고 반대파는 무자비하게 숙청해왔지요. 수백 명을 몰살한 적도 있었는데 전혀 외부에는 알려지지 않았습니다."

자이렉이 고개를 들고 이동욱을 보았다.

"작년에 쿠르하지라는 마을의 주민 2백여 명이 학살되었는데 갑자기 오아시스의 물 사용료를 받는 정부에 반발했기 때문이었지요. 마을의 어른들은 모두 처형당하고 아이들은 고아원에 수용되었습니다. 마을 주민의 재산은 모두 몰수해버렸지요."

"그럴 수가."

기가 막힌 김석호가 이동욱을 보았다. 반쯤 입을 벌리고 있다.

"아직도 이런 나라가 있습니까?"

"이건 나라도 아닙니다."

자이렉이 일그러진 얼굴로 고개를 저었다.

"감옥보다도 못한 상황인데 문제는 갇혀 있는 주민들이 그것을 실감하지 못하는 것입니다. 비교할 곳이 없으니까요."

그때 이동욱이 이맛살을 찌푸렸다.

"우리가 그것까지 책임져야 한단 말인가? 이건 한계 밖인데."

모두의 시선을 받은 이동욱이 말을 이었다.

"그건 인권단체, UN, 또는 강대국인 미국이나 영국, 러시아 등이 해결해야 할 문제 같은데."

"모두 제 잇속만 차리기 때문에 외면하고 있는 것입니다."

자이렉이 소리치듯 말했다. 얼굴이 벌겋게 달아올라 있다.

상기된 얼굴로 자이렉이 이동욱을 보았다.

"우리가 소말리아처럼 해적질이나 하고 또 영토 내에서 원유라도 생산된다면

다 달려들겠지요."

이동욱이 숨을 들이켰다. 자이렉의 두 눈에 가득 물기가 고여 있었기 때문이다.

자이렉이 이를 악물더니 말을 이었다.

"우리 민족이 양순해서 그렇습니다. 그것을 바쿠란, 소하드가 이용하고 있어요. 악마 같은 지도자를 만난 죄밖에 없습니다. 리스타는 '아프리카의 등불' 같은 존재 아닙니까? 우리를 도와줄 유일한 희망입니다."

"그만."

손바닥을 펴서 자이렉의 말을 막은 이동욱이 한숨을 쉬었다.

"우리 회장님이 이 말을 들으셨어야 하는데."

응접실에 둘이 남았을 때 이동욱이 찌푸린 얼굴로 오사르를 보았다.

"저놈, 자이렉의 설득력이 강력하냐? 아니면 내가 마음이 약한 거냐?"

"둘 다 아닙니다."

정색한 오사르가 이동욱을 보았다.

"진실의 힘입니다. 진실이 마음을 움직인 것이죠."

고개를 든 오사르가 이동욱을 보았다.

"어떻게 하실 겁니까?"

"뭘?"

"회장님께 보고하실 건가요?"

"뭘?"

"에리트레아 문제요."

오사르가 눈을 흘기는 시늉을 했기 때문에 이동욱이 숨을 삼켰다.

교태다. 여자 분위기를 풍기고 있다.

그때 이동욱이 입을 열었다.

"그건 이미 결정된 거야."

"어떻게요?"

"에리트레아는 우리가 개입할 거야."

이동욱의 얼굴에 웃음이 떠올랐다.

"구해내야지. 그것이 리스타의 임무지."

"그렇군요."

이제는 오사르가 얼굴을 펴고 웃었다.

"역시 실망시키지 않는군요."

리스타는 준(準) 국가나 같다.

국가 등록은 하지 않았지만 영토가 있고 리스타 주민임을 증명하는 '여권'이 세계 75개국에서 인정받아 통용된다. 그리고 독자적인 경비군(軍)을 보유하고 있다. 일본의 자위대와 비슷하다.

오전 11시 반.

홍해의 달라크제도 남쪽 15킬로 지점을 항해하는 프랑스 국적 유조선 '마리호'의 조타실 안.

선장 로이드가 눈을 가늘게 뜨고 앞쪽을 응시하고 있다.

앞쪽에 회색 선체의 전함 1척이 떠 있다.

천천히 다가오고 있는데 로이드도 드물게 보는 순양함 급 전함이다.

1만 톤급으로 선수, 선미에 지대지, 지대공 미사일을 16개씩 장착하고 있다.

그때 옆에 선 1등항해사가 말했다.

"리스타의 순양함입니다."

"응? 리스타?"

고개를 돌린 로이드가 항해사를 보았다.

"저게 리스타 순양함이라고?"

"예, 조금 전에 다국적 함대로부터 연락받았습니다. 젯다로 리스타의 화물선을 호위하고 갔다가 돌아가는 중이라고 합니다."

"대단하군."

로이드가 감탄했다.

"리스타 군함을 처음 보는 거야, 내가."

"리스타가 아프리카 연방을 세우고 있으니까 함대가 홍해나 지중해, 대서양에서 보이는 건 당연하죠."

"리스타 함대가 있나?"

"며칠 전, 언론 보도를 보았는데 순양함이 5척이나 됩니다. 구축함 급은 14척, 해군력으로 보면 동남아시아에서 최강입니다."

"아니, 인구가 얼마나 된다고……."

앞쪽 순양함이 가까워지면서 선체의 위용이 드러났다.

그때 항해사가 말을 이었다.

"리스타는 육군이 치안유지군 정도고 해군과 공군력이 강합니다. 막대한 자금을 투자해서 함대를 편성했고 공군력을 강화했습니다."

"아프리카의 절반이 리스타 영토가 되었으니까."

"리스타 연방군을 편성하면 세계 최강이 되겠지요."

"이봐, 오버하지 마라."

로이드가 쓴웃음을 지었을 때 리스타 군함이 옆으로 지나갔다.

순양함의 위용에 기가 질린 로이드는 입을 다물었다.

"에리트레아에서 1백 킬로 거리를 유지하도록 해."

함장 박규진이 지시했다.

"저속으로."

CTF-151 측으로부터 홍해 항해의 허가를 받은 터라 순양함 L-3호는 에리트레아를 우측으로 두고 남진하고 있다.

그때 부함장 조영문이 옆으로 다가섰다.

"함장님, 작전 기간이 1개월이면 그 안에 에리트레아가 정리된다는 것일까요?"

"글쎄, 그건 알 수 없지."

유조선 마리호의 뒷모습을 보면서 박규진이 말을 이었다.

"아마 에리트레아도 우리가 먹을 모양이다."

"하긴. 소말리아, 지부티가 연방에 가입했는데 에리트레아가 빠질 수는 없죠."

"이집트, 에티오피아까지 리스타 연방이 되었으니 할 수 없지."

"저긴 독재 정권이라고만 소문이 났더군요. 아는 사람이 별로 없습니다."

눈으로 에리트레아 쪽을 가리키면서 조영문이 말을 이었다.

"우리를 이쪽으로 보낸 건, 전쟁이라도 하려는 것이 아닐까요?"

"그럴지도 모르지."

"에리트레아 해군은 경비정 6척뿐입니다. 한 방에 원거리에서 날릴 수가 있죠."

"육군도 미사일 대여섯 발이면 지휘부부터 싹 뭉개버릴 수 있어."

박규진이 에리트레아 쪽을 보면서 말을 이었다.

"'연합' 쪽에서 미국과 다국적군을 보낸 각국 정부 쪽하고 비밀 합의를 한 것 같다. 그런 생각이 안 드냐?"

"예, 그렇습니다."

고개를 끄덕인 조영문이 박규진을 보았다.

264

"L-5호까지 이곳으로 파견된 것을 보면 그런 것 같습니다."

또 다른 순양함 L-5호까지 이곳으로 오고 있는 중이다.

L-5까지 순양함 2척이 홍해 쪽에서 막고 있으면 에리트레아는 사면초가다.

순양함에서 발사되는 미사일 사정거리 안에 에리트레아 전국이 들어가는 것이다.

아스마라, 에리트레아의 수도.

숙소로 정한 호텔은 3층 건물에 방 24개짜리로 여관 수준이다.

이동욱 일행은 모두 미국 여권으로 입국했는데 유네스코의 문화사절단이 되어 있다.

에리트레아 정부 측에서는 미국, '문화사절단'을 무시할 수 없는 입장이다. 공항에 미국 대사관 직원까지 마중 나왔기 때문에 세관 검사도 제대로 하지 못했다.

"아마 우리 입국이 대통령한테도 보고되었을 거다."

이동욱이 호텔 방에 둘러앉은 요원들에게 말했다.

"여관 밖에 감시원들이 깔렸을 것이고."

그러나 이동욱의 얼굴에 웃음이 떠올라 있다.

"하지만 대놓고 방해할 수는 없을 테니까, 맡은 일을 하도록."

여관에는 모두 14명이 투숙했는데 무기는 반입하지 못했다.

문화사절단 행세를 하느라고, 아스마라가 이탈리아 식민지였을 때의 유적을 촬영한답시고 촬영 장비만 잔뜩 가져왔다.

그때 김석호가 고개를 들고 이동욱을 보았다.

"오후 7시에 약속이 있습니다."

고개를 끄덕인 이동욱이 손목시계를 보았다.

오후 6시가 되어 가고 있다.

아스마라는 인구 60만의 도시다. 1897년 이탈리아 식민지가 된 후에 2차 세계 대전 직전인 1937년, 인구가 98,000명이었을 때 이탈리아인이 53,000명이었던 도시다. 이탈리아 도시나 마찬가지였다.

그 후, 1941년 영국의 관리하에 들어갔다가 1952년에 에티오피아의 속국이 되었다.

에티오피아와 내전을 겪은 후에 1993년 독립하게 된 것이다.

지금도 아스마라는 이탈리아식 건물, 유적이 많다.

유네스코 조사단장 이동욱이 보좌관 오사르, 부단장 김석호와 힐튼호텔 라운지로 들어섰을 때는 오후 7시 정각이다.

안에서 기다리던 백인 둘이 그들을 맞는다.

"어서 오십시오."

그중 나이든 사내가 이동욱에게 말했다.

40대 중반, 마이클 모간. 에리트레아 주재 미국 영사. 그러나 CIA 지부장이다.

인사를 마친 마이클이 바로 본론을 꺼내었다.

"여긴 누가 대통령이 되건 아무도 관심 없습니다. 지도자급 몇십 명과 그 일족들뿐입니다."

마이클이 둥근 얼굴을 펴고 웃었다.

"바쿠란 대통령과 소하드 대장이 없어진다면 관리를 할 인물이 없습니다."

그때 옆자리의 사내가 말을 이었다.

"1백 년 전, 이탈리아 통치 시절에는 아프리카의 로마라고 불리던 이곳이 최빈국이 된 이유도 국민성 때문이죠. 가능성이 없는 나라입니다."

고개를 끄덕인 이동욱이 둘을 번갈아 보았다.

266

"리스타에서 통치하지요."

"직접 하신다면 문제가 생길 텐데, 대리인을 구해놓고 시작하는 게 낫지 않겠습니까?"

"대리인이 있습니다."

"누구죠?"

"초등학교 교사를 지낸 사람인데, 애국자죠. 티그리나 부족으로 대통령과 같은 부족이지만, 전혀 다른 정치를 할 겁니다."

이동욱이 말을 이었다.

"우리가 뒤에서 지원해 주면 충분히 해낼 겁니다."

"그렇다면."

고개를 끄덕인 마이클이 정색했다.

"바쿠란, 소하드 제거가 문제인데 우리는 아직 지시를 받지 못해서……."

"우리가 알아서 할 겁니다."

"바쿠란이 FSB와 긴밀한 관계인 것은 알고 계시지요?"

"압니다."

"FSB가 공항도 관리하고 있는데 오신 것을 알고 있을 겁니다."

쓴웃음을 지은 마이클이 주위를 둘러보는 시늉을 했다.

"우리는 항상 FSB의 도청을 조심하지요. 이 사장님도 도청에 대비하시기 바랍니다."

"알겠습니다."

"그럼 다시 만나기로 하고, 오늘은……."

마이클이 먼저 자리에서 일어서며 말했다.

오늘은 인사만 나눈 셈이다.

오후 9시가 되었을 때 육군 사령관 겸 경찰총장 소하드가 방으로 들어섰다.

이곳은 아스마라의 러시아 대사관 안.

소하드는 대사관 뒷문으로 들어와 2층 영사실로 들어선 것이다.

영사 레오니프는 에리트레아 FSB 지부장이다.

대머리에 붉은 얼굴의 레오니프가 소하드를 맞았다.

"어서 오시오, 사령관."

"늦은 시간에 미안합니다."

소하드가 레오니프의 손을 잡으면서 말했다. 오늘 만남은 소하드가 요청해서 만난 것이다.

자리에 앉았을 때 소하드가 먼저 입을 열었다.

"이번에 미국에서 입국한 유네스코 직원들 말입니다."

레오니프가 고개만 끄덕였다.

유네스코 직원이 입국한 것을 FSB도 알고 있는 것이다.

소하드가 말을 이었다.

"우리가 여권을 확인해보니까 정식으로 발급된 것이 맞는데, FSB에서 체크해주셨으면 해서."

"……."

"CIA와 리스타가 연합하지 않았습니까? 그들이 공모해서 리스타 요원들을 보냈을 수도 있지요. 특히 동양인도 넷이나 섞여 있단 말입니다."

그때 레오니프가 고개를 끄덕였다.

"알겠습니다. 바로 확인해 드리지요."

아스마라의 가축 시장 안.

교외에 위치한 가축 시장에는 상인보다 구경꾼이 많다.

낙타, 염소, 말로 가득한 시장을 둘러보던 이동욱이 오사르에게 말했다.

"내가 리비아, 파키스탄, 이란, 아프가니스탄, 시리아에서 작전을 했어."

이동욱은 터번에 쑵을 입었고 위에다 허름한 점퍼를 걸쳤다. 발에 낡은 군화를 신었는데 영락없는 가축 시장 상인이다.

오사르도 눈만 내놓은 검정 차도르를 걸쳐서 이동욱의 아내 행세를 한다. 남편 외의 남자와 이렇게 붙어 서 있을 수는 없기 때문이다.

시장은 소란하다. 이쪽저쪽에서 외침 소리가 터지는 데다 염소나 말의 우는 소리가 섞여 활기가 넘친다.

창고의 벽에 붙어 선 이동욱이 옆에 선 오사르를 보았다.

"가축 시장에 가면 그곳 민심을 알 수 있지. 그건 내가 CIA 요원들한테서 배운 거야."

지금 이동욱과 오사르는 '유네스코 조사단'에서 빠져나온 것이다. 김석호가 이끄는 조사단은 시내의 이탈리아 유적을 촬영하고 있다.

이동욱이 말을 이었다.

"이곳, 아스마라 시장은 예상외로 활기에 차 있어. 전혀 압제를 받는 것 같지 않아."

"그런가요? 난 그렇게 생각하지 않는데."

오사르가 눈으로 앞쪽을 가리켰다.

"저 노인 좀 봐요. 염소 2마리를 끌고 다니는데 벌써 세 번째로 경매인한테서 밀려났어요."

"나도 봤어. 가격이 높았기 때문이겠지."

"아녜요. 에리트레아의 티그리나족, 티그레족, 쿠나마족에도 속하지 못한 소수 민족이기 때문이죠."

이동욱의 시선을 받은 오사르가 말을 이었다.

"에리트레아는 그 3대 부족이 인구의 90퍼센트를 차지하고 있어요. 그들은 타 부족을 배척해서 물품 거래도 하지 않아요."

"너는 동양학을 연구했다면서 어떻게 그것까지 아나?"

"아프리카 종족 분쟁도 공부했습니다."

"넌, 겪을수록 쓸모가 있구나."

"처음 칭찬을 듣네요."

"저 노인한테 살 만하냐고 물어봐라."

"사장님보다 제가 가는 것이 자연스럽겠군요."

차도르를 여미면서 오사르가 말했다.

눈만 내놓고 있어도 표정이 밝다.

순양함 L-5호는 앞으로 6일 후에 홍해에 진입할 것이다.

L-3호와 L-5호가 달라크제도 앞쪽에 자리 잡을 때까지 기다려야 한다.

에리트레아는 2차 세계대전 전(前), 이탈리아의 점령 시절에는 홍해의 무역 거점으로 번영을 이루었다. 그랬다가 이탈리아, 영국이 차례로 떠나자 그대로 주저앉아 아프리카 최빈국이 되어버린 것이다.

1993년 독립하여 지도자가 된 바쿠란 일가의 무능, 부패, 압제 통치의 결과다.

오사르가 돌아왔을 때는 20분쯤 후다.

옆에 붙어 선 오사르가 눈웃음을 쳤다.

"예상 밖의 사실을 알게 되었어요."

이동욱의 시선을 받은 오사르가 말을 이었다.

"그 할아버지의 사위가 티그리나족인데, 사위도 대통령 바쿠란을 증오하고 있더군요."

270

"이곳에 한국인이 대량으로 이주해 올 거야."

발을 떼며 이동욱이 말했다.

"에리트레아는 이탈리아가 지배하던 시절보다 더 번영된 시대를 맞게 될 거다."

"어떻게 그렇게 자신해요?"

이동욱이 고개를 끄덕였다.

"한국인이 오면 그렇게 돼."

"이곳에서 어떤 일을 할 건가요?"

"무역업, 서비스업, 그리고 제조업도 시작하겠지."

"바쿠란 일족을 어떻게 몰아내죠?"

"리스타의 순양함 2척이 곧 달라크제도로 접근해 올 거야."

다시 낙타 축사 옆에 멈춰 선 이동욱이 말을 이었다.

"6일 후야. 6일 후에 거사가 일어날 거야."

"어떻게요?"

"기다려."

"암살인가요?"

"그것까지 알 필요는 없고."

그때 오사르가 길게 숨을 뱉었다.

안다고 해도 도와줄 능력이 부족한 것이다.

"유네스코 조사단은 하루 종일 이탈리아 유적을 촬영했습니다."

소하드가 바쿠란에게 보고했다.

"조사단 주변에 감시병 1개 중대 병력을 배치했습니다."

"그건 그렇고."

고개를 든 바쿠란이 소하드를 보았다.

"레오니프는 뭐라고 그래?"

"조사단의 정체를 파악 중이라고 했습니다."

"미국 대사관이 눈치채지 못하도록 해."

"그건 염려하지 마십시오."

소하드가 말을 이었다.

"우리 에리트레아는 다른 나라처럼 시위도 없고 반정부 단체나 조직도 없습니다, 대통령 각하."

"리스타 조직은?"

"없습니다."

에리트레아는 리스타 사업장도 없는 것이다.

대통령궁의 집무실 안이다.

바쿠란이 소파에 등을 붙였다.

"믿을 건 FSB뿐이군."

아스마라는 홍해에서 65킬로 떨어진 내륙이지만 고원 지대여서 서늘하다.

오후 6시 반.

소하드가 방으로 들어선 레오니프를 보더니 자리에서 일어섰다.

"어서 오시오."

이곳은 아스마라의 힐튼호텔 스위트룸 안이다.

소하드의 시선이 레오니프와 동행한 사내에게 옮겨졌다.

장신의 사내다. 아랍인 같기도 하고 동양인처럼 보이기도 하지만 러시아인도 코자크인들은 저런 생김새다.

그때 레오니프가 사내를 소개했다.

"본부에서 오신 이반 씨요. 이번 아프리카의 리스타 연방 상황 때문에 에리트레아에 오신 겁니다."

"아, 그러십니까?"

소하드가 정색하고 사내를 보았다.

"잘 오셨습니다."

그때 레오니프가 말을 이었다.

"그런데 장군, 지금 군 형무소에 몇 명이나 수감되어 있습니까?"

"그건 왜 묻지요?"

"만일의 경우에 대비하려고 그럽니다."

"만일의 경우라니요?"

"수감자 현황이 갑자기 드러나면 정권에 타격이 올 겁니다. 더구나 지금은 리스타 열풍이 불고 있지 않습니까?"

레오니프가 말을 이었다.

"그것을 본 리스타 쪽에서 에리트레아에 진출할 가능성이 있어요."

"약 5백 명 정도는 될 겁니다."

"사실입니까?"

"조금 더 될지도 모릅니다. 내가 보고 받은 지 시간이 좀 되어서……."

"내가 듣기로는 5천 명이 넘던데."

"그런가요?"

"실무 책임자께서 그렇게 말씀하시면 곤란합니다, 장군."

"방금 말씀드렸다시피, 내가 보고 받은 지가 오래되어서……."

"장군."

정색한 레오니프가 소하드를 보았다.

"마프보리 골짜기에 매장한 쿠르하지 주민이 몇 명입니까?"

그 순간, 소하드가 숨을 들이켰다.

그러더니 소파에 등을 붙이고는 실눈으로 레오니프를 보았다.

비대한 몸을 감싼 군복의 아랫배가 숨결을 따라 가쁘게 오르내리고 있다.

쿠르하지 마을의 주민 250명은 마프보리 골짜기에 암매장되었는데 극비다.

소하드의 친위대, 그중에서도 경호대원들을 시켜서 총살하고 매장했기 때문이다.

마을의 아이들은 고아원에 수용시켰기 때문에 소문이 날 리가 없다. 모두 6살 미만의 아이인 것이다.

그때 다시 레오니프가 말했다.

"그것도 이미 소문이 나기 시작했어요. 매장한 병사들의 입까지 막을 수는 없는 겁니다."

"적법한 절차로 처형한 겁니다."

불쑥 소하드가 말했을 때다.

이반이 고개를 들었다.

"대통령도 알고 계십니까?"

"예? 그것은……."

당황한 소하드의 눈동자가 흔들렸다.

그때 이반이 말했다.

"만일 국제인권위원회나 국제기구에 그 사실이 적발되었을 때, 장군의 결정으로 그 일을 시행했다면 책임을 지셔야 될 겁니다."

숨만 쉬는 소하드를 향해 이반이 말을 이었다.

"그때는 진범 수준의 범죄자 취급을 받을 겁니다."

그때 소하드가 말했다.

"어떻게 내가 혼자 결정할 수 있겠습니까? 모두 대통령 각하의 지시를 받고 처리된 일입니다."

"……."

"난 그저 보고만 하고 명령대로 시행했습니다. 그렇게 알고 계시지요."

"알겠습니다."

고개를 끄덕인 이반이 소하드를 보았다.

"조만간 대통령 각하를 면담할 테니까, 같이 가시지요. 물론 오늘 일은 각하께 말씀드리지 않겠습니다."

"감시가 거의 풀렸습니다."

김석호가 웃음 띤 얼굴로 말했다.

오전 9시 반.

여관 아래층 식당에서 아침 식사를 마치고 커피를 마실 때다.

식당 안에는 리스타 요원 7, 8명이 이곳저곳에 앉아 있었는데 모두 외출 차림이다.

"오늘 보니까 차에 둘이 타고 있을 뿐입니다."

커피 잔을 든 김석호가 말을 이었다.

"어제만 해도 감시차가 5대, 감시 요원이 15명이나 되었거든요."

이동욱은 고개만 끄덕였다.

그때 자리에서 일어선 김석호가 이동욱을 보았다.

"오늘은 박물관 촬영을 마치고 오겠습니다."

김석호는 지금 6일째 아스마라 유적지 촬영을 하고 있다.

물론 그동안 시내 지리는 물론 생활에 익숙해져서 머릿속에 지도가 박힌 상태다.

처음 도착한 날부터 따라붙었던 감시자들이 이제는 두 명밖에 남지 않은 것은 정부에서 이쪽을 유네스코 조사단으로 믿고 있다는 증거다.

김석호가 조사단으로 위장한 대원들을 이끌고 여관을 나갔을 때는 10시경이다.

방으로 돌아온 이동욱이 노크 소리를 들었다.

문을 연 이동욱이 앞에 서 있는 오사르와 마이클 모간을 보았다.

"조사단이 열심히 활동하는군요."

김석호 일행을 본 모양인지 마이클이 웃음 띤 얼굴로 말했다.

"조사단으로 인정을 받은 것 같습니다."

"그런 것 같더군요. 감시가 대폭 줄었다고 합니다."

이동욱이 따라 웃었다.

"요원들도 유적지 조사에 재미를 붙인 것 같고요."

"L-5호가 달라크제도에 도착했습니다. L-3호와 두 척이 와 있지요."

마이클이 말을 이었다.

"작전을 시작하시면 내가 피터를 대기시키지요."

피터는 지난번 힐튼호텔에서 마이클과 함께 만난 부영사다.

그때 마이클이 목소리를 낮췄다.

"그런데 어떻게 바쿠란과 소하드를 제거하실 겁니까?"

오사르가 숨을 죽였을 때 이동욱이 쓴웃음을 지었다.

"내일 오후 5시에 작전을 시작할 테니까 연락해두시지요."

"내일 5시 말입니까?"

긴장한 마이클이 확인하듯 묻더니 고개를 끄덕였다.

마이클을 배웅하고 돌아온 오사르가 방문을 닫고 나서 이동욱을 보았다.

276

"내일 작전인가요?"

이동욱이 고개를 끄덕였다.

"이젠 때가 되었어."

"제가 할 일은요?"

"자이렉을 만나서 준비를 시켜."

정색한 이동욱이 말을 이었다.

"넌 나보다 더 지성이 있고 지도자의 자질을 아는 사람이야. 그건 네 책임이야, 오사르."

오사르가 숨을 들이켜더니 곧 상기된 얼굴로 이동욱을 보았다.

"내일 어떻게 하실 건데요?"

"그건, 너는 몰라도 돼."

오사르의 시선을 받은 이동욱이 쓴웃음을 지었다.

오후 7시 반.

유적지 조사를 마치고 돌아온 대원들이 이동욱의 방에 모였다.

감시로 복도에 한 명이 나가 섰고, 전원이 모인 것이다.

"내일 3개 팀으로 나눈다."

이동욱이 바로 말하자 모두 숨을 죽였다.

정색한 이동욱이 앉거나 선 대원들을 둘러보았다.

김석호가 팀장인 대원 10명은 모두 용병이다. 그것도 수십 번 작전을 치른 최정예 요원이며 이동욱과 손발을 맞춰왔다.

그때 이동욱이 말을 이었다.

"나와 오사르, 그리고 김석호 팀이다. 나는 둘을 데리고 바쿠란과 소하드를 제거할 것이고, 오사르는 셋을 데리고 자이렉을 호위해서 대기한다. 그리고 김석호는 나머지 대원과 함께 피터 옆에서 우리 순양함에 좌표를 불러주도록."

이동욱이 번들거리는 눈으로 대원들을 둘러보았다.

"작전은 오후 5시에 시작된다. 5시에 나는 바쿠란과 소하드를 만나러 갈 테니까 오사르, 김석호도 그전에 떠나도록 해."

"알겠습니다."

김석호가 바로 대답했고 오사르는 머리만 끄덕였다.

그때 이동욱이 말했다.

"바이크, 아술란은 내가 데려간다."

이동욱의 시선이 대원들을 훑었다.

"모간, 페트라, 가이샤는 오사르 호위. 나머지는 김 팀장이 인솔할 것."

일사불란한 지시다.

이동욱이 고개를 끄덕이자 모두 일제히 일어섰다.

사흘 전에 마이클한테서 비밀리에 무기를 지급받았기 때문에 모두 중무장한 상태다.

6장 한민족 대이동

에리트레아 정규군 제7사단장 모쿠루 소장은 소하드 대장의 처남이니 역시 바쿠란 대통령의 친족이 된다. 소하드가 바쿠란의 이복동생이었기 때문이다.

오후 5시 반.

모쿠루가 방으로 들어서자 얀센이 자리에서 일어섰다.

"어서 와, 장군."

이곳은 러시아 문화관 안.

얀센은 대사관 무관(武官)이다.

모쿠루가 앞쪽 자리에 앉았을 때 얀센이 부드러운 표정으로 입을 열었다.

"장군, 내가 장군을 부른 이유를 말씀드리지."

"뭐, 좋은 일 있는 거야?"

따라 웃은 모쿠루가 얀센을 보았다.

모쿠루와 얀센은 친한 사이다. 에리트레아 통치자가 러시아와 밀착 되어 있는 상황이니 당연하다. 모쿠루가 러시아 대사관 시종무관인 얀센과 자주 만나는 것도 자연스러운 일이다.

문화관 관장실 안에는 둘뿐이다.

그때 얀센이 탁자 밑에서 보드카 병과 잔을 꺼내 내려놓았다. 그러고는 잔 2개에 술을 따랐다.

"자, 한잔하지."

잔을 든 얀센이 권했기 때문에 모쿠루가 두꺼운 입술을 벌리고 웃었다.

둘은 자주 술을 마셔왔다. 한 모금에 보드카를 삼킨 얀센이 잔을 채우면서 모쿠루를 보았다.

"장군, 지금 아프리카에 리스타 열풍이 대단해."

"그래서 우리가 러시아에 기대고 있는 것 아냐?"

모쿠루가 제 잔에 술을 따르면서 말을 잇는다.

"며칠 전에는 레오니프 씨가 우리 사령관을 만났다고 하던데."

"그렇지. 오늘은 대통령을 만날 거야."

"우리는 개방 안 해. 이대로 나갈 거야."

"알고 있어."

다시 술을 삼킨 얀센이 잔을 쥔 채 모쿠루를 보았다.

"이봐, 장군, 대통령이 바하마 은행에 5천8백만 불을 예치해놓았더군."

순간 모쿠루가 숨을 들이켜더니 술잔을 들고 한 모금에 삼켰다. 그러고는 시선을 내렸는데 듣기 싫다는 몸짓이다.

그때 얀센이 말을 이었다.

"내가 답답해서 장군한테 말하는 거야. 육군 사령관은 자메이카 은행에 3천7백만 불을 넣어 놓았어. 다 국고에서 빼돌린 돈이지."

"……."

"듣기 싫지만, 들어. 장군의 생사가 걸린 문제니까 말야."

"내 생사?"

갈라진 목소리로 물은 모쿠루가 얀센을 보았다.

"그게 왜 내 생사하고 관계가 있어?"

"지난번, 쿠르하지 주민을 학살해서 마프보리 골짜기에 묻은 일이 CIA에 발각

된 것 같아."

모쿠루가 숨을 들이켰다.

쿠르하지 주민을 학살한 것은 소하드의 직할대인 것이다.

그것을 모쿠루도 안다. 에리트레아 정권의 3인방 중 하나인 모쿠루인 것이다.

그때 얀센이 말을 이었다.

"CIA가 이것을 국제인권위원회, UN까지 보고해서 정권을 전복시킬 가능성이 있어."

모쿠루의 시선을 받은 얀센이 다시 보드카 잔을 들었다.

"마프보리 골짜기에서 250구의 시체가 나오면 대통령, 육군 사령관이 살아남지 못하지."

다시 술을 삼킨 얀센이 모쿠루를 보았다.

모쿠루는 이제 숨도 죽이고 있다.

"그래서 며칠 전에 우리 영사가 사령관을 만났을 때 어떻게 이야기가 된 줄 아나? 우리 레오니프 영사가 그 상황을 말해주었더니 소하드 대장이 그것을 당신, 그러니까 모쿠루 소장이 저지른 것으로 만들어서 처형을 시키는 것으로 해결하자고 제의했다는군."

"……"

"대통령하고 합의를 했다면서 말야."

"……"

"당신한테 뒤집어씌우고 대통령과 육군 사령관은 빠져나가겠다는 것이지."

"……"

"이쯤 말했으니까, 내가 왜 이 사연을 털어 놓는지 짐작할 수 있겠지?"

그때 모쿠루가 고개를 끄덕였다.

"말해."

"곧 당신을 체포하러 올 거야. 아마 내일쯤이 될 것 같군. 그러니까 오늘 중에 끝내야 돼."

"내가 어떻게 하면 되지?"

"당신이 육군 사령관을 맡도록 해줄게."

"신세 잊지 않겠어, 대령."

"대통령은 우리가 세울 거야."

"시킨 대로 하겠어."

"당신은 새 정권의 실세가 되는 거야."

"그런데 대통령과 육군 사령관은 어떻게 없애지?"

"그건 우리한테 맡겨."

얀센이 다시 잔에 술을 채우면서 웃었다.

"당신은 7사단만 단단히 장악하고 있으면 돼."

그러고는 얀센이 얼굴을 펴고 웃었다.

자이렉이 굳은 얼굴로 오사르를 보았다.

본래 자이렉은 리스타 측에 정보를 전해주던 리스타 정보원이었다.

"나는 지도자를 꿈도 꾸지 않았습니다."

자이렉이 초점이 흐려진 눈으로 고개를 저었다.

"그리고 그럴 만한 자질도 없습니다."

아스마라 서북쪽 주택가는 조용하다.

이곳은 이탈리아 통치 시절에 고위 관리들이 거주하던 곳이어서 주택은 넓은 대지를 보유하고 있다.

응접실에서 자이렉과 오사르가 마주 앉아 있다.

그때 오사르가 말했다.

"지도자가 다하는 게 아녜요. 지도자는 만물 박사가 될 필요가 없는 겁니다. 자리에 맞는 사람을 임명해서 쓰면 됩니다."

오사르가 말을 이었다.

"지도자는 사심이 없고 국가와 민족을 사랑하고 미래에 대한 비전을 품고 있으면 됩니다. 나는 자이렉 씨가 그 자질을 충분히 갖췄다고 봅니다."

"내가 다른 사람을 추천해드릴 수도 있는데요."

"이건 가게 주인을 선정하는 게 아녜요."

차가운 표정이 된 오사르가 나무랐다.

"리스타에서 숙고한 후에 자이렉 씨를 에리트레아의 지도자로 선정한 겁니다."

"하, 하지만 어떻게······."

"그건 리스타에 맡기고 자이렉 씨는 정권 인수 후의 과정을 미리 체크해 보기로 하죠."

오사르가 생기 띤 눈으로 자이렉을 보았다.

"자, 정권 인수 준비를 합시다."

미국 대사관 앞.

2층 상황실에서 영사 마이클 모간과 김석호 등 6, 7명이 둘러앉아 있다.

벽에는 홍해와 사우디아라비아 반도, 아프리카 동북부 지역의 대형 사진이 붙어 있다.

홍해 중심부의 달라크제도가 클로즈업된 지도다.

오후 5시 25분.

상황판 위쪽의 디지털 시계가 시간을 가리키고 있다.

달라크제도 위쪽에 반짝이는 2개의 점, 그것이 리스타의 순양함 L-3, L-5다.

김석호의 시선이 반대쪽 벽으로 옮겨졌다.

벽에는 아스마라 지도가 붙어 있었는데 붉은색 동그라미가 그려진 곳이 10여 개다.

악명이 높은 경찰서, 헌병대, 군 형무소, 대통령 경비대, 군사령관 직할대 등이다.

그때 마이클이 고개를 돌려 김석호를 보았다.

"지금 이 사장은 어디 있습니까?"

김석호가 숨을 들이켜면서 고개를 저었다.

"모릅니다."

그러더니 덧붙였다.

"나도 연락이 오기만 기다리고 있어요."

그 시간에 레오니프와 이반이 대통령궁의 대통령 집무실에서 앞에 앉은 바쿠란과 소하드를 바라보고 있다.

집무실에는 넷뿐이다.

미리 예약을 했기 때문에 바쿠란과 소하드가 기다리고 있었다.

레오니프가 먼저 입을 열었다.

"정보에 의하면 쿠르하지 마을 주민들을 살상해서 암매장한 사실을 미국이 알고 있습니다."

바쿠란과 소하드는 숨을 죽였고 레오니프가 말을 이었다.

"그건 미국은 물론 세계 각국이 다 알고 있다고 봐야 합니다."

고개를 든 레오니프가 둘을 번갈아 보았다. 두 눈이 번들거리고 있다.

"이 사건에 대한 책임을 누군가 져야 할 것 같습니다."

"……."

"내가 이 말씀을 드리기 거북하지만, 두 분이 책임을 지셔야 합니다."

그때 바쿠란이 고개를 들었다.

"어떤 식으로 말이오?"

"글쎄요."

레오니프의 얼굴에 쓴웃음이 번졌다.

"제가 말씀드릴 입장은 아닌 것 같습니다만."

"그럼 육군 사령관 소하드를 면직시키기로 하지."

바쿠란이 고개를 돌려 소하드를 보았다.

"당분간만 말야. 미국 놈들의 관심이 줄어들면 다시 너를 복직시킬 테니까."

"아니, 그럴 수는 없죠."

소하드가 눈을 치켜뜨고 바쿠란을 보았다.

어깨를 부풀린 소하드의 목소리가 거칠어졌다.

"내가 그럴 줄 알았습니다. 나를 제물로 삼으려는 겁니까? 그렇게 못 합니다."

그때 바쿠란이 탁자 위에 벨을 누르자 뒤쪽 문이 열리더니 경호원 둘이 들어섰다.

친위대다.

바쿠란이 손을 들어 소하드를 가리켰다.

"이놈을 체포해라!"

"이런 나쁜 놈!"

소하드가 소리쳤을 때다.

이반이 일어서면서 재킷 안에서 권총을 뽑아 쥐었다.

차분한 동작이어서 모두 시선을 주었으나 놀란 표정이 아니다.

그러나 총구가 먼저 경호원에게 돌려진 순간, 모두 경악했다.

그 순간.

"퍽, 퍽!"

두 발의 총성이 낮게 울리면서 경호원 둘이 바닥에 널브러졌다.

2초밖에 안 되는 순간이다.

바쿠란과 소하드가 몸을 굳혔을 때, 이반의 총구가 바쿠란에게 돌려졌다.

"퍽!"

총탄이 바쿠란의 이마를 꿰뚫었다.

다음 순간, 소하드가 입을 열었다.

"잘했어요! 굿 잡!"

그 순간, 이반의 총구가 소하드에게 옮겨졌다.

"아니, 잠깐."

"퍽!"

또 한 발의 총성.

소하드의 이마를 뚫은 총탄이 뒷머리에 손바닥만 한 구멍을 만들면서 빠져
나왔다.

"경호원!"

집무실 문이 열리더니 레오니프가 경호원을 불렀다.

밖에 있던 친위대원들이 다가오자 레오니프가 소리쳤다.

"소하드 사령관이 대통령과 경호원을 쏘고 자살했다!"

놀란 친위대를 향해 레오니프가 말을 이었다.

"국가 반역 사건이야! 경호대장은 시신을 치우고 당분간 사건을 비밀로 해
야 돼!"

그러고는 레오니프가 집무실을 나왔다.

뒤를 이반이 따른다. 밖에서 기다리던 레오니프의 수행원 7, 8명이 뒤를 따

른다.

당당한 러시아 대표단 일행을 제지할 사람은 없다.

건물 현관에 대기시킨 승용차에 탑승했을 때 레오니프가 고개를 돌려 옆자리의 이반을 보았다.

"역시 다르시군요."

"뭐가 말입니까?"

이반이 되묻자 레오니프의 얼굴에 쓴웃음이 번졌다.

"직접 행동하시는 걸 보니까 명성이 헛말이 아니라는 것을 실감했습니다."

이반도 쓴웃음을 지었다.

이반은 이동욱이다. 레오니프 옆에서 FSB 요원 행세를 하고 있었던 것이다.

이번 작전은 FSB와 CIA의 합동 작전이다.

다만, CIA만 그것을 모르고 있을 뿐.

그때 레오니프가 말했다.

"좌표를 불러 주시지요."

무전기가 울렸기 때문에 방 안의 모든 사람들이 동시에 놀랐다.

오후 5시 45분, 미국 대사관 안.

"여보세요."

응답한 사람은 김석호다.

그때 수신기에서 이동욱의 목소리가 울렸다.

"바쿠란과 소하드가 제거되었다."

영어였기 때문에 방 안에 있던 마이클 모간과 CIA 요원들도 다 들었다.

"그래서 대통령궁은 놔두고 경찰서, 소하드의 직속군 막사, 대통령 친위대 3곳을 친다. 모두 12곳이야."

"알겠습니다."

김석호가 기운차게 대답했다.

"지금 즉시 통보하지요."

그때 다시 이동욱이 말을 이었다.

"그 직후에 제7사단이 출동해서 시내 치안을 유지할 거야."

그러고는 통신이 끊겼기 때문에 마이클이 고개를 돌려 김석호를 보았다.

그러나 입을 열지는 않았다.

"발사!"

L-3호 함장 박규진 대령이 낮게 말하고는 고개를 들었다.

조타실 안이 순식간에 조용해졌다. 엔진음도 들리지 않는 것 같다.

3초쯤 지났을까?

선미 쪽에서 가벼운 진동음이 울렸다. 그러더니 짧은 폭음이 일어났다.

낡은 자동차 시동 소리 같다.

그때 조타실 안 누군가 낮은 탄성을 뱉었다.

그쪽으로 고개를 돌린 박규진은 조타실 왼쪽 창밖으로 솟아오르는 토마호크를 보았다.

전장 5미터, 중량 1톤 급인 대지 미사일로 재래식 탄두를 장착했다.

고도 1백 미터 미만으로 지형대조 유도 시스템을 통해 시속 1천 킬로로 날아간다.

명중률 100퍼센트. 오차 범위는 5미터에 불과하고 반경 100미터 안을 초토화한다.

또 한 발, 다시 또 한 발.

"끝났군."

박규진이 어깨를 펴면서 말했다.

아스마라에서 불러준 좌표는 12개.

L-3, L-5함이 각각 6개씩 좌표를 맡아 토마호크 대지 미사일을 발사한 것이다.

이곳에서 아스마라까지는 약 120킬로, 사정거리 500킬로짜리 소형 토마호크를 보냈지만 아스마라의 바쿠란 정권은 이것만으로도 초토화될 것이다.

리스타 함대가 첫 위력을 보인 셈이다.

아스마라가 초토화되었다.

바쿠란 대통령과 소하드 육군 사령관의 경호대, 직할대, 헌병대, 경찰서 3곳 등 12곳의 숙사, 진지, 관서가 흔적도 없이 사라진 것이다.

그러나 아스마라는 혼란에 빠지지 않았다. 금방 질서가 잡혔다.

왜냐하면 에리트레아의 정예사단인 7사단이 초토화된 진지를 수습하면서 치안을 유지했기 때문이다.

오후 9시 정각.

에리트레아 국영 방송국의 화면에 7사단장 모쿠루가 나타났다.

에리트레아 국민들에게 모쿠루는 낯이 익은 얼굴이다. 바쿠란, 소하드에 이어서 제3인자이기 때문이다. 국민들은 아직 바쿠란과 소하드의 유고 사실을 모르는 것이다.

홍해에서 날아온 미사일은 리스타 순양함에서 발사된 것으로 보도가 되었다.

리스타가 에리트레아에 선전포고도 없이 포격을 한 셈이다. 엄청난 사건이다. 그래서 TV 앞에는 전 국민이 모여들었다. 뉴스 시청률이 90퍼센트는 될 것이다.

그때 모쿠루가 입을 열었다.

"대통령 바쿠란과 육군 사령관 소하드는 쿠르하지 주민 250여 명을 학살해서 마프보리 골짜기에 암매장했습니다. 그들은 악랄한 죄상의 책임을 서로 떠넘기려다가 대통령 집무실에서 맞서다 서로를 쏴 죽였습니다."

모쿠루가 핏발선 눈으로 시청자들을 보았다.

"그래서 본인은 바쿠란과 소하드 일당의 난동을 막으려고 홍해에 있는 리스타 군함에 포격을 요청한 것입니다."

그때서야 시청자들은 아스마라 시내에 떨어진 '불벼락'의 이유를 알게 되었다.

모쿠루가 말을 이었다.

"우리는 독재자 바쿠란과 소하드의 치하에 살면서 외부와 단절되어 감옥에 사는 것이나 같았습니다. 지금부터는 신의 가호하에 새 지도자와 새 세상에서 살게 될 것입니다."

모쿠루의 목소리에 열기가 띠어졌다.

"이제부터 에리트레아는 홍해의 로마, 아프리카의 별이 될 것입니다."

TV를 보고 있던 레오니프가 고개를 돌려 얀센을 보았다.

"자이렉은 내일 등장시킬 건가?"

"예, 내일 등장시킬 것입니다."

얀센이 말을 이었다.

"자이렉이 군 형무소에 수감 중인 정치범을 석방할 것입니다."

레오니프가 고개를 끄덕였다.

공(功)은 새 대통령으로 추대될 자이렉에게 맡겨야 되는 것이다.

새 대통령으로 추대될 자이렉도 같은 시간에 TV를 보는 중이다.

이곳은 아스마라의 주택가 안.

방 안에는 오사르와 부하들, 김석호까지 둘러앉아 있었는데 이윽고 모쿠루가 말을 맺는다.

"에리트레아의 새 지도자, 자이렉 만세!"

모쿠루가 화면에서 사라졌을 때 오사르가 고개를 돌려 자이렉을 보았다.

"자, 옆방으로 가시죠."

옆방에는 이미 에리트레아의 새 내각 각료가 될 리스타 요원들이 기다리고 있다.

미국 대사관 안.

TV를 끈 마이클 모간이 고개를 돌려 이동욱을 보았다.

"저놈, 모쿠루를 어떻게 잡은 겁니까?"

"공을 좀 들였지요."

정색한 이동욱이 소파에 등을 붙였다.

"러시아 대사관 무관 얀센을 통했습니다. 얀센이 설득한 것이죠."

"아, 얀센."

놀란 마이클이 눈을 크게 떴고, 옆에 앉아 있던 피터는 고개를 끄덕였다.

마이클이 몸을 이동욱 쪽으로 기울였다.

"그렇죠. 얀센과 모쿠루는 친했지요."

"모쿠루는 그럴 수밖에 없었으니까요. 바쿠란이 모쿠루를 희생양으로 삼을 예정이었거든요."

"어쨌든 대단하십니다."

마이클이 다시 감탄했다.

"대통령 집무실에 직접 찾아가 대통령과 육군 사령관을 사살하시다니."

"레오니프가 옆에 있었기 때문에 가능한 일이었습니다."

이동욱은 자신이 바쿠란과 소하드를 사살했다는 이야기를 해줄 수밖에 없었다. 레오니프의 도움을 받았다고 했다. 그러나 자신이 표돌스키를 만난 사실은 비밀로 했다.

　이제 공식적으로 리스타의 에리트레아 작전은 CIA와 FSB의 공동 작전이 되었다. 그것은 FSB도 에리트레아에 일정 지분이 인정된다는 뜻이다.

　고개를 든 이동욱이 입을 열었다.

　"내일 리비아에서 리스타 용병단 1개 대대가 아스마라에 옵니다."

　마이클이 고개를 끄덕였다.

　용병단 1개 대대면 충분할 것이다. 시쳇말로 한두 번 해본 '장사'가 아니니까. 그리고 동쪽 바다에는 리스타 순양함 2척이 대기하고 있다.

　갑자기 가슴이 답답해졌기 때문에 마이클이 심호흡을 했다.

　"벌써 보냈다고?"

　되물은 해밀턴의 얼굴에 쓴웃음이 번졌다.

　앞에 앉은 새미 크린턴의 얼굴에도 웃음이 떠올라 있다.

　리스타랜드의 리스타빌딩 안, 해밀턴의 집무실에는 둘뿐이다.

　그때 새미가 대답했다.

　"예, FSB에서 이미 카이로에 보냈습니다. 거기서 지금 대기시키고 있습니다."

　"갓댐."

　해밀턴이 의자에 등을 붙이더니 입맛을 다셨다.

　"옛날 KGB는 미인계가 유명했지. 뻔히 알면서도 당하는 놈들이 많았다니까."

　"표돌스키의 직접 지시라고 합니다."

　"표돌스키가 KGB 정통 계열이야. 푸틴보다도 더 정통이지. 행동대로만 근무하다가 FSB로 넘어왔지."

　"이 사장한테 연락해야겠습니다."

　"이동욱 옆에 여자가 있지? 누구더라?"

"오사르라고 알제리 민주국민연합의 여성 위원장 출신입니다. 지금은 이 사장 보좌관으로 맹활약을 하고 있습니다."

"둘 사이는 어때?"

"없습니다."

"뭐가?"

물었던 해밀턴이 곧 숨을 들이켜더니 고개를 끄덕였다.

"그렇군. 이동욱 측근의 여자가 계속 당했지?"

"예, 최근에 카라조프까지 당하고 나서 여자를 멀리하는 것 같습니다."

"카라조프 가족이 여기 있지?"

"예, 아직 카라조프가 당한 것을 모르고 있습니다. 이 사장이 알리지 말라고 해서요."

"그런 상황에 러시아에서 미인계를 쓰려고 하다니."

눈을 가늘게 떴던 해밀턴이 초점을 잡고 새미를 보았다.

새미 크린턴은 해밀턴의 보좌관이다.

"이건 러시아가 우리한테 보내는 메시지야. 우리가 FSB를 인정한다고 했으니 그 연락책 겸 감시자를 받으라는 제의지."

어느덧 정색한 새미가 고개를 끄덕였고 해밀턴이 말을 이었다.

"아마 그 러시아 창녀를 이동욱 앞에 데려가서는 영국이나 프랑스, 또는 이탈리아 여자로 둔갑시켜서 소개할지도 몰라."

"아, 예."

"그럼 멍청한 CIA는 '아, 이동욱이 또 여자를 데려왔구나' 할 것이고."

"……"

"뒷조사는 하겠지만, 아마 깨끗하게 세탁해서 러시아의 '러' 자도 드러나지 않을걸?"

"에리트레아에서 러시아의 도움도 받은 터라 그 여자를 거부할 분위기가 아닙니다."

"어디 이동욱한테 어떤 명분으로 접근하는지 보자고. 물론 다른 사람들한테는 그럴듯한 표장을 씌운 소개를 할 것이겠지만 말야."

"그럼 이 사장한테 지시하시겠습니까?"

"샘."

해밀턴이 부르자 새미는 고개를 들었다.

새미 크린턴은 48세. 역시 CIA 출신으로 리스타에 5년째 근무하지만 해밀턴의 보좌관이 된 지는 6개월밖에 되지 않는다. CIA에 있을 때 새미는 해밀턴의 부하였다.

해밀턴이 말을 이었다.

"여기, 리스타는 리더들에게 CIA보다 더 자율성을 주고 있어. 그것을 알아야 돼."

"예, 사장님."

"이동욱한테 맡기도록 하자."

"알겠습니다."

"그 여자가 러시아산이라는 것을 밝힌다면 내가 나설 것까지는 없어."

이것이 해밀턴의 결정이다.

"난 아디스아바바에 갈 테니까."

이동욱이 말했을 때 오사르가 고개를 들었다.

"무슨 일인데요?"

"지사장을 만나야 돼."

아스마라의 저택 안.

사흘 전, 새 대통령 자이렉이 각료 회의에서 선출되었다.

정부 각료의 절반 이상이 리스타 출신의 인사였지만 아무도 반발하지 않는다.

일사불란한 정권 교체다.

대통령 바쿠란의 유고 일주일 만에 새 정권이 질서 있게 시작되고 있다.

이동욱이 오사르를 보았다.

오사르는 현재 대통령 보좌관 겸 리스타 에리트레아 지부장이다.

"오사르, 에리트레아에 당분간 네가 필요해. 대통령과 리스타, 그리고 CIA나 FSB를 절충할 수 있는 사람은 너밖에 없어."

사실이다. 특히 대통령 자이렉은 전적으로 오사르에게 의지하고 있다.

이동욱이 말을 이었다.

"기반이 굳어졌을 때 네가 원하는 보직으로 얼마든지 갈 수 있을 테니까."

"……."

"알제리나 모로코로 옮겨갈 수도 있어."

이미 오사르는 에리트레아 지부장으로 막강한 권한을 행사하고 있다.

'리스타 법인'이 아스마라에 세워졌지만, 리스타연합 지부는 별개 기관이다.

그때 오사르가 고개를 끄덕였다. 눈동자가 흐려져 있다.

"알겠습니다. 지시대로 따르겠습니다."

"김 부장, 넌, 가족이 랜드에 있지?"

이동욱이 묻자 김석호의 얼굴에 웃음부터 떠올랐다.

"예, 부모님까지 모셔왔습니다."

"그래?"

"처갓집에서도 옮겨 온다고 해서 머리가 좀 아픕니다."

"왜?"

"직업을 구해야 되지 않습니까? 처남이 버섯 농장을 하다가 망했거든요."

"그럼 아프리카로 오면 되겠다."

"글쎄요. 그건······."

아스마라를 이륙한 비행기가 아디스아바바를 향해 날아가는 중이다.

주저하던 김석호가 이동욱을 보았다.

"사장님, 이제 '아프리카 리스타 연방'의 기반은 굳어진 것 아닙니까?"

"그런 것 같아."

이동욱이 고개를 끄덕였다.

"내 생각이지만 미국과 중국, 러시아의 경쟁 관계를 이용해서 우리가 기반을 굳힌 것 같다."

"아마 미국이 이런 식으로 아프리카에 진출한다면 세계 각국이 나서서 덤볐을지도 모릅니다."

"그렇겠지."

이동욱의 얼굴에도 웃음이 떠올랐다.

그것은 언론에도 수없이 보도 되었던 것이다.

리스타의 '아프리카 연방'은 '경제침략'이라고 비난하는 국가도 있었다.

그러나 그것을 군사력으로 막을 수는 없는 노릇이다. 더구나 해당국이 리스타를 받아들이는 터라 간섭할 명분도 없다.

그리고 리스타는 배후에 미국의 지원을 받고 있는 것이다.

리스타가 '이용'한 것이지만, 미국 측은 리스타가 '대리인' 역할을 하고 있다고 착각했다. 지금도 착각 중인 것이고 이제 러시아도 끌어들인 것이다.

그때 김석호가 불쑥 물었다.

"사장님, 이젠 가족을 만드실 때도 되지 않았습니까?"

김석호는 이동욱의 측근에 속한다.

아프리카의 리스타 연방 작업에 처음부터 참가한 데다가 유일한 한국인 팀장이다.

그러나 지금까지 사적인 대화를 나눌 기회가 없었는 데다 이동욱이 어려웠기 때문에 이런 질문은 처음이다. 이동욱이 먼저 물어보았기 때문에 가능했다.

그때 이동욱이 쓴웃음을 지었다.

"살다 보면 되겠지. 억지로 만들 필요는 없고."

이동욱이 똑바로 김석호를 보았다.

"내 주변에 있던 사람들이 죽어 없어지기는 하지만 말이다."

당황한 김석호가 외면했을 때 이동욱이 말을 이었다.

"다 알면서 묻길래 그렇게 대답하는 거다. 그러니까 신경 안 써도 돼."

"알겠습니다. 저도 용기를 낸 것입니다."

"카이로에서 여자 하나가 기다리고 있다는 연락을 받았어."

"누구 말입니까?"

"나도 모른다."

이동욱의 얼굴에 웃음이 떠올랐다.

"내가 방금 말한 여자 중의 하나인 것 같다."

숨을 죽인 김석호에게 이동욱이 말을 이었다.

"표돌스키가 보낸 여자야."

"……."

"FSB는 내 옆에 여자 하나를 붙여놓기로 한 것 같다. FSB와의 연락 겸 감시용이겠지."

"……."

"본부에서는 내가 그것을 받아들일지 말지를 결정하라는군. 하긴, 내가 거부해도 FSB는 어쩔 수 없겠지."

"어떻게 하실 겁니까?"

"글쎄."

머리를 기울인 이동욱이 흐려진 눈으로 김석호를 보았다.

"나한테 접근하는 자세를 봐야겠어."

"……."

"'리스타아프리카'에서 CIA, FSB와 공존하기로 한 이상 무조건 거부 반응을 일으킬 것 까지는 없지."

이동욱이 다시 얼굴을 펴고 웃었다.

"나한테 항상 이런 상황이 계속되는 거야. 내 주변의 여자들이 대부분 이렇다. 이렇게 옆에 있다가 사라지는 거야."

"……."

"이것도 네가 물은 질문에 대한 대답이 되겠다."

그때 김석호가 고개를 들고 이동욱을 보았다.

"제가 잘 모시겠습니다."

동문서답이지만, 진정성은 느껴졌다.

"우리, 자주 만납니다."

부시가 활짝 웃는 얼굴로 이광의 손을 잡았다.

백악관의 오벌룸 안, 오후 3시.

오벌룸 안에는 부시와 국무장관 베이컨, 안보보좌관 매클레인, CIA 부장 윌슨까지 넷이 기다리고 있다.

이광은 비서실장 안학태와 동행이었는데 부시의 요청을 받은 비공식 회동이다.

인사를 마친 이광과 안학태가 소파에 앉았을 때 부시가 먼저 입을 열었다.

"이 회장님, 아프리카의 리스타 연방이 아프리카 동북 지역을 싹쓸이했군요. 축하드립니다."

이광은 웃기만 했다.

그렇다. 지금 각국이 리스타 연방으로 가입하고 있는 중이다. 이러다가는 몇 개국만 제외하고 다 리스타 연방에 가입할 가능성이 있는 것이다.

부시가 말을 이었다.

"이거, 욕은 우리가 얻어먹고 실속은 리스타가 다 챙기는 것 같아서 내가 병신 취급을 받는 중입니다."

"아니, 무슨 말씀을……."

이광이 웃음 띤 표정으로 끼어들었지만, 부시가 말을 이었다.

"미국이 어떤 나랍니까? 언론이 제멋대로 까기 시작하면 대통령도 배겨낼 수가 없어요. 거기에다 국회에서 떠들어 봐. 재선은 물 건너가는 겁니다."

"각하, 무슨 말씀이신지요?"

의자에 등을 붙인 이광이 여전히 여유 있는 표정으로 물었다.

자주 만나는 사이인 데다 어쨌든 같은 배를 탄 입장이다. '쪽박 깨는' 상황은 안 될 것이라고 믿기 때문이다.

그때 부시가 길게 한숨부터 쉬고 나서 말했다.

"국내에서는 물론 외국에서도 카다피가 리스타 연방국 의장을 맡은 것에 불만이 많아요."

"다 좋아할 리가 있겠습니까? 이스라엘이나 이란은 당연히 그렇겠죠. 하지만 카다피 대통령의 투자가 '아프리카 연방'에 엄청난 도움을 주고 있습니다."

이광의 반론이 오히려 더 설득력 있다.

이스라엘과 유대계 세력이 카다피를 싫어하는 것도 당연하다. 이란도 마찬가지.

그러나 카다피는 엄청난 석유 자본을 연방 각국에 투자하고 있다.

리스타로서는 '감투' 하나 씌워주고 그 몇백 배의 이득을 보는 셈이다.

그때 안보보좌관 매클레인이 헛기침부터 했다.

"이제는 아프리카를 리스타제국이라고 불러도 될 것 같습니다. 카다피는 고용된 의장에 불과하고요. 리스타는 이제 리스타랜드라는 작은 섬에서 아프리카 내륙으로 기반을 옮긴 것이나 같다고 봐도 되겠지요."

모두 잠자코 있는 것은 준비하고 있었다는 표시다.

매클레인이 말을 이었다.

"그래서 미국 정부는 이번에 리스타의 최고 경영자인 이 회장님께 제의를 하려고 합니다."

이광은 이제 차분한 표정이 되어서 매클레인을 응시하고 있다.

그때 부시가 말을 받는다.

"리스타 연방에 미국도 참여하게 해 주시오. 그러면 리스타 연방을 위해 공식적인 지원을 하게 될 테니까요."

이광이 눈만 껌뻑였을 때 이번에는 국무장관 베이컨이 말했다.

"나토(NATO)와 같다고 보시면 됩니다. 리스타 연방은 그대로 하고 미국이 회원국으로 가입하면 리스타도 안정되지 않겠습니까?"

그때 이광이 물었다.

"지금도 리스타 연방의 배후에는 미국이 있다는 것을 모든 사람들이 알고 있지 않습니까?"

"그것을 공식적으로 하자는 것이죠."

부시가 바로 말을 받는다.

"우리가 뒤에 숨어 있을 이유가 없지 않습니까?"

이광의 얼굴에 웃음이 떠올랐다.

만일 리스타 연방이 케냐에서 처음 시작할 때 미국과 리스타가 연합해서 공식적으로 출발했다면 케냐도 리스타 연방이 되지 못했을 것이다, 대번에 '미국의 침략'으로 전 세계로부터 지탄받았을 테니까.

그때 이광이 말했다.

"알겠습니다. 검토한 후에 제가 대통령께 말씀드리지요."

"그렇게 되면 리스타 연방의 기반이 더 굳어질 겁니다."

부시가 정색하고 말했다.

"기다리겠습니다, 이 회장님."

백악관을 나와 숙소인 워싱턴의 안가에 도착할 때까지 이광과 안학태는 입을 열지 않았다. 그러나 안가의 응접실에 둘이 남게 되었을 때 이광이 먼저 입을 열었다.

"예상보다 좀 늦었어."

"예, 회장님."

안학태가 바로 말을 받는다.

"조치하겠습니다."

안학태가 말을 조심하고 있다.

이곳은 미국의 핵심부인 워싱턴이다.

부시의 옆에 CIA 부장 윌슨까지 앉아 있었지만, 한마디도 거들지 않았다.

리스타 연방에 미국이 가입한다면 그 주 업무는 CIA가 맡아야 될 것이다.

아디스아바바의 힐튼호텔 라운지 안.

이동욱이 안으로 들어서는 두 남녀를 보았다.

표돌스키 보좌관 카샤와 미모의 여자.

여자는 검정 머리칼에 갸름한 얼굴형의 동양인.

자리에서 일어선 이동욱이 둘을 맞는다.

카샤가 여자를 소개했다.

"인사 시켜 드립니다. 이분은 스미코 씨. FSB의 정보 분석실에 근무 중입니다."

이동욱의 얼굴에 웃음이 떠올랐다.

둘과 악수를 나눈 이동욱이 자리를 잡고 앉았을 때 스미코를 보았다.

"FSB의 정보 분석실에서 근무하신다고요?"

"네, 팀장입니다."

고개를 끄덕인 이동욱이 카샤를 보았다.

묻는 것 같은 표정이다.

그때 카샤가 입을 열었다.

"FSB와의 연락 겸 보좌역으로 측근에 채용하셨으면 해서요."

"CIA에서 거부 반응을 일으킬 텐데."

이동욱의 얼굴에 쓴웃음이 번졌다.

"특히 스미코 씨 같은 미인이 내 옆에 있다면 모두 주목하지 않겠소?"

"스미코 씨의 국적은 일본입니다. 일본에서 대학을 나왔고 일본 대기업 기조실에서 근무했기 때문에 신분이 완벽합니다."

"그렇군."

고개를 끄덕인 이동욱이 스미코를 보았다.

"일본인이면서 러시아의 FSB에 채용된 사정을 알 수 있을까요?"

"특별한 사정은 없습니다. 모스크바 주재 일본 기업에 근무하다가 포섭되었지요. 그리고 제 선택에 후회하지 않습니다."

스미코가 정색하고 이동욱을 보았다.

"저는 정보 분석관으로 공정하게 리스타 연합의 업무에 도움을 드리도록 노력하겠습니다."

"좋아."

이동욱이 고개를 들고 카샤를 보았다.

"내 보좌관으로 채용하지."

리스타랜드의 별장에 이광과 정남희, 안학태와 해밀턴까지 넷이 나란히 앉아있다.

오후 4시 반.

해밀턴이 리비아에서 날아온 지 한 시간밖에 되지 않는다.

바다를 응시한 채 이광이 입을 열었다.

"미국이 리스타 연방에 공식 가입하겠다는 거야. 부시는 내 대답을 기다리겠다는데."

이광을 만나기 전에 안학태로부터 상황 설명을 들은 해밀턴이 고개를 끄덕였다.

"제가 윌슨을 만나 상의하지요."

"미국의 정책이 정해졌다면 합의점을 찾을 수 있을 거야."

"일방적으로 미국 입장만 받아들일 수는 없으니까요."

해밀턴이 웃음 띤 얼굴로 이광을 보았다.

"리스타는 이제 중국과 러시아까지 연합할 수 있는 저력을 갖추고 있습니다. 미국이 아직 그것을 실감하고 있는 것 같지 않습니다."

"내 생각은 달라요, 해밀턴 씨."

정남희가 해밀턴의 말을 잘랐다.

"다 알고 견제를 시작하는 것 같아요. 우리의 대응 방법에 대해서도 대비를 하고 있을 것 같습니다."

"그것이 CIA의 몫입니다. 아마 윌슨이 주도하고 있겠지요."

해밀턴이 말을 이었다.

"미국은 우리처럼 일사불란한 정책 수립 과정을 갖추고 있지 않아요. 방대한 조직이 엄청난 전문 지식을 보유하고 있지만 이번 '리스타 연방' 가입 건은 국가적인 의견 수립에 의해서 진행되고 있는 것이 아닙니다."

고개를 든 해밀턴이 이광을 보았다.

"그래서 허점이 많죠. 1941년 12월 7일 일본의 진주만 폭격에 따른 미국의 선전포고 당시의 상황과는 다르다는 말씀입니다."

"웬 진주만 폭격이야?"

이광이 되묻자 정남희까지 피식 웃었다.

그러나 해밀턴이 웃지도 않고 말을 이었다.

"그래서 윌슨을 만나 상의를 해보겠습니다. 꼭 미국이 가입하겠다면 러시아, 중국까지 함께 가입시키는 방법을 제시하겠습니다."

그것은 기조실에서도 대안을 만든 상태였기 때문에 이광이 고개를 끄덕였다.

예외 없는 법률은 없는 법이다.

이곳은 케냐, 케냐는 한국인의 '아프리카 리스타 연방' 이민의 전초 기지가 된 후부터 가장 빨리 발전된 국가가 될 것이다.

반년 동안에 쏟아져 들어온 한국인 이민자가 3백여만 명. 그중 250만 명이 아프리카의 리스타 연방으로 흩어졌고 지금도 50여만 명이 케냐에서 '훈련 중' 이다.

몸바사의 이민 훈련장 안.

훈련장이라고 하지만 이곳은 도시. 도시 중에서도 최고급 도시.

서울 못지않은 유흥가, 소비 도시가 되어 있어서 이곳에 6개월째 사는 이민자도 있다.

그러니 범죄가 일어나는 건 고인 물이 썩는 것처럼 당연한 일이다.

"조사 끝냈습니다."

노치 과장이 강길수 서장에게 보고했다.

"취조실에 있습니다."

고개를 끄덕인 강길수가 벽시계를 보았다.

밤 11시 반이다.

방금 노치는 이민 훈련장인 도시 '서울'의 제5구역에서 강도범 4명을 체포해 온 것이다.

몸바사 북쪽 7킬로 지점에 형성된 이민 훈련장의 도시명이 '서울'이다.

이민 훈련자 50만을 포함해서 주민을 위한 편의시설 등 종사자 30만 명까지 80여만 명이 거주하고 있다.

'서울'은 자치령으로 분리되어서 도시는 케냐 정부의 간섭을 받지 않고 리스타 연방이 관리한다.

그래서 강길수는 서울시의 제3경찰서 서장이다.

자리에서 일어선 강길수가 취조실로 들어서자 책상 앞에 나란히 앉아 있던 넷이 고개를 들었다.

30대쯤의 한국인 넷, 이민자다.

모두 수갑을 차고 있는 데다 의자에 묶인 상태다.

앞쪽 자리에 앉은 강길수가 넷을 둘러보았다.

넷은 길가에서 행인 2명을 칼로 위협해서 소지품을 강탈했던 것이다.

그것이 CCTV 영상으로 경찰서에 바로 포착되는 바람에 근처에 있던 기동대가 체포해 왔다.

강길수가 서류에서 시선을 떼고 오른쪽 사내에게 물었다.

"너, 한국에서 회사 다녔지?"

"예, 8년 다녔습니다."

"그런데 이민 와서 강도가 되었군."

고개를 숙인 사내를 향해 강길수가 말을 이었다.

"여기서 리스타 법에 의해 처리된다는 것을 알고 있지?"

"예, 알고 있습니다."

"강도를 현행범으로 체포하면 총살이야."

"……."

"네놈들 다."

넷은 모두 숨을 죽였다. 리스타 법을 모두 알고 있는 것이다.

그러나 아직 총살당한 사례가 없다.

그때 강길수가 말을 이었다.

"그래. 지금까지 강도 사건이 여러 번 있었어. 정확히 말하면 24번. 사람 사는 세상이라 어쩔 수 없지. 하지만……."

고개를 든 강길수가 넷을 차례로 보았다.

"이제는 한계가 왔어. 그래서 위에서 지시가 내려온 거야."

"……."

"너희들 다 알 거다. 재수가 없으면 어떤 놈은 길 가다가 자빠졌는데 똥 위로 주저앉고, 어떤 놈은 금반지 위에 앉았다고 하지 않냐?"

"……."

"너희들이 똥 위에 앉은 거야, 너희들은 곧 광장에서 총살당하게 될 테니까."

넷이 숨을 죽였고, 강길수가 말을 맺는다.

"아마 너희들이 총살당하고 나면 강도 사건은 물론이고 절도 사건도 싹 없어질 거다."

강길수가 강도들에게 열변을 토하고 있는 시간에 이동욱은 아디스아바바에
서 해밀턴을 만나고 있다.

이곳은 시내의 안가.

해밀턴이 리스타랜드에서 날아온 것이다.

응접실 안에는 셋. 이동욱과 스미코, 그리고 해밀턴이다.

해밀턴이 스미코를 참석하라고 했기 때문이다.

그래서 스미코는 잔뜩 긴장하고 있다.

셋이 둘러앉았을 때 해밀턴이 먼저 스미코를 노려보면서 말했다.

"미인이군."

"감사합니다."

당황한 스미코가 대답부터 했다.

금세 눈 밑이 붉어졌다.

"FSB 미인계는 KGB 시절부터 유명하지. 내가 그 경험자야."

스미코는 숨만 쉬었고, 해밀턴의 말이 이어졌다.

"일본 국적이라고?"

"예, 사장님."

"내 이야기 들었지?"

"예, 사장님."

"어떻게 알고 있는지 말해 봐."

"CIA 해외작전국장 출신으로 리스타의 핵심 계열사인 리스타연합 사장이시
며……."

"계속해."

"리스타 그룹의 대외전략, 정보를 총괄해서 리스타연합 회원으로 각국의 지도자를 포섭하고 관리하는 책임자이십니다."

"계속해."

"사장님께서 저한테 직접 오더를 주실 경우가 있을지도 모른다고 들었습니다."

"그런데 그 경우가 빨리 온 셈이군."

"예, 사장님."

"어때? 이 사장한테 네 미인계가 먹힌 것 같나?"

해밀턴이 다그치듯 물었기 때문에 이동욱이 먼저 한숨을 쉬었다.

"일단은 성공한 셈이죠."

그때 스미코가 불쑥 말했기 때문에 해밀턴은 물론 이동욱도 놀라 고개를 들었다.

스미코가 말을 이었다.

"요즘에는 상대방을 알면서도 받아들이는 상황이니까요."

"그렇군."

해밀턴이 엉겁결에 그렇게 대답해버리고는 쓴웃음을 지었다.

"그대는 몇 살인가?"

"스물여덟입니다."

"FSB 경력이 6년이라구?"

"예, 사장님."

"나도 CIA 해외작전국장이었을 때 미인계를 써본 적이 있어. 두 번이나."

해밀턴이 옛날을 회상하듯 눈을 가늘게 떴다.

"무식한 소련 놈들한테 한 번, 프랑스 쪽에다 한 번 써먹었는데 모두 성공했어. 그건 전혀 예상하지 못했기 때문이지."

"……."

"그런데 이번 미인계는 뻔히 들여다보이는 수작인데도 내놓은 거야. 그건 상대방에 대한 도발이고 무시하는 수작이야."

해밀턴의 얼굴에 웃음이 떠올랐다.

"만일 우리들이 물리친다면 겁내는 것이 될 것이고, 알면서도 받아들인다면 역이용하겠다는 표시일 테니까 말야. 어때?"

"그렇습니다."

스미코가 고개를 끄덕였다.

"표돌스키 국장도 그런 말씀을 했습니다."

"표돌스키를 내가 알지. 내가 CIA 국장일 때 그 친구는 KGB 말단이었어. 전화 도청이나 하고 있었을 거야."

"예, 들었습니다."

"전화 도청했다는 말을 들은 거야?"

"사장님께서 정보계의 선배라고 하셨습니다."

"음, 선배를 알아보는군."

고개를 끄덕인 해밀턴이 말을 이었다.

"스미코 씨가 표돌스키 국장을 만나줘야겠어. 그래서 부른 거야."

긴장한 이동욱과 스미코가 몸을 굳혔고 해밀턴이 목소리를 낮췄다.

"부시가 우리 회장님께 제의했어. 미국을 나토처럼 리스타 연방에 가입시켜 달라는 거야. 그 속셈은 세상 사람들이 다 알지. 이제부터 미국이 '아프리카 리스타 연방'의 주도권을 쥐겠다는 뜻이지."

단숨에 여기까지 말한 해밀턴이 스미코를 보았다.

"무슨 말인지 알겠나?"

"예, 사장님."

"표돌스키한테 이 말을 전하고 바로 푸틴한테 보고하도록 해."

"예, 사장님."

"대책을 강구하라고 말야. 알았나?"

"예, 사장님."

"내가 직접 만났으면 좋겠지만, 그땐 CIA가 따라붙을 테니까. 우리가 러시아와 상의하는 걸 알면 미국이 펄펄 뛰겠지. 안 그래?"

"그렇습니다."

"이 사장 옆에서 떠나는 것이 안타깝겠지만, 바로 돌아올 수 있을 테니까, 그동안은 참을 수 있지?"

"예, 사장님."

그때 다시 고개를 끄덕인 해밀턴이 이동욱을 보았다.

"볼수록 미인인데, 자네 정신 차려야겠다."

"다녀오겠습니다."

스미코가 인사를 하자 이동욱이 쓴웃음을 지었다.

"내가 참고 있을게."

"네?"

되물었던 스미코가 풀썩 웃었다.

그 순간, 눈이 초승달처럼 굽어지면서 흰 치아가 드러났다. 분위기가 확 바뀌는 것 같은 웃음이다.

해밀턴이 참을 수 있겠느냐고 물어본 말이 떠올랐던 것이다.

과연 해밀턴은 노련했다.

능수능란하게 분위기를 이끌어서 스미코를 긴장시켰다가 할 말을 머릿속에 집어넣었다.

그동안 묻고 싶은 것, 듣고 싶은 말을 다 묻고 들었던 것이다.

스미코는 바지에 재킷 차림으로 운동화를 신었다. 관광객 차림이다.

이동욱의 시선을 받은 스미코가 웃음 띤 얼굴로 말했다.

"제 역할을 하는 것 같아서 기뻐요. 보람도 느끼고요."

"잘 다녀와."

"그런데, 참."

정색한 스미코가 이동욱을 보았다.

"케냐의 '서울'에서 체포한 강도 4명을 연방 재판소에서 재판한다는 보고는 받으셨지요?"

고개만 끄덕인 이동욱에게 스미코가 말을 이었다.

"연방법에 의하면 사형이어서 이번에는 시범 케이스로 사형을 언도할 것 같은데 재판을 보류시키도록 하세요."

"왜?"

이동욱이 물었지만 얼굴에 웃음기가 배어 있다. 스미코의 '간섭'에 흥미가 돋아났기 때문이다.

그때 스미코가 말을 이었다.

"아무리 일벌백계라고 해도 강도질에 사형은 독재정권 치하에서도 없는 일입니다. 그것이 미국이나 러시아 등 강대국의 간섭을 불러일으킬 빌미를 주게 될 겁니다."

"방금 러시아라고 했나?"

"네, 했어요."

"네가 그런 말을 해?"

"신임을 얻기 위해서죠."

"과연 요즘 미인계는 고단수다."

"조심하셔야죠."

다시 정색한 스미코가 이동욱을 보았다.

"잊지 마세요. 케냐에 연락하시는 것 말입니다."

오장호는 수단의 카르툼, 북쪽 고원 지대에 1백만 평의 부지를 매입하여 호텔과 골프장, 그리고 '자연 마을'을 조성할 계획이다.

그래서 리스타 연방으로부터 자금을 대출받았는데 먼저 호텔 공사를 시작했다.

호텔은 5층 높이로 150실 규모였는데 건축 기간은 1년 예정이다.

"1년 후에는 호텔과 골프장이 동시에 개업하게 될 거야, 골프장 공사가 다음 달부터 시작하게 될 테니까."

오장호가 구경하러 온 배기문에게 말했다.

배기문은 카르툼 시내에 사원 800명을 고용한 의류 공장을 운영하고 있다.

4개월 전에 의류 공장을 시작한 배기문은 낡은 창고 건물을 빌리고 중고 기계를 구입해서 2개월 동안 사원을 교육시킨 후에 이번 달부터 셔츠를 생산하고 있다. 중국에 이어서 베트남에서 공장을 운영해 본 경험이 있었기 때문이다.

배기문이 공사 현장을 둘러보며 말했다.

"주변 인프라가 형성되어야 하는데 따라줄지 모르겠네."

배기문과 오장호는 고등학교 동창이다.

오장호는 서울에서 스포츠 센터를 운영해서 돈을 꽤 벌었는데 호텔과 골프장을 만드는 것이 소원이었다.

그때 오장호가 말했다.

"아래쪽에 시장과 유흥가가 건설되기로 했는데, 아직 지지부진이야."

아래쪽은 광대한 황무지다.

그쪽에 사업을 계획한 이민자들이 아직 공사를 시작하지 않거나 보류하는 상황이었기 때문이다.

그때 배기문이 고개를 들고 오장호를 보았다.

"야, 리스타에서 대출을 받았지만 규모를 줄여. 아예 오두막으로 자연 마을을 시작해서 자연 체험을 시키는 사업부터 하란 말이다."

오장호의 시선을 받은 배기문이 말을 이었다.

"작게 시작해. 너 혼자만 튀어 나가지 말라고. 시장이 형성되어야지."

"그럴까?"

마침내 팔짱을 낀 오장호가 공사 현장에서 꾸물거리는 인부들을 둘러보았다.

현재 1백여 명이 일을 하고 있다.

"그래. 자연 마을로 초가집 20채부터 시작해. 그럼 예산의 10퍼센트도 안 될 거다."

"5퍼센트도 안 돼."

"그럼 그걸로 시작해."

"그래야겠다."

오장호가 커다랗게 고개를 끄덕였다.

"너처럼 작게 시작해야지."

이렇게 서로 돕는 것이다.

그 시간에 이광과 카다피는 트리폴리의 대통령궁 안에서 대담 중이다.

배석자는 카다피의 측근 비서실장 아무드와 정보국장 핫산, 이광은 안학태와 해밀턴을 대동했다.

"언젠가는 미국이 이렇게 나올 줄 예상했어."

이광의 설명을 들은 카다피가 웃음 띤 얼굴로 말했다.

"그래서 나도 나름대로 대비책을 만들어놓고 있었네."

이광과 안학태, 해밀턴의 시선이 제각기 부딪쳤다.

그때 해밀턴이 불쑥 물었다.

"각하, 그 대책을 먼저 들려주시지요."

해밀턴과 카다피는 자주 만나는 사이다.

그러자 카다피 대신 핫산이 입을 열었다.

"미국을 리스타 연방의 '옵서버국'으로 참석시키는 것입니다. 연방 회의에 참석시키고 발언권을 주지만 결정권은 제한받도록 하는 것입니다."

핫산은 하버드 출신의 박사다.

정보업무를 맡은 지 25년이 된 엘리트. 카다피의 브레인이다.

핫산이 말을 이었다.

"옵서버국이 된 대신 리스타 연방의 투자 사업에 최소 20퍼센트의 투자금을 기탁하는 조건을 제시하는 것입니다. 그런 투자도 없이 자리를 차지할 수는 없지요."

다시 이광과 해밀턴 등의 시선이 마주쳤다.

안학태는 감동한 표정을 숨기지 않는다. 안학태도 그 안을 제시했기 때문이다.

그때 고개를 끄덕인 이광이 말했다.

"미국이 옵서버국으로 만족하지 않을 것 같습니다. 그 경우에도 대비해야 될 것 같아요."

"개 같은 미국 놈들."

카다피가 욕을 했다가 힐끗 해밀턴을 보았다.

"미안해. 당신 보고 한 욕은 아냐."

"각하, 저는 리스타 시민입니다."

해밀턴이 정색하고 말을 이었다.

"미국에서 리스타로 이민을 간 것입니다."

314

"그렇군."

웃음 띤 얼굴로 카다피가 고개를 끄덕였다.

"아프리카로 이주한 한국인들이 모두 리스타 국적을 갖게 되었으니 리스타 국민도 수백만 명이 되겠군."

"곧 5백만이 될 것입니다."

그때 이광이 둘의 말을 자르듯 말했다.

"대통령 각하, 이번에 미국과 함께 러시아를 리스타 연방국에 가입시키는 것이 어떻겠습니까?"

그 순간, 카다피가 숨을 들이켜더니 이광을 보았다.

"러시아를?"

"그렇습니다. 거기에다 아프리카에 인연을 가졌던 영국, 프랑스, 독일, 3국까지 포함해서 5개국을 리스타 연방에 가입시키는 것입니다."

"……."

"러시아 등 4개국은 두말없이 받아들일 것입니다."

"기가 막힌 방법이군."

어깨를 부풀린 카다피가 길게 숨을 뱉었다.

"그렇게 합시다."

둘이 남았다.

카다피가 배석자들을 모두 보내고 이광과 둘이 남기를 바랐기 때문이다.

집무실에서 둘이 마주 보고 앉았을 때 카다피가 먼저 쓴웃음부터 짓고 말했다.

"내가 지금 집권한 지 42년째야, 이 회장."

"그렇습니까?"

이광이 눈을 크게 떴지만, 놀란 척한 것이다.

카다피는 1969년, 27살의 육군 중위 때 쿠데타를 일으켜 집권했다.

지금이 2011년이니 42년째가 맞다.

그때 카다피가 길게 숨을 뱉었다.

"내가 이제 소원을 이루었어. 아니, 그 이상이야. 내가 차드를 장악하고 아프리카의 리스타 연방 17개국을 총괄하는 의장이 된 것이야."

이광이 숨을 들이켰다.

카다피의 두 눈이 물기에 가득 덮여 있기 때문이다.

그때 카다피가 이광을 보았다.

"이 회장, 리스타가 국가는 아니지 않나?"

"예?"

"리스타 국가명이 리스타인가?"

"예, 그렇게 되었습니다."

"리비아로 하는 게 어때?"

순간 이광이 똑바로 카다피를 보았다.

그때 카다피가 말을 이었다.

"이번에 리비아로 이민을 온 한국인이 35만 명 정도더군. 타국에 비교해서 적은 편이야."

"……."

"이 회장."

"예, 각하."

"나하고 20년이 넘게 알고 지냈지?"

"그렇습니다."

"내가 이 회장을 20년간 겪으면서 고맙게 생각하고 있어."

"아니, 천만의 말씀입니다."

"이 회장 덕분에 내가 살아났어. 이 회장이 도와주지 않았다면 나는 벌써 미국의 타깃이 되어서 후세인처럼 처형당했을 거야."

"……."

"그리고 이제 내 생애 최고의 전성기를 누리고 있어."

"아닙니다. 그것이……."

"그래서."

카다피가 이광의 말을 자르고는 정색했다.

"이 회장."

"예, 각하."

"이 회장이 리비아를 맡아주게."

카다피가 말을 이었다.

"리스타의 지도자가 되어서 리비아를 기반으로 아프리카 연방을, 아니 세계를 지도해주게."

"……."

"술라웨시해의 리스타랜드는 지점으로 남겨 두고 이곳을 이 회장의 땅으로 만들어 버리는 거야. 리비아를 리스타랜드로."

그러더니 덧붙였다.

"이광의 리비아야. 리스타나 리비아나 같은 이름 아닌가? 리비아의 리는 이광의 리야."

카다피의 두 눈이 다시 번들거리고 있다.

"그래서 뭐라고 대답하셨어요?"

정남희가 묻자 이광이 쓴웃음을 지었다. 그러고는 고개를 돌려 안학태를 보았다.

"안 실장이 말해."

그때 안학태가 정색하고 정남희에게 말했다.

"합의하셨습니다."

"합의하다뇨?"

"카다피 대통령의 제안을 수용하셨다는 말씀입니다."

정남희가 숨을 들이켰다.

이곳은 트리폴리의 영빈관 안.

방금 이광은 영빈관에서 기다리던 정남희에게 카다피의 제의를 말해준 것이다.

그때 안학태가 말을 이었다.

"곧 회장님께서 리비아 국적을 취득하신 후에 리비아의 총리에 취임하시기로 했습니다."

놀란 정남희가 입만 벌렸고 안학태의 말이 이어졌다.

"물론 리스타 회장은 겸임하시는 것이죠. 그리고 두 달 후에 리비아 의회의 선거를 통해 대통령에 취임하시는 것입니다."

"그럼 카다피 대통령은요?"

"리스타 연방의 의장직을 3년만 더 수행하고 나서 퇴임하겠다고 합니다."

"……"

"연방 의회를 차드의 은자메나에 세우고 은자메나로 옮겨 가서 집무를 보시다가 은퇴하시겠다는 것입니다."

"차드의 은자메나?"

"예, 카다피 대통령이 합병하려고 그렇게 애쓰시던 곳이지요."

정남희가 입을 다물었을 때 이광이 고개를 들었다.

"내가 사양만 할 일이 아니라고 생각했어. 아프리카를 중국처럼 통일시켜 최소한 중국 수준에 이르는 것이 내 꿈이야."

이광이 정남희와 안학태를 둘러보았다. 얼굴에 웃음이 떠올라 있다.

"무엇보다 한국인을 세계로 뻗어 나가게 하고 싶었지. 그것이 리스타랜드에 이어서 아프리카 대륙의 리스타 연방으로 뻗게 된 거다."

이광의 목소리에 열기가 띠어졌다.

"이제는 알렉산더나 칭기즈 칸, 히틀러나 일본군국주의 시대처럼 무력으로 세계를 정복할 수는 없어. 경제를 내세우고 가난과 압제에서 해방시키는 거야. 리스타 연방이 바로 그 시작이다."

정남희, 안학태도 모두 한국인이다.

방에 한국인만 모인 셈이다.

카다피를 함께 만난 해밀턴은 지금 리비아 측 실력자들을 만나고 있다.

그때 정남희가 정색하고 이광을 보았다.

"맞아요. 경제 제국입니다."

이광의 시선을 받은 정남희가 말을 잇는다.

"회장님은 경제 제국의 황제가 되신 겁니다. 새 시대의 황제죠."

그 시간에 푸틴과 표돌스키, 비서실장 푸시킨까지 셋이 크렘린의 대통령 집무실에서 둘러앉아 있다.

방금 푸틴은 표돌스키한테서 해밀턴의 이야기를 보고 받았다.

말을 그친 표돌스키가 숨을 고르고 있을 때 푸틴이 입을 열었다.

"러시아도 리스타 연방에 가입해야지. 해밀턴 아니, 이광 회장의 의도가 바로 그거야."

푸틴의 두 눈이 번들거렸다.

"그래서 미국을 견제하는 거야. 러시아가 말이지."

고개를 끄덕인 푸틴이 표돌스키를 보았다.

"이동욱 옆에 여자를 박아 놓았다고 했지? 그 여자가 가져온 정보인가?"

"예, 리스타도 그 여자가 우리 요원인 줄 압니다."

"그렇겠지. 요즘은 다 알면서도 역이용을 하니까."

"예, 그 요원이 정보 전달을 맡고 있습니다."

"좋아. 그렇게 전해."

푸틴의 눈빛이 부드러워졌다.

"FSB가 이제야 제 몫을 하는 것 같다."

처음 듣는 FSB 칭찬이다.

에리트레아 아스마라 교외의 대저택 안.

2층 베란다에서 고원의 푸른 목초지가 내려다보인다.

저녁 무렵이어서 초원 끝 하늘이 붉게 물들어 있다. 마치 불길이 일어나는 것 같다.

베란다의 벤치에 나란히 앉은 이동욱과 오사르가 석양에 덮인 초원을 바라보고 있다.

이동욱이 아스마라에 날아온 것은 오후 4시 무렵.

시내에서 업무를 처리한 후에 함께 이곳으로 온 것이다.

"에리트레아에 한국인 이민 신청자가 20만이 되었어요."

오사르가 말을 이었다.

"곧 30만이 될 것 같습니다."

"위치가 좋기 때문이지."

눈을 가늘게 뜬 이동욱이 말을 이었다.

"지중해의 유람선들이 수에즈 운하를 빠져나와 에리트레아로 대거 몰려온다는 거다. 한국인들은 그것을 노리고 있어."

"한국인들은 놀라워요."

이동욱의 시선을 받은 오사르가 눈웃음을 쳤다.

"사장님을 포함해서요."

"네가 보고 싶었다."

불쑥 이동욱이 말하자 오사르의 얼굴이 금세 붉어졌다.

시선을 내린 오사르의 옆얼굴에 대고 이동욱이 말을 이었다.

"네 생각이 나서 온 거야, 오사르."

"고마워요."

이곳은 대통령 영빈관이다.

바람이 불면 초원의 풀이 한 곳으로 눕는다.

그때 고개를 든 오사르가 이동욱을 보았다.

"제 가족들을 모두 에리트레아로 옮겼어요. 이곳에서 사업을 하려고 바르타가 이모하고 마사와에 가 있어요."

이동욱이 고개를 끄덕였다.

"잘했군."

"마사와에 식당이 딸린 숙박 시설을 만든다고 해요."

"잘될 거야."

"자금은 그때 사장님이 주신 10만 불로 충분해요."

"내가 자금을 더 지원하지."

"충분해요."

오사르의 얼굴이 다시 붉어졌다.

"내가 그것 때문에 말씀드린 게 아녜요."

"상관없어."

"전 이곳에서 당분간 머물러야 될 것 같습니다. 그 말씀을 드리려고 했어요."

"대통령도 네가 필요하다고 하더군."

이제는 오사르가 이동욱의 시선을 받았다.

"저도 보고 싶었어요."

밤. 창문을 열어 놓았기 때문에 초원을 훑고 온 바람이 침실로 흘러들어 왔다.

바람결에 풀 냄새가 맡아졌다.

이동욱이 오사르의 어깨를 당겨 안은 채 창문 밖의 하늘을 보았다.

하늘에 박힌 별들이 흔들리고 있다.

마치 크리스마스에 전구를 매달아 놓은 것 같다. 하늘이 맑기 때문이다.

방 안의 열기가 식어 가면서 둘의 숨소리도 가라앉기 시작했다.

땀방울이 맺혔던 피부에 서늘한 바람이 훑고 지나갔다.

그때 오사르가 이동욱의 가슴에 볼을 붙이면서 말했다.

"예상했었어요."

"뭐가?"

"이런 상황이 될 것을 말이죠."

이동욱이 오사르의 어깨를 당겨 안고는 이마에 입술을 붙였다가 떼었다.

그때 오사르가 이동욱의 허리를 당겨 안았다.

"당신의 아이를 갖고 싶어요."

"……."

"그래서 여기서 키우고 싶어요."

오사르의 몸이 다시 뜨거워졌다.

더운 숨을 뱉으면서 오사르가 말을 잇는다.

"난 전사(戰士)의 딸이에요. 전사의 아내는 자식과 함께 전장에 나간 남편을 기다리죠."

오사르가 이동욱의 몸 위에 오르더니 말을 잇는다.

별빛을 받은 두 눈이 별처럼 반짝이고 있다.

"나도 그럴게요."

뉴욕, 브루클린의 안가 안.

이곳은 전 CIA 부장 후버의 거처다.

7층 연립 주택의 5층에 위치한 이 안가는 이제 후버의 거처 겸 상담소가 되어 있었는데 자주 윌슨이 상담하러 방문했기 때문이다.

응접실 안에는 오늘도 윌슨이 와 있다.

그런데 동행이 있다.

리스타연합의 사장 해밀턴이다.

해밀턴도 CIA 출신인 데다 후버를 양아버지처럼 대하는 사이다. 애증이 반반 씩 섞였지만, 서로 존중하는 건 맞다.

후버가 오랜만에 파이프 담배를 피우고 있다.

해밀턴이 리스타 연방 이야기를 하는 동안에 뻐끔대면서 연기를 내뿜었다.

이윽고 해밀턴이 이야기를 마쳤을 때 후버가 놋쇠 재떨이에 파이프를 두드려 재를 털었다.

쇳소리가 응접실을 울렸다.

파이프를 바꿔 쥔 후버가 고개를 들고 해밀턴을 보았다.

"그래서 리스타는 어떻게 할 건지 방침을 세웠겠지?"

"예, 부장님."

"난 부장이 아니다."

못마땅한 표정을 지은 후버가 의자에 등을 붙였다.

"아부해도 나올 것 없다."

"받아들이기로 했습니다. 미국을 리스타 연방의 회원국으로 받아들이는 것이죠."

"그것뿐이야?"

"러시아나 프랑스, 영국, 독일까지 4개국을 리스타 연방국으로 가입시켜야 될 것 같습니다."

"그러면 그렇지."

고개를 끄덕인 후버가 말을 이었다.

"미국을 견제하려면 그 방법이 가장 낫지. 미국이 반대할 명분도 없고."

"만일 미국만 가입시키면 국제 여론도 나빠질 것 같습니다."

"그렇지."

"부장님이 도와주셔야겠습니다."

"내가 리스타 연방의 로비스트가 되라는 거냐?"

"아닙니다, 부장님."

"부장이라고 부르지 말라니까 그러네."

"리스타 연방의 상임 고문이 되어 주시지요."

"상임 고문?"

"연방 의장의 고문 말씀입니다."

"그 일 때문에 온 거야?"

"예, 이 회장의 부탁입니다. 곧 부장님을 찾아뵙고 말씀드린답니다."

"내가 카다피를 보좌하라구?"

"그것은……."

그때 윌슨이 헛기침을 했다.

"부장님, 리스타 연방 의장인 카다피가 곧 의장을 사임하고 차드로 낙향한다고 약속했습니다."

"뭐?"

"이 회장한테 리비아 대통령을 넘겨주고 또 리스타 연방의 의장도 넘겨준다고 한 것입니다."

"뭐?"

"이 회장은 이미 리비아 국적을 취득했다고 합니다. 그리고 리스타를 리비아로 옮길 예정이라고 합니다. 리스타는 곧 리비아가 되는 것이지요."

"리스타, 리비아라……. 말 되네."

헛소리처럼 말한 후버가 흐린 눈으로 둘을 번갈아 보았다.

"그럼 내가 이 회장의 고문이 되는 건가?"

"그런 셈이지요."

해밀턴이 말하자 후버가 파이프에 다시 담배를 쟁이기 시작했다.

"그렇군. 아프리카……."

심호흡을 한 후버가 혼잣말처럼 말했다.

"아프리카의 리스타, 리스타의 리비아……."

고개를 든 후버가 해밀턴을 보았다.

"그렇지. 내가 내 평생에 새 제국이 출현할 줄 알았어."

아프리카 서부 지역은 이미 리스타 소속의 강정규가 시에라리온을 중심으로 라이베리아, 기니, 코트디부아르, 세네갈, 토고, 베냉 등을 연합한 상황이다. 아직 나이지리아 등 몇 개국이 남아 있지만 전쟁을 치르지 않고 합병을 추진 중이다.

지금 세계는 격변 중이다.

스미코가 돌아왔다.

이곳은 모로코의 카사블랑카.

이동욱이 아스마라에서 돌아온 이틀 후다.

"대통령 각하께도 전달했습니다."

스미코가 반짝이는 눈으로 이동욱을 바라보며 말했다.

오후 6시 반.

이동욱은 바닷가 저택에서 스미코와 마주 앉아 있다.

스미코가 말을 이었다.

"아마 지금쯤은 국장이 사장님을 만나셨을 겁니다."

표돌스키가 해밀턴을 만났을 것이라는 말이다.

이동욱과 스미코의 직속상관이다.

"그래. 그럼 네 할 일은 다했구나."

이동욱이 웃음 띤 얼굴로 스미코를 보았다.

"스미코, 이 기회에 리비아 국적으로 바꾸는 게 어때?"

리스타 회장 이광이 리비아 국적을 취득한 것은 어제다.

이광은 리비아 국적을 취득함과 동시에 리비아 정부의 총리로 임명되었다.

카다피에 의해 임명되었지만 정권의 제2인자가 된 것이다.

더욱이 이광은 세계 기업 리스타의 회장을 겸임하고 있다.

한국 국적, 리스타 국적을 포기한 것도 아니다.

그때 스미코가 되물었다.

"사장님은요?"

"난 신청했어. 곧 리비아인이 될 거야."

"그럼 저도 신청하죠."

"좋아."

이동욱이 웃음 띤 얼굴로 스미코를 보았다.

"리비아는 리스타 연방의 핵이 될 것이고, 아프리카를 리스타제국으로 만들 거야."

"저도 리비아인이 되는 거죠."

스미코도 얼굴을 펴고 웃었다.

"마침내 대백제가 1500년 후에 세계를 제패하게 되었네요."

"무슨 말이야?"

"백제, 한반도의 해양 대국이었던 백제를 말하는 겁니다."

놀란 이동욱이 얼굴까지 굳어졌다.

그때 스미코가 말을 이었다.

"백제는 멸망 직전까지 중국 대륙, 동남아, 인도까지 영토를 보유했던 해양 대국이었죠."

"……."

"전 백제계 일본인입니다. 백제가 멸망하고 나서 일본으로 이주한 유민의 후손이죠."

"갓댐."

말문이 막힌 이동욱이 눈의 초점을 잡고는 겨우 욕설을 뱉었다.

이동욱 자신은 오리지널 백제인일 것이다.

한반도 인류는 다 백제계다. 1,500년간 피가 다 섞여 있을 테니까.

그때 스미코의 목소리가 이동욱의 귀에 울렸다.

"이제 새 세상이 열렸어요. 국경을 건너뛴 새 제국, 리스타제국, 리비아."

<끝>